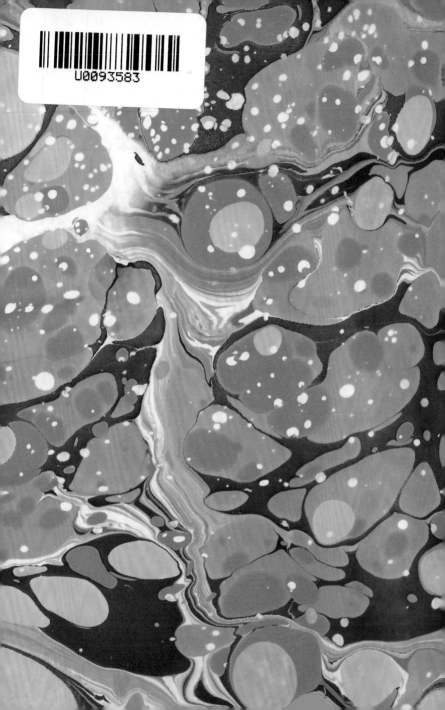

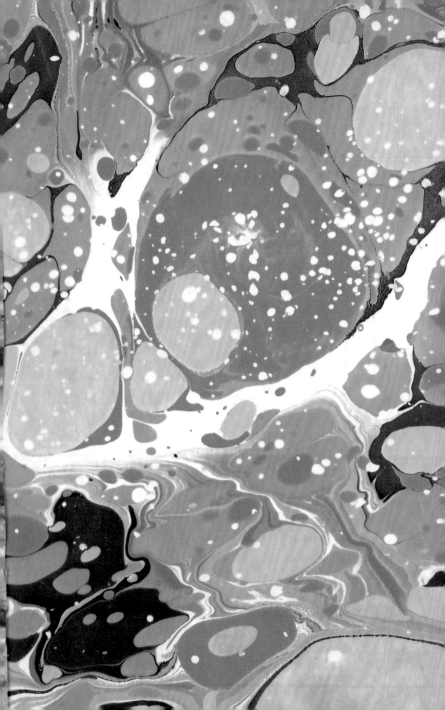

北海鯨夢

獻給艾碧嘉、葛瑞絲和伊芙

N

志願者號
航行路線

赫爾→亨伯→勒威克→揚馬延島→法韋爾角→戴維斯海峽→迪斯科島→赫斯堡角→蘭開斯特海峽→拜洛特島→龐斯灣

瓊斯海峽
赫斯堡角
蘭開斯特海峽
拜洛特島
巴芬灣
格陵蘭
龐斯灣
庫特灣
巴芬島
迪斯科島
戴維斯海峽
加拿大
CANADA
法韋爾角
North Atlantic
Ocean

十九世紀捕鯨船

全長30~45公尺・排水量300~400噸

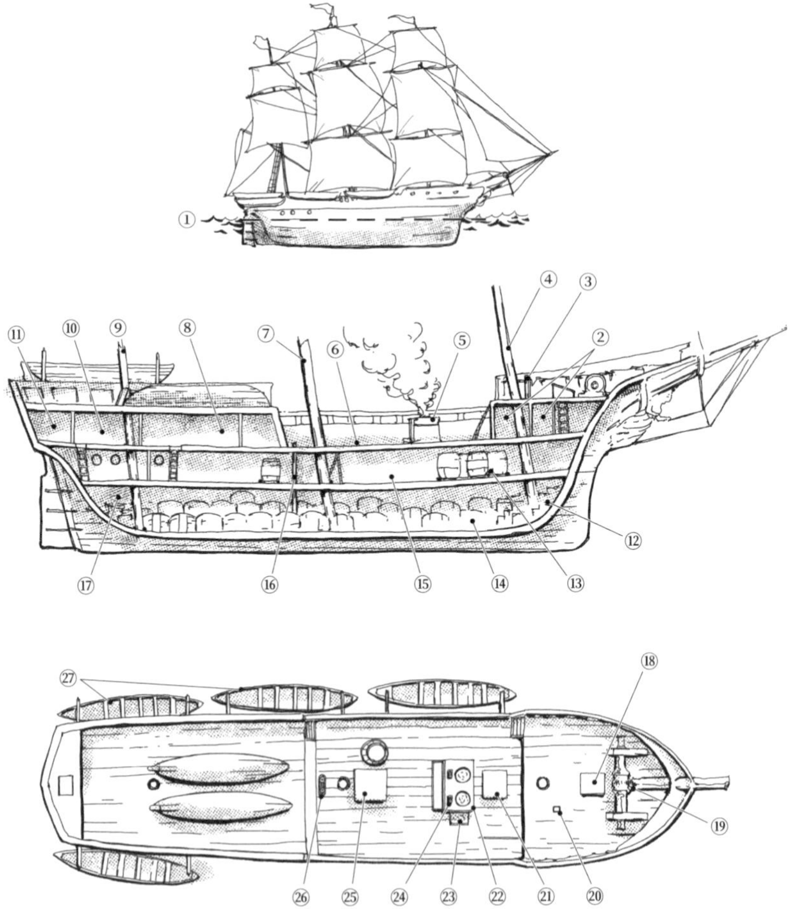

1. 水線 2. 水手艙 3. 繫鯨鍊柱 4. 前桅 5. 煉鍋 6. 甲板 7. 主桅 8. 交誼廳、廚房、食堂
9. 後桅 10. 統艙、醫護室 11. 船長室 12. 前貨艙 13. 木桶 14. 木桶(壓艙用)
15. 鯨脂倉庫、統艙 16. 泵浦 17. 後貨艙 18. 甲板室 19. 錨機、絞盤椿 20. 繫鯨鍊柱
21. 前艙口 22. 煉鍋 23. 廢料槽 24. 煙囪 25. 主艙口 26. 泵浦 27. 捕鯨小艇

十九世紀捕鯨小艇

全長8~10公尺‧限乘5～7名船員

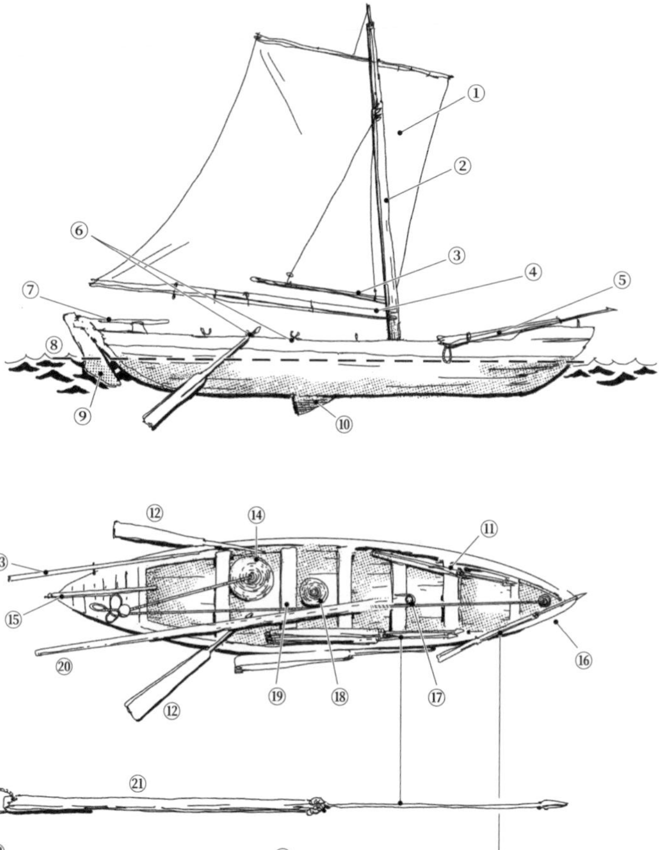

1. 主帆 2. 桅桿 3. 斜桁 4. 縱帆下桁 5. 魚叉 6. 槳架 7. 舵柄 8. 水線 9. 舵 10. 龍骨
11. 備用五金 12. 槳 13. 櫓 14. 拖纜 15. 舵柄 16. 魚叉 17. 船桅絞鍊 18. 備用拖纜
19. 橫座板 20. 桅桿、主帆 21. 長矛 22. 魚鏢繩 23. 魚叉

*以上插圖僅供參考。

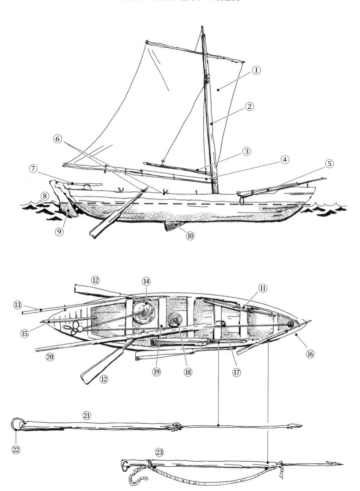

1

看哪，那個人！

他拖著腳步從卡拉比孫家的中庭走到斯凱街上，鼻子吸著各樣氣味——松節油、魚粉、芥末、石墨，以及從剛剛清空的夜壺傳來那股濃烈的尿騷味。他哼了一聲，搓了搓短而硬的頭髮，調整了一下褲襠後，手指湊向鼻子，嗅了嗅便吮了每一根，要舔走最後一絲的殘餘，讓付出的金錢換得最後一分價值。他在卡爾特修道院路底向北轉進溫康利區，經過北極酒館、抹香鯨脂廠，和榨油廠。他看見貨倉頂端的天際線上露了一艘船的主桅和後桅的尖頂，隨著海水起伏而搖擺，耳中傳來碼頭工人的吼叫聲，和附近製桶廠砰然響起的木槌聲。他肩膀緊黏著平滑的紅磚向前走，一隻狗擦身而過，一部手推車上剛劈開的大小木頭堆得高高。他又吸了一口氣，舌頭掃過參差不齊的牙齒。他感到一股新的需求，微弱卻揮之不去，從體內升起，是一個極需要滿足的欲求。他的船隔天天亮就要開走，不過在這之前，有些事需要完成。他四周看了一下，想知道那是什麼樣的需求。他注意到肉店裡粉色豬肉的血腥味、一個女人搖曳的邋遢裙襬。他想起了肉、動物、人，然後又想了一遍——不是這些，他清楚知道，還沒輪到，那是比較溫和的，沒那麼急迫。

他轉身走回酒館去。一大早這個時間吧檯幾乎是空的，烤爐裡的火已轉弱，且散發著煎煮食物的氣味。他的手探進褲袋，但只撈出些許麵包屑、一把折刀和半便士銅板。

「蘭姆酒，」他說。

他按著銅板往前推。酒保低頭看了銅板，搖了搖頭。

「我明天早上就要走，」他企圖解釋，「跟『志願者』出海，我寫一張借據。」

酒保哼了一聲。

「我像笨蛋嗎?」他說。

那個人聳聳肩,想了一下。

「擲硬幣吧,這把好刀賭一小杯萊姆酒。」

他把刀放在吧檯上,酒保撿起來端詳一番,把折刀打開,又用拇指指腹測試刀鋒。

「是好刀啦,」那人說,「從未失手。」

酒保從口袋拿出一個先令銅板,兩面翻了一下,往上拋,同時用力往吧檯一拍。

他們看了結果。酒保點頭,撿起折刀便放到背心的口袋裡。

「你現在可以滾蛋了,」他說。

那個人面不改色,不露一絲憤怒或驚訝,彷彿失去一把折刀是一個更大更複雜計畫的一部分,只有他才了解。過了一陣子,他彎身把防水皮靴脫下,並排放在吧檯上。

「再一次,」他說。

酒保翻了白眼,轉頭要走。

「不想要你他媽的靴子,」他說。

「你要了我的折刀,」那男人說,「不可以就這樣閃人。」

「我他媽的不想要靴子，」酒保再說一遍。
「你不可以閃人。」
「我他媽的想怎樣就怎樣，」酒保說。
一個來自謝德蘭群島的人坐在吧檯的另一端看著他們。他頭戴圓錐形的帽子，下身穿著帆布製的褲子，髒污已結成塊，雙眼泛紅，眼神渙散，顯然已經喝醉。
「我請你喝一杯，」他說，「如果你閉上你的鳥嘴。」
那個人轉頭看他。他曾經在勒威克和彼得黑德跟謝德蘭人打過架，他們身手不怎麼樣，但是天生不屈不撓的，很難擺平。面前此人腰帶上斜插著一把生鏽的鯨脂刀，一臉野性與怒氣。那個人頓了一頓，便點了點頭。
「我會感謝你的，」他說，「幹了一個晚上，射到乾了。」
謝德蘭人向酒保點頭，酒保萬分不情願地倒了一杯。那個人把皮靴從吧檯取下，提起酒杯，走到火爐旁邊的長凳坐下。幾分鐘後他躺了下來睡著了，屈起的雙膝幾乎碰到胸部。他醒來的時候，看見謝德蘭人坐在酒館角落的桌子，與一個妓女在聊天。她頭髮烏黑，身材肥胖，臉上長著雀斑，牙齒稍帶綠色。那個人認得她，但是想不起她的名字。貝蒂嗎？他不確定。海蒂？艾絲特？

謝德蘭人把蹲在門口的黑人小孩叫過去，給了他一個銅板，前往伯恩街上的魚販那裡買一盤淡菜回來。男孩十歲左右，身材瘦削，皮膚呈淡褐色，有著一雙烏黑的大眼。那個男人坐直了身子，用他最後一撮煙葉塞到煙斗的斗身裡，點燃起來，目光到處掃視。他醒來後，精神煥發，也準備好。他感到皮膚底下的肌肉放鬆著，心臟在胸腔裡一鬆一緊地收放。謝德蘭人想要親吻女人，但被她發出貪婪的尖叫聲回絕了，似是要吊他的胃口。赫斯特，那男人想起來了。女人的名字是赫斯特，她的房間在詹姆斯廣場，沒有窗戶，床架是鐵製的，有一個水壺，一個臉盆，還有一個塑膠吸球，是要把精液洗乾淨的。那個男人站起來走到他們的桌邊。

「再請我喝一杯吧，」他說。

謝德蘭人瞇著眼睛看了他一下，搖搖頭，又再轉頭向著赫斯特。

「再一杯，我就不再煩你。」

謝德蘭人不理會他，但是那個男人動也不動。他的耐性屬於無聊且不要臉一類。他覺得心臟膨脹又收縮，鼻子裡嗅著酒館裡慣常的臭氣——屁味、煙味，還有灑落的啤酒味。赫斯特抬頭看著那個男人，咯咯地傻笑，牙齒實際上較爲接近灰色，舌頭紅得像豬肝。謝德蘭人從腰際拔出他的刀子放在桌子上，站了起來。

「我把你的懶趴割下來會比較快一點，」他說。

謝德蘭人身材高瘦，手腳靈活，頭髮和鬍子濕濕的沾滿海豹油，身上發出水手艙的腐臭味。那個男人現在知道他要做什麼了——感覺他當下那股衝動的性質，要用哪種方式實現。赫斯特又咯咯地笑著。謝德蘭人拿起刀，把冰冷的刀鋒緊貼在那個人的顴骨上。

「也可以把你的鼻子割下來拿去餵豬。」

這個想法讓他笑起來，赫斯特跟著一起笑。

那個人看來十分平靜。這還不是他正在等待來臨的時刻。這只是一個無聊，但有其必要的插曲，是一個短暫的休憩。酒保拿起了一根木棍，嘎的一聲把吧檯雙開的彈簧門推開，指著他說，「你這個逃工、騙子，我要你滾。」

那個人看看牆上的鐘。才剛過中午。他還有十六小時做他必須要做的事，再滿足他自己。他感到的渴望，是身體在傾訴它的需求，在跟他聊天——有時候是耳語、有時候是咕噥，有時候是尖叫，從來沒有安靜過；如果那聲音靜止了，他就知道他已死去，或有其他不要臉的傢伙殺了他。就是這樣。

他忽然趨前面對謝德蘭人，讓他知道他並不害怕，然後又退下，轉身走向酒保，抬高了下巴。

「木棍用來戳你他媽的屁眼吧，」他說。

酒保指著門口，示意他離去。那個人離開時，男孩回到酒館，馬口鐵盤上剩滿淡菜，冒著蒸氣，香氣四溢。二人互相對望了一陣子。那個男人感到新一陣悸動，非常明確。

他走回斯凱街上。他沒有把正在停泊在船塢的「志願者」放在心上，他不管過去一星期辛苦裝卸的工作，也不管未來血腥的六個月。他只想著此刻——葛洛特廣場、土耳其浴場、拍賣行、製繩廠、他腳下的鵝卵石、約克郡不可知論者的天空。他不是天生沒有耐性或心煩氣躁；有需要等待時他會等。他找到一堵牆，坐在牆頭上；餓了的時候就拿石頭來吸。一小時一小時的過去。路過的人注意到他，但是並未試著開口。時間很快會到。他看著建築物的影子漸漸拉長、驟雨來了又停、白雲瑟縮地飄過濕漉漉的天際。他再看到謝德蘭人和赫斯特時已經是黃昏。赫斯特嘴裡唱著民謠，謝德蘭人一手拿著一瓶摻水烈酒，另一隻手笨拙地攬著她。他看著他們轉入賀至遜廣場，等了一下，便急步在街角轉入卡洛琳街。這時還不算晚上，不過天色已經夠暗了，他作出判斷。教堂的窗戶已發出亮光，空氣中瀰漫著煤塵和烤雞肝的味道。他比他們早到達費契巷，閃了進去。院子裡空無一人，只有晾衣繩上掛著洗不乾淨的衣服，以及充滿來自馬尿的濃重阿摩尼亞味。他站在入口的暗處，手中握住半塊磚頭。赫斯特和謝德蘭人走進院子，他等了一下，以便確認，然後趨前把半塊磚頭砸到謝德蘭人的後腦杓。

骨頭總是脆弱的。隨著彷彿是濡濕的木棒被折斷的聲音而來的是一陣血液的噴灑。謝德蘭人失去意識，啪的一聲仆倒在街上，牙齒和鼻子與鵝卵石撞個正著。在赫斯特懂得尖叫之前，那個人已經把鯨脂刀架在她的脖子上。

「我會把你他媽的喉嚨像鱈魚一樣割開，」他用堅定的口吻說。

她已嚇得魂飛魄散，看著那個人，不假思索便舉起了雙手，表示投降。

他把謝德蘭人的口袋清空，拿走了金錢和菸草，其他的丟在一旁。謝德蘭人頭部的流血在地上暈開，已是氣若游絲。

「我們要移走這傢伙，」赫斯特說，「不然我就麻煩大了。」

「就移啊，」那個人說，心情已經比剛才輕鬆，彷彿他的世界變得更開闊。

赫斯特企圖拉謝德蘭人的手臂，但是他太重了，使她的雙腳在血泊中打滑，摔倒在鵝卵石上。她自顧自地笑了起來，隨之又發出嗚咽聲。那個男人打開了一處放煤炭的棚屋，把門推開，揪著謝德蘭人的腳跟，拉了進去。

「他明天才會被發現，」他說，「到時我早已經走了。」

她站了起來，在酒精的影響下搖搖晃晃的；她企圖要把裙子上的污泥擦拭掉，可是擦不掉。那個男人轉身要離去。

「可以給我一、兩個先令嗎，寶貝？」赫斯特大喊，「給我那麼多麻煩。」

¶

他花了一個小時才獵獲那個男孩。他的名字是阿爾伯・史達布，露宿在北橋下一個磚砌的涵洞裡，平常靠著冷飯殘羹過活，偶爾幫一些酒鬼跑腿賺個銅板。那些酒鬼都聚集在沿岸廉價酒館裡，等待出航。

那個男人給他食物，讓他看看從謝德蘭人身上搶來的錢。

「告訴我你想要什麼，」他說，「我買給你。」

男孩無言地看著他，好像動物在牠的巢穴裡被不速之客嚇到一般。那個男人發現男孩身上沒有任何臭味——他身處在這一切骯髒污穢中，總是保有某種的清白，未受污染，彷彿他天生黝黑的膚色讓他能防禦罪惡，而不是像一些人所認爲是罪惡的表徵。

「你長得很好看，」男人告訴他。

男孩向他要了萊姆酒，那個男人從口袋拿出一個油膩膩的小酒瓶，遞給男孩。男孩喝著蘭姆酒，眼睛微微發亮，不再過度拘謹。

「我是亨利・踽克斯，」他盡力輕聲細語地解釋，「我是魚叉手，今天早上就要搭『志願者』出發。」

男孩點頭，並不感興趣，彷彿這是一個聽膩了的訊息。他的頭髮發出霉味，色澤暗沉，但他的皮膚則乾淨得不可思議，在黯淡的月色底下像一塊打磨過的柚木般發亮。他沒穿鞋子，腳底因常接觸地面而變得烏黑，而且長了繭。踽克斯感到一股衝動要撫摸他——或許他的臉頰，或者是他的肩膀。他覺得那是一個訊號，一個開始的方式。

「我之前在酒館看過你，」男孩說，「那時候你沒有錢。」

「現在不一樣了，」跩克斯解釋。

男孩再點頭，連喝了幾口萊姆酒。跩克斯覺得他或許差不多十二歲，只不過像一般孩子一樣發育不良。他伸手把酒瓶從男孩的嘴裡取走。

「你該吃點東西，」他說，「跟我來。」

他們一語不發地往溫康利和史庫寇區走去，經過鯨鬚旅館和木廠，在佛萊切麵包店停了下來。男孩朝肉餡餅猛啃，跩克斯在一旁等待。

一個肉餡餅下肚後，男孩抹著嘴巴，把哽在咽喉一口痰用力吐到水溝裡。他忽然間看來比剛才老練了一些。

「我知道一個合適的地方，」他說著，並指向對街，「就在那裡，看到嗎？穿過了船塢就是。」

跩克斯當下便知道那是一個陷阱。如果他跟這個小黑鬼進入船塢，一定被揍得頭破血流，丟臉丟到只剩一根屌。他很驚訝男孩會如此徹頭徹尾地低估他，先是因男孩不識貨而心生鄙視，然後開始感到憤怒，這使他比較愉快，就像一個新的想法在滋長和蠢動。

「我，只有我是老大，」他輕聲告訴男孩，「從來不會被指揮。」

「我知道，」男孩說，「我懂。」

對街全沒入暗影裡，有一道十呎長木製閘門，綠色油漆已呈斑駁、再來是一堵磚牆，磚牆旁邊是一條碎石小徑。小徑沒有燈光，唯一的聲音是來自踱克斯靴子踩踏石子，以及男孩間歇性發出像結核病人的喘息聲。天上黃色的月亮像哽在喉嚨裡的一顆藥丸。約一分鐘後，他們來到一個院子裡，其中一半的空間放著破爛的圓木桶，桶箍已經生鏽。

「穿過那裡，」男孩說，「不遠了。」

他的熱切背後所有企圖全寫在臉上。如果踱克斯曾有過一點疑惑，現在一切已經了然於心。

「過來，」他告訴男孩。

男孩眉頭一皺，再指出他希望二人要走的路徑。踱克斯心中揣測著他會有幾個朋友在船塢裡等著、手中拿著什麼武器要對付他。他不禁問自己眞的像那種會被小孩子搶劫的蠢貨？還是他現在表現出來就是那個模樣？

「過來，」他再說。

男孩聳聳肩，繼續往前走。

「我們現在就來吧，」踐克斯說，「現在，就在這裡，我不要等了。」

男孩停了下來，搖搖頭。

「不要，」他說，「船塢比較好。」

踐克斯想，幽暗的院子使男孩接近完美，可把男孩的俊秀柔化爲略帶慍怒的美。他看似一尊佇立的異教塑像，像是黑檀木雕塑出來的圖騰，不像一個孩子，較像一個勉強接近理想的男孩形象。

「你以爲我他媽的是誰啊？」踐克斯問。

男孩眉頭一皺，隨即又對他露出虛假卻迷人的笑容。這沒什麼新意，踐克斯心裡想，看多了，在別的地方別的時間也會一次又一次演出。身體有其單調的運作模式、有其規律：吃喝拉撒。

男孩迅速的碰了他的手肘一下，再示意他希望二人前往的方向。船塢。陷阱。

踱克斯聽到頭上一隻海鷗嘎嘎尖叫、明確地聞到瀝青和油漆的味道、看見了伸展開的北斗星。他一把抓著黑人男孩的頭髮，並重擊他的頭部，一拳、兩拳、三拳、四拳，下手毫不猶豫，也不感到內疚——直到他的指關節溫溫的沾滿了血、男孩身體癱軟倒下，不省人事。他骨瘦如柴，體重比一隻小獵犬還輕。踱克斯把他的身體反轉，拉下他的褲子。他沒有從中獲得快感，或者解放，這種感覺只讓他更爲狂暴。他被騙走了某種活的、無以名狀卻又是眞實的東西。

青灰色的雲讓新月顯得朦朧，手推車的鐵框輪子發出哐啷哐啷聲、發情的小貓像嬰兒般嗚嗚地叫著。踱克斯的動作快速：一下接一下、毫無激情卻精確得像機器，但不至於機械。他控制著當下，像一隻狗緊緊咬著嘴裡的骨頭——一切毫無隱藏，無法逃脫他激烈而粗魯的慾望。黑人男孩曾擁有的已經消失。全毀了，變成別的東西，完全不同的東西。這院子成爲一個施展邪惡魔法的所在，產生血淋淋的蛻變，而踱克斯就是那瘋狂的、惡劣的策劃人。

2

在當了三十年船長後，伯朗利認爲自己能對人性作持平的裁判，但是森姆納這位新人，這位剛從暴亂的印度旁遮普省歸來的愛爾蘭外科醫生，的確是一個複雜的案例。他身材矮小、臉型窄長，總帶著疑問的表情，令人感到討厭。他很不幸的有一隻跛腳，口中常說出愛爾蘭北部沼澤區口音的英語，頗缺乏教養；但是，儘管他有著明顯而多重的劣勢，伯朗利還是覺得他會勝任。這年輕人有著某種笨拙、冷淡，以及執意不討好別人的能耐，是伯朗利莫名其妙被他吸引的地方，或許因爲他讓自己想起那較爲年輕而且無憂無慮的日子。

「你的腿怎麼了？」伯朗利邊問邊扭動腳踝，想要鼓勵他說明。他們坐在「志願者」號的船長室裡喝著白蘭地，審核即將進行的航程。

「印度叛軍的火槍，」森姆納解釋，「射中了小腿。」

「在德里？攻陷之後嗎？」

森姆納點頭。

「突擊的第一天，在喀什米爾門附近。」

伯朗利滾動著眼睛，低聲吹了一下口哨，表示欣賞。

「有沒有看到尼科森被殺？」

「沒有，但我有看到他的屍體。在軍營。」

「尼科森，不平凡的人。一個英雄。他們說黑鬼像神一樣崇拜他。」

森姆納聳聳肩。

「他有一個帕坦人當保鏢，是一個身材魁梧的傢伙，叫做可汗，睡在帳篷外保護他。聽說兩人是情侶。」

伯朗利搖頭微笑。他從《泰晤士報》裡讀到一切有關約翰・尼科森如何在溽熱的天氣下帶領軍隊前進，面不改色，更不要求喝水、如何大刀一揮把一個印度叛軍劈成兩半。伯朗利相信沒有尼科森這類人——剛強、冷酷、必要時顯得邪惡——大英帝國早就滅亡。而沒有大英帝國，誰會買鯨脂、誰會買鯨鬚？

「那些傳聞來自嫉妒、怨恨而已，」他說，「尼科森是大英雄，偶爾有點野蠻，那是我聽說的，但你又能對他期待什麼？」

「我看過他爲了一個人向他微笑便把他絞死，而那個可憐的蠢貨根本沒在笑。」

「界線要分清楚，森姆納，」他說，「文明的標準必須要維持。有時候我們必須要以牙還牙。那些黑鬼畢竟有殺女人小孩、強姦她們、割破他們毫無抵抗的喉嚨。這種事必須要報復，伸張正義。」

森姆納點頭，雙眼往下掃視膝蓋處已呈灰色的黑褲子和久未擦亮的短靴。伯朗利不知道這位新聘的外科醫生是憤世嫉俗還是多愁善感，或者（是否有可能）兩者都有一點。

「喔，那時有好多這類言論在流傳，」森姆納說，並轉身對伯朗利露齒而笑，「好多爲正義而報復。是的，的確。」

「那麼你爲什麼要離開印度？」伯朗利問，身體在軟墊長椅上輕微挪動，「爲什麼離開六十一兵團？不是爲了那條腿吧？」

「不是爲了腿。不是。他們喜歡。」

「那是爲什麼？」

「我得了一筆橫財。六個月前我叔叔唐諾忽然去世，留給我一個乳牛場，一間奶油乾酪廠，在梅奧郡，五十畝。至少值一千畿尼，可能更多，肯定夠我在某個郡買一間小屋，再找個安靜而且富庶的地方開一間不錯的有體面的診所：博格諾、海斯廷斯、史卡博羅，都有可能。有鹹味的空氣令我愉快，我喜歡散步。」

伯朗利非常懷疑史卡博羅、博格諾、海斯廷斯那裡快樂的寡婦會找一個來自化外、一拐一拐的矮個子來照顧她們的病痛，不過他把這個意見放在心裡。

「那你還來這裡見我做什麼，」他換一個問法，「這是一艘要前往格陵蘭的捕鯨船？我意思是你這位愛爾蘭的大地主。」

森姆納微笑面對挖苦，抓了一下鼻子，便隨他去了。

「土地所有權有法律問題。不知哪來的表兄弟忽然出現，提起反訴。」

伯朗利同情地嘆了口氣。

「不就是這樣嗎？」他說。

「我被告知這個案子會花一年才能解決，在這之前我自己沒多少事要做，也沒錢去做。我是在都柏林見完律師後回來時經過利物浦，在阿德菲飯店遇到巴斯特，他知道我曾是隨軍的外科醫生，也需要一份有報酬的工作，便一拍即合了。」

「那個巴斯特，他是精力旺盛而嚴厲尖刻的生意人，」伯朗利說，眼睛閃過一瞥光芒，「我自己不會信任他，我相信他枯萎的血管有流著猶太人的血。」

「他給的條件我很滿意。船長，我不期待捕鯨會讓我發達，但這個差事至少在漫長的法律程序中讓我忙著。」

伯朗利鼻子吸了一口氣。

「喔，我們會讓你做不同的工作，」他說，「願意做事的人總有工作等著他。」

森姆納點頭，喝完最後一口白蘭地，把酒杯放回桌子上，輕輕地響起啪的一聲。船長室窗外太陽已沒入鋼鐵煙囪與紅磚屋頂形成紊亂的天際線後方，室內油燈垂吊在深色木製天花板上，還沒點亮，但各角落的陰影已蔓延開來。

「我隨時效勞，先生，」森姆納說。

伯朗利一時猜不透這句話的眞正意義，但是他斷定那是毫無意義的。巴斯特不是容易漏口風的人。如果除了最明顯的廉價和唾手可得以外，他有理由選擇森姆納的話，這理由或許只是這個愛爾蘭人個性隨和、圓滑，而且很清楚地他志不在此。

「我覺得一般來說，捕鯨船上不太需要醫療服務。他們生了病，不是自己變好，就是跑到床上自己死去——這至少是我的經驗。有無藥水沒有太大差異。」

森姆納感到驚訝，但自己的專業被隨意地貶抑，卻顯得漠不關心。

「我該要檢查一下醫療箱，」他說，不帶熱情，「或許有些藥品我用得著，或者在出航前需要更換。」

「箱子就放在你的船艙裡。克利佛街上共濟會會堂旁邊有一間藥店。有需要的就拿，告訴他們把帳單交給巴斯特。」

二人站了起來。森姆納伸手，伯朗利簡單的握了一下，彼此互相端詳了片刻，彷彿想要對某些機密的問題獲得答案，而那些問題是他們因過度警覺或太謹慎而不敢問出口的。

「我想巴斯特不會希望花費太高，」森姆納最後說。

「那個混蛋，」伯朗利說。

¶

半小時後，森姆納弓著背坐在床鋪下層，舔著鉛筆頭。他的船艙只有嬰兒陵墓的大小，船還沒出航就有一股淡淡的糞便酸臭味。他仔細檢查藥箱，看哪些藥物要採購：氨水溶液，他寫在單子上，芒硝、海蔥油。他不時地打開一些瓶蓋，聞聞裡面乾掉的東西。箱子裡面一半的藥物他都沒聽過：黃耆膠？癒創木脂？倫敦藥用酒？怪不得伯朗利說「藥水」沒效，大部分都是他媽的莎士比亞時代的。以前的醫師都是找德魯伊特教的祭司來當的嗎？在雞蛋般大小的燈泡發出的黃光下他寫著：鴉片酊、苦艾酒、鴉片丸、汞。捕鯨船上會有人得淋病嗎，他心中狐疑。可能不會，在北極圈妓女似乎不好找。他從藥箱裡的瀉鹽和蓖麻子油，便知道便祕問題頗爲嚴重。他也注意到柳葉刀已老舊、生鏽，或者變鈍。他必須要全部磨尖，才能進行放血。他覺得有帶自己的手術刀和骨鋸來還不錯。

過了一會，森姆納把藥箱關好，推到床底，就在他從印度提回來那隻已經破舊不堪錫製行李箱旁邊。他習慣性地，而且不必探頭，用手撥動行李箱上的掛鎖，發出咯咯聲，再觸摸馬甲背心上的口袋，肯定鑰匙還在。他打消一切疑慮後便站起來，離開船艙，沿著狹窄的艙梯到達甲板上。那裡充滿光漆、刨花木屑和菸絲的味道，一桶桶的牛肉，一束束的木棍用繩索吊運到前貨艙。廚房頂部有人在敲釘子，船桅上有幾個人爬到索具上把瀝青潑到船帆上，做防水措施。一隻雜種獵狗拖著腳步路過，突然停了下來舔自己的身體。森姆納在後桅停了下來，向碼頭方向瀏覽一下。他不認識任何人。世界很大，他告訴自己，他只是人海裡一個不值得注意的黑點，很容易消失，而且被遺忘。這個一般來說不太討人喜歡的想法，現在卻讓他感到高興。他的計畫是要讓自己被溶解、消散，爲的是要後來，隔了一點時間後，重新整理。他沿著跳板走下船，尋著路前往克利佛街上的藥房，處理手上的藥單。藥劑師是禿子，臉色蠟黃，而且缺了幾顆牙齒，接過藥單後研究了一陣子，抬頭看森姆納。

「這不對喔，」他說，「不是捕鯨船要的，而且也太多了。」

「巴斯特會付錢，你可以把帳單直接寄給他。」

「巴斯特有看過這張單子嗎？」

藥房裡光線幽暗，硫磺瀰漫，讓空氣呈淺棕色，並充滿濃重的鎭痛劑味道。禿頭藥劑師的指尖被化學藥品染成刺眼的橘色，指甲彎曲而粗硬；森姆納看見他捲起的袖子露出了小部分老舊的藍色刺青。

「你以爲我會爲這鳥事找巴斯特麻煩，」森姆納說。

「他看到這張他媽的藥單會很頭痛，我知道巴斯特是吝嗇的王八蛋。」

「你只管照單子給我，」森姆納說。

藥劑師搖頭，雙手在他斑駁的圍裙前搓揉著。

「這個我沒辦法全給你，」他說，並在櫃台上朝藥單一筆一筆的往下點，「這個也不行。如果我給了你，我會收不到錢。這兩種我只會給限定的劑量，就這樣。」

森姆納往前靠，腹部壓著已被磨蹭得光滑的櫃檯。

「我剛從殖民地回來，」他解釋著，「從德里。」

禿頭藥劑師對這個訊息聳聳肩，然後把食指插進右耳，誇張地摳著。

「我可以賣你一根漂亮的樺木拐杖，你的跛腳，」他說，「象牙或者是鯨魚牙齒製的把手，隨便你選。」

森姆納沒有回應，退離櫃檯，並開始環顧店內四周，彷彿他忽然間手上掌握很多時間，卻沒有地方花。沿著牆壁的架上放滿了各式各樣的瓶瓶罐罐，裝著液體、藥膏和粉狀物。櫃檯後方是一面泛黃的鏡子，照出藥劑師光禿禿的頭頂。鏡子的一邊是排得整齊的抽屜，每個抽屜都有標示牌，正中央有一個黃銅把手；另一邊是一排架子，放著動物標本，各種姿態從表情誇張的到張牙舞爪作戰鬥狀都有。有一隻貓頭鷹在啃噬一隻田鼠、一隻蜜獾與一隻雪貂在纏鬥、一隻長臂猿被一條束帶蛇纏住，再現了勞孔的悲歌。

「這都是你做的嗎？」森姆納問。

藥劑師遲疑一下，然後點頭。

「我是鎮裡最好的剝製師，」他說，「你可以問任何人。」

「你製過最大的野獸是什麼？我的意思是很大的那種。坦白告訴我。」

「我製過一隻海象，」禿頭藥劑師漫不經心地說，「製過北極熊。他們從格陵蘭帶回來的。」

「你製過北極熊？」森姆納問。

「有啊。」

「他媽的北極熊！」森姆納重複了名字，微笑起來，「這就是我想要看的。」

「我讓牠用後腿站著，」禿頭藥劑師說，「兩隻可怕的爪子在冷風中狂抓，像這樣。」隨著他把自己橘色的手伸到半空，臉部凝結成一副在吼叫的模樣，「那是幫費爾班先生製的，那個有錢的傢伙，就住在夏洛蒂街上那間大屋裡。我相信他還是把牠放在入口大廳，就在鯨魚牙齒造的衣帽架旁邊。」

「你會製一條眞的鯨魚嗎？」森姆納問。

禿頭藥劑師搖頭，並因爲這個想法而笑起來。

「鯨魚是無法剝製的，」他說，「除了體型太大之外，牠們腐爛得很快。而且哪一個正常人會想要剝製一條他媽的鯨魚呀？」

森姆納點頭，又微笑起來。禿頭藥劑師也咯咯地笑。

「我製過很多狗魚，」他虛榮地繼續說著，「製過很多水獺，有一次有人帶給我一隻鴨嘴獸。」

「我們把藥名改一改，你覺得怎樣？」森姆納說，「改一改帳單上的藥名？改成苦艾酒。改成甘汞也可以，看你。」

「藥單上本來就有甘汞了。」

「苦艾酒吧，就寫苦艾酒。」

「不如寫硫酸銅，」藥劑師建議，「有些外科醫師用很多。」

「那就寫硫酸銅吧，另一種就寫苦艾酒。」

藥劑師點一下頭，快速的用心算計價。

「一瓶苦艾酒，」他說，「差不多等於三盎司硫酸銅。」他便轉身打開抽屜拿出一些瓶子來。森姆納緊靠著櫃檯看他操作——秤重、過篩、研磨、上塞。

「你自己有出過海嗎？」森姆納問，「去捕鯨。」

藥劑師搖搖頭，繼續工作，沒有抬頭。

「格陵蘭這檔生意很危險的，」他說，「我寧願待在家，又暖又乾燥，大大降低慘死的機會。」

「那麼你是聰明人。」

「我是謹慎，這樣而已。我看過一些事情。」

「我會說你是幸運的人，」森姆納回應，眼睛同時再次巡視了一遍破舊的店面，「吃大虧眞幸運。」

藥劑師迅速地抬頭開他一眼，以確定他是否被嘲諷，但森姆納的表情是認眞的。

「沒有虧很多啦，」他說，「比起其他人。」

「還是有呀。」

藥劑師點頭，把包裝好的藥品再用細繩綁好，推向森姆納。

「『志願者』是一條有經驗的老船，」他說，「很熟悉冰原附近的航線。」

「伯朗利呢？聽說他有點倒霉。」

「巴斯特信任他。」

「的確，」森姆納說著，提起藥品塞到腋下，彎身在收據上簽名，「那大家覺得巴斯特怎樣？」

「都認爲他很有錢啊，」藥劑師回答，「在這一帶一般來說一個人不會因愚笨便有錢的。」

森姆納微笑，禮貌地點頭告別。

「很同意，」他說。

¶

雨開始下，空氣裡宜人的氣味蓋過了殘留的馬糞味和肉店的腥味。他沒有回「志願者」，反而往左轉，去找尋酒館。他點了蘭姆酒，拿著酒杯走到一間邋遢的側房，那裡的烤爐沒有生火，窗外院子的景色也不討喜。房中沒有別的客人。他打開藥品的包裝，拿了其中一瓶，把半瓶倒進酒杯。暗沉的蘭姆酒顏色變得更深。森姆納吸了一口，閉上了眼睛一口氣喝得精光。

他坐著等待藥性發作，心裡想他或許自由了。或許這是他對現況的最好理解方式。在一切困擾他的事情之後：背叛、屈辱、窮困、羞恥；父母死於傷寒、威廉・哈伯死於酗酒、多少心力用錯方向，或前功盡棄、多少機會失去、多少計畫遠離目標。經過這一切，所有的一切，他至少仍然活著。最糟糕事已經發生過了——不是嗎？——他還是完好無缺、還有體溫、還有呼吸。他現在什麼都不是，那是無可否認的（在約克郡一艘捕鯨船上當醫師，對漫長的醫學訓練來說，算是什麼回報？），但是什麼都不是，從另一個角度看來，不也是什麼都是？現在的狀況不就是這樣子嗎？他還不算是失敗，而是享受自由？無拘無束？他現在心中的憂慮，這種持續不確定的感覺，必然是——他很肯定——他現在無拘無束的狀態所呈現出讓他驚訝的徵狀。

這個結論讓森姆納有一個短暫時刻感到十分寬慰，那個結論如此清楚、合理、如此容易地、迅速地獲得；但是，幾乎是在剎那間，幾乎在他有機會享受這嶄新感受，他便發覺他在享受的自由是相當的空洞的，是流浪漢或野獸所享有的自由。如果他享有自由，就像他現在的情況，那麼他面前的桌子也是自由的，空的酒杯也是如此。那自由的意義到底是什麼？那兩個字薄得像一張紙，稍微施力就揉成一團或撕成碎片。只有行動才算數，他想了第一萬遍了，只有事件才算。其他的都是水蒸氣、是霧水。他再喝了一杯，舔了一下嘴唇。想得太多是最大的錯誤，他提醒自己，是最大的錯誤。生命不會經過苦苦思索，或絮絮叨叨而被馴服，它必須要被活過，而且被挺過去，不管人們用什麼方式做到。

他的頭部往後靠向粉刷過的牆壁，朦朦朧朧地朝正前方的門外看去。他看見酒館老闆在遠處，在吧檯後面，他聽到金屬容器的碰撞聲，以及天花板或地板上的活板門響亮的撞擊聲。他感覺到一股清明與自在暖暖地從胸部湧上來。這是肉體的，他想，不是心靈的。那是血液，是化學變化使然。再過了幾分鐘，他對自己以及世界的感覺已大爲改善。船長伯朗利，他想，是個好人，而巴斯特以他自己的方式，也是一個好人。他們是有責任感的人，兩個都是。他們相信行動與結果、漁獲和報償，相信因與果盈虧互補的簡單道理。誰說他們是錯的呢？他低頭看著空酒杯，想知道再點一杯蘭姆酒是否明智。站起來應該沒有問題，他想，但是開口說話呢？他覺得自己有外來口音，他不肯定，如果他開口說話，他會說出什麼樣的英文——更正確地說是什麼語言？什麼聲音？酒館老闆彷彿感應到他的進退兩難，向他的方向瞄過來，森姆納舉起空酒杯代替呼喊。

「馬上到，」酒館老闆說。

森姆納以微笑回應這簡單卻巧妙的交流——客人的需求被感知，並獲得妥善處理。老闆進入側室，手中拿著半瓶蘭姆酒，把他的杯子倒滿。森姆納點頭道謝，一切圓滿。

外面天色已黑，雨也停了。黯淡的煤氣燈讓院子裡泛起黃光。隔壁有女人的聲音，笑得很大聲。我在這裡坐了多久呢？森姆納突然間感到狐疑。一個小時？兩個？他把酒喝光，邊重新綁好藥品包裹，邊站了起來。房間似乎比他剛進來時小很多。烤爐還是沒有點火，但有人把一盞油燈放在門口附近的矮凳上。他小心翼翼地走進隔壁的房間，巡視了片刻，向女士們脫帽致敬，然後離開酒館走到街上。

夜空裡滿是星塵——黃道上各星座之間濃密地布滿無名的星宿，點點發光。「萬點繁星頭頂掛，道德律令心中藏」，哲學家康德曾這樣描述他的思想與外在世界的關係。在漫步中他想起了在貝爾法斯特學醫的日子，在大體解剖室裡看著邪惡褻瀆的老教授史萊特利興高采烈地切開面前的屍體。「年輕的男士們，我還沒看到這小伙子不朽的靈魂，」他愛這樣打趣，同時雙手挖取屍體的腸子，就像魔術師從袖子拉出一長串旗子，「也找不到他推理論證的器官在哪裡，不過我會繼續找。」他想起切下來放在玻璃罐的腦袋，無助地浮著，像醃漬的花椰菜，海綿般的球體完全清空了思想和慾念。多餘的身體，是一團無助的肉；我們如何從骨頭召喚出那非肉體的面向？儘管如此，這條街看來相當美麗：受潮的磚塊在月光下略帶紅色、皮靴踏在石頭上產生咯咯的回聲、男士的呢絨上衣在背部產生繃緊的曲線、女士的法蘭絨裙子包覆著臀部。海鷗的盤旋與呱呱的鴉叫聲、手推車輪子的轆嘎聲、咒罵聲。一切一切，夜的粗糙和聲，彼此交融，像一支簡陋的交響樂。服用鴉片後，這種感覺是他最喜歡的：味道、聲音、景象之間的碰撞與喧囂所產生的美。每一個角落都忽然讓人感覺敏銳，都有一種突然而來的推力與幹勁，那是凡塵俗世裡缺乏的。

他在廣場或巷弄裡閒逛、路過藏在後院裡的破陋房子或富戶大宅。他搞不清哪裡是北方，或者碼頭在哪裡，但是到最後，他知道他總有某種方式找到路回去。他已學會在這種時刻停止思考，相信本能。爲什麼是赫爾，舉例來說？爲什麼他媽的捕鯨魚？毫無意義。這個思考模式就是其大智慧的所在。不合邏輯、接近白痴。聰明才智，他覺得，是沒有什麼前途的，只有笨蛋，有才智的笨蛋，才是這世界的繼承者。他進入大廣場的時候，遇上一個衣衫襤褸失去雙腿的乞丐，在黑暗的人行道上，吃力地蠕動著身體前進，口中吹著〈南西・道生〉的調子。二人停了下來。

「到皇后碼頭怎麼走？」森姆納問，缺腿的乞丐用積滿一層污垢的拳頭指向另一端。

「那邊，」他說，「哪一艘。」

「『志願者』。」

乞丐搖頭，喘著氣咯咯地笑起來。他的臉滿是天花留下的疤痕，截斷的身體在鼠蹊以下完整地消失。

「如果你選擇跟伯朗利出海，你會得到一屁股麻煩，」他說，「極大麻煩。」

森姆納想了一下，搖了搖頭。

「伯朗利會搞定的，」他說。

「會的，如果你要把事情搞砸，」乞丐搭話，「如果你要身無分文回家，或者你不要回家，他是會搞定的。這一切他都會搞定，我同意你說的。你有聽聞『珀西瓦』號吧？你一定有聽過他媽的『珀西瓦』號！」

乞丐頭上是一頂各式各樣老舊材質拼湊而成的帽子，類似髒掉而且走了樣的蘇格蘭圓扁帽。

「我當時在印度，」森姆納說。

「問問附近的人有關『珀西瓦』號吧，」乞丐說，「光說『珀西瓦』幾個字，看看他們怎麼說？」

「那麼你告訴我吧，」森姆納說。

乞丐頓了一下才開始說，彷彿要打量一下他有多無知、多令人感到好笑。

「撞上冰山碎成木片，」他說，「三年前了。當時船艙裡放滿了鯨脂，但他們連一桶都沒有搶救回來。一滴都沒有。八個人溺死，十個人凍死，活著的人半毛錢都賺不到。」

「聽起來是一場不幸事故。會發生在任何人身上。」

「不過是發生在伯朗利身上，並非別人。一個他媽的倒霉船長通常都再上不了別的船。」

「巴斯特一定很信任他。」

「巴斯特是他媽的深不可測。對他媽的巴斯特我只能這樣說。他就是深不可測。」

森姆納聳聳肩，抬頭看著月亮。

「你的腿怎麼了？」他問。

乞丐低頭往下看，皺著眉，彷彿看見失蹤的雙腿而感到驚訝。

「你去問伯朗利那條腿去哪吧，」他說，「你告訴他歐特・凱珀派你來問的。你告訴他我們在一個美麗的晚上一起數我的腿，好像有好幾條不見了。看看他對那一條如何說？」

「爲什麼我要問他呢？」

「因爲你不可能相信來自一個像我這樣的人所講的眞相，你可能覺得那是瘋子語無倫次而拋諸腦後，但是伯朗利跟我一樣對他媽的眞相清清楚楚。你問他在『珀西瓦』號上發生了什麼事。告訴他歐特・凱珀問候他，看他最近腸胃好不好。」

森姆納從口袋拿了一個硬幣，放到他張開的手上。

「記得歐特・凱珀的名字，」乞丐在他背後大喊，「問伯朗利我他媽的腿怎麼了。」

¶

他往前走了一段路，開始聞到皇后碼頭——酸臭味，像要變壞的肉類。在貨倉與貨倉之間、在林立的木材廠堆積起的木板之間，他清晰看得見捕鯨船和一般帆船的側影。現在已經過了午夜，路上已經比較寧靜——碼頭附近的酒館，像「存錢筒」和「水手的莫莉」，傳出暗啞的聲音、偶爾經過的出租馬車的噠噠聲，或者是運送垃圾的推車發出的悶響。星星已經移轉，體積變大了的月亮被銀白色的雲遮了一半；森姆納看得見「志願者」號停泊在碼頭稍遠的地方，中廣的船身，桅桿上滿是縱橫交錯的索具，難以分辨。甲板上沒有動靜，裝載的工作一定已經完成，正在等待漲潮，讓蒸汽拖船把他們帶到亨伯河口。

他的心思已經轉向北方的冰原和他毫無疑問會看到的奇景——一角鯨、海豹、海象、信天翁、北極海燕、北極熊。他想到大型的露脊鯨成群結隊像深灰色的風暴雲一樣在安靜的浮冰底下棲息。他決定他會用炭筆爲牠們作速寫、用水彩畫風景畫，更有可能寫日記。有何不可？他手上會有很多時間，伯朗利已經說得很清楚了。他會大量閱讀（他帶了一本已經看到折角的荷馬史詩），會練習久未使用的希臘文。他媽的有何不可？他還有其他寶貴的事要做——偶爾分發少量的瀉藥、偶爾發發死亡證明，但除此之外，有點像渡假。反正巴斯特有類似這樣地暗示過，暗示捕鯨船上外科醫生的工作是法律上明文規定，必須要達到要求，但實務上什麼屁事都沒有——所以薪水只是個笑話，這是當然的。所以就這樣了，他想，讀讀書、寫寫東西、睡大頭覺、船長來找就聊幾句。總的來說，這段時間會是優哉游哉，或許有一點無聊，但是天曉得那是他需要的，尤其是經歷過沒有人性的印度——地獄般的高溫、野蠻暴虐、臭氣熏天。不管前往格陵蘭捕鯨會是如何，他想，總不會像那樣。

3

「風大起來了，」巴斯特，「我敢打賭你很快會到達勒威克。」

伯朗利身體斜靠著舵手室，嘴裡吐出的一口綠色濃痰越過欄杆掉進寬闊的赫爾河口裡黝暗的河水裡。從北到南，隱約可見的岸線接連了鐵鏽色的河口與天空。前方的蒸汽拖船單調地低吟著、四處海鷗盤旋、拖船尾波浪滾滾翻騰。

「我實在很想知道你在勒威克爲我找到一幫怎麼樣的蠢蛋，」伯朗利說。

巴斯特微笑。

「都是好人，」他說，「都來自謝德蘭：勤奮、熱心、聽話。」

「我準備在到達北極海之前把船艙裝滿，你知道的，」伯朗利說。

「其實你要裝滿什麼？」

「鯨脂啊。」

巴斯特搖頭。

「亞瑟，你不需要在我面前證明你自己，」他說，「我知道你幹哪一行。」

「我是捕鯨人。」

「你是啊，的確是，而且是他媽的優秀。亞瑟，我們的問題不在於你，也不在於我。問題是我們背後有歷歷在目的過去。三十年前任何一個白痴都可以變有錢，只要他有一條船和一根魚叉。你記得吧。你記得一九二八年那艘『極光』號吧？六月就回來——他媽的六月欸——舷邊放著一堆堆的鯨鬚，堆得跟我一樣高。我不是說那是很簡單的事，從來都不簡單，你是知道的。但是總是做得到。現在你需要——什麼？——兩百匹馬力的蒸汽引擎、魚叉槍，還要運氣十足。而且，儘管是那個時候，你很少會兩手空空地回來。」

「我會把船艙裝滿，」伯朗利平靜地說，口氣堅持，「我會幹掉那些他媽的混蛋，把船艙裝滿，你等著瞧。」

巴斯特走向伯朗利。他的穿著不像從事有關海洋的工作，反而像律師：黑色小牛皮製靴子、南京棉布背心、紫色領巾、深藍色精緻絨布燕尾服。他的頭髮灰白稀疏、兩頰紅潤，顯出脈紋、雙眼似有發炎，分泌出黏液。他看來已患重病多年，但是他未從辦公室缺席過。他是一個僞君子，伯朗利這樣想，但是天哪他會說話。講、講、講，講個他媽的沒完，囉嗦得像無法抑制的河水。他死了被埋在他媽的土裡還是會他媽的停不了口。

「亞瑟，我們已把他們給殺光了啊！」巴斯特繼續說，「這一行還算興盛的時候眞的是生意興隆，也十分有賺頭。有他媽的二十五年的好日子。但世界變了，是新的一頁。就這樣想吧。這不是世界末日，而是更好的日子要開始。況且根本沒有人想要鯨脂了——現在都燒石油、都用煤氣了，你知道的。」

「石油早晚會用完，」伯朗利說，「只是一股潮流，鯨魚還在海裡——你只需要一個有經驗的船長，和一班聽命的船員。」

巴斯特搖著頭，靠向伯朗利，彷彿彼此心照不宣。伯朗利聞到髮油、芥末、密封蠟和丁香的味道。

「亞瑟，不要把事情搞砸，」他說，「不要記錯我們想要辦的事。這不是自尊的問題——不是你的也不是我的，也絕對不是爲了他媽的鯨魚。」

伯朗利轉身沒有回話，雙眼凝視遠方林肯郡單調乏味得有點淒涼的海岸線。他從未喜歡過陸地，他想。陸地自認爲太確實、太穩固、太肯定。

「你有派人去檢查泵浦嗎？」巴斯特問他。

「找了踐克斯。」

「踐克斯是個好人。我沒有虧待魚叉手吧，是嗎？我相信你看得出來。我替你準備三個最好的。踐克斯、大鯨魚瓊斯，還有那個是誰，喔對了，鄂圖。任何船長都樂於有他們三人。」

「他們都可以，」他承認，「三個都不錯，但是比不上一個卡芬迪。」

「卡芬迪是一定要的，亞瑟。卡芬迪有腦筋，我們已經談過他好多次。」

「我聽到船隊中有人私下抱怨。」

「對卡芬迪嗎？」

伯朗利點頭。

「找他當大副是一個不好的決定，大家都知道他是個無用的傢伙。」

「卡芬迪是人渣，是皮條客，這沒錯，但是他會聽命行事。而當你到了北極海的時候，你最不想看到的是那些好作主張的王八蛋。不過，你還有個二副，那個年輕的黑師傅，你途中遇到困難他會幫忙。他頭腦清楚。」

「你覺得我們那位愛爾蘭外科醫師呢？」

「森姆納？」巴斯特聳聳肩，吃吃地笑起來，「你知道我用多少錢聘他嗎？一個月兩英鎊，價廉物美。是新的紀錄，很接近了。事情是有點可疑，那是當然的，但是我相信我們不用擔心。我很肯定他不想要我們給他添麻煩。」

「你相信他那個過世叔叔的故事嗎？」

「天呀，才不。你呢？」

「那你認為他是在軍中被革職嗎？」

「很有可能，不過就算是被革職了又怎樣？他們現在為什麼把人革職的？打橋牌作弊？雞姦了吹號角的男生？我認為他很合用。」

「你知道他曾經在德里軍醫院，他見過死前的尼科森。」

巴斯特眉毛一揚，隨著點頭，看似對他刮目相看。

「那個尼科森眞是鐵血英雄，」他說，「多幾個像他一樣把那些王八蛋吊死，就比較不會有像後來的坎寧一樣他媽的優柔寡斷，左右為難，國家治理就會更令人放心。」

伯朗利點頭同意。

「聽說他一刀可以把一個印度叛軍劈成兩塊，」他說，「就像切小黃瓜一樣，我是說尼科森。」

「像切小黃瓜！」巴斯特大笑，「場面應該是很精彩，不是嗎？」

他們經過格林比身邊，走到右舷。亨伯河口的潮汐島就在他們前方冒了出來，形成一條黃色細線。巴斯特看了看懷錶。

「我們的時間抓得很好，」他說，「所有徵兆都對我們有利。」

伯朗利呼喊卡芬迪，命他向蒸汽拖船示意。差不多一分鐘後，拖船速度變慢，纜繩也鬆馳，最後拖船拋掉纜繩，伯朗利下令把大桅的帆張開。西南風清新怡人，氣壓也穩定。東面水平線上堆積著灰雲。巴斯特向他微笑著，伯朗利瞥了他一眼。

「亞瑟，出發前還有一句話要對你說，」他點頭示意到下面的船長室。

「把他媽的纜繩捲起來，」伯朗利向卡芬迪大喊，「保持穩定，不要再升帆了。」

二人沿著艙梯往下走，進入船長室。

「白蘭地嗎？」伯朗利問。

「好呀，反正是我付的錢，」巴斯特說。

他們坐在桌子兩端，面對面喝起來。

「我把文件帶來了，」巴斯特說，「我認爲你該親自看看。」他從口袋取出兩張羊皮紙，打開後沿著桌面推向伯朗利。伯朗利低頭看了一會，巴斯特繼續說，「一萬兩千鎊，分成三份，是相當可觀的一筆錢了，亞瑟。你應該把事情放在心上。這大大超出你想從殺鯨魚賺到的了。」

伯朗利點頭。

「坎寶最好要在，」他說，「這是我的堅持。如果坎寶在我需要他時不在，我就掉頭把這他媽的船開回來。」

「他會在，」巴斯特說，「坎寶不是你想的那麼白痴，他知道如果這次順利，他就會出頭。」

伯朗利搖頭。

「就怕是這樣子，」他說。

「錢最大，亞瑟，就是那麼一回事。有錢使得鬼推磨，錢不會理我們的意願，一條路被封了，它會另開一條新的。我控制不了它，也無法命令它做任何事、往哪裡去——我他媽的很想，但我沒辦法。」

「你最好祈禱那裡冰塊要夠多。」

巴斯特把酒杯裡的酒喝完，站起來要離開。

「喔，那裡什麼時候都有冰塊，」他嘴角露出微笑，「這我們很清楚。如果有任何人懂得找尋它的竅門，那一定是你。」

4

一八五九年四月一日，他們進入了勒威克港。灰濛濛的天空恐怕隨時會下出雨來，小山丘圍繞小鎮四周，顏色像是潮濕的鋸屑，禿得沒有一棵樹。兩艘彼得黑德公司的「參布拉」號和「瑪麗安」號已經拋下錨，一切妥當，另一艘登第公司的「眞愛」號預料明天會到達。一吃完了早餐，伯朗利船長便下船到鎮裡找當地的船務經紀商山姆・泰特，要爲船隊補充謝德蘭人船員。森姆納花了整個早上分配菸葉給船員，並照顧艙面水手湯姆・安德生身體的疼痛。到了下午，他躺在下鋪邊讀荷馬邊睡著，到卡芬迪敲門才把他叫醒。卡芬迪說要湊幾個盡忠職守的船員，測試一下當地釀酒業的成就。

「現在這個遠征隊有我，」卡芬迪說，「有踐克斯，我肯定他是他媽的酒鬼上身的異教徒，有黑師傅，是冷靜的顧客，說只喝薑汁啤酒和牛奶，我們等著瞧，還有大鯨魚瓊斯，當然是一條憤世嫉俗的硬漢，所以他對我們來說是他媽的一個謎。總之，我保證這會是一個最過癮的夜晚。」

踐克斯和大鯨魚瓊斯負責划船。卡芬迪說過不停，告訴大家他看過最慘烈的小刀格鬥、幹過勒威克最醜的女人，故事一個接一個。

「我發誓，她的淫水臭到讓人受不了，」他說，「你沒在現場你是他媽的不會相信的。」

森姆納與黑師傅坐在船尾。他離開自己船艙時吃了八格令的鴉片酊（按以前的經驗這分量剛好，足可以讓他外出，又不會在別人眼中像個他媽的白痴）。他享受著海水飛濺在船槳上發出的聲音，以及船槳與槳架互相摩擦發出的吱嘎聲（而且他也高興可以不理卡芬迪）。黑師傅問森姆納這是不是他第一次來勒威克，森姆納確認這是第一次。

「你會覺得這裡是落後地方，」黑師傅告訴他，「這裡土地貧瘠，謝德蘭人又沒有心去改善。他們是農民，有農民的美德，我覺得，不過除此之外什麼都沒有。在島上走走，看看牧場和其他建築物的淒涼景象，你就知道我的意思了。」

「鎮裡的人呢？他們沒有因爲捕鯨業而得到一點好處嗎？」

「只有小部分，但是大部分就是因捕鯨業而變得墮落。整個鎮像其他港口一樣骯髒，一樣的邪惡——或許沒有比其他港口差，不過絕對不會比較好。」

「我們要爲此感謝他媽的上帝啦，」卡芬迪高聲地回應，「喝杯像樣的酒和一個濕答答的膣屄是一個男人在開始血腥捕鯨前必須的，幸運的是這兩樣東西是勒威克首屈一指呀。」

「他沒說錯，」黑師傅證實，「如果你要的是蘇格蘭威士忌和廉價妓女，你就找對地方了。」

「我很幸運有那麼有經驗的嚮導。」

「你的確很幸運，」卡芬迪說，「我們會教你一些訣竅，對吧，踋克斯？我們會帶你看門道，你可以放心。」

卡芬迪大笑起來。負責划船的踋克斯自從出發後就沒有開口說話，他抬頭凝視著森姆納一會，彷彿是要確定他是誰，有什麼利用價值。

「在勒威克，」他說，「最便宜的威士忌是六便士一杯，一個像樣的妓女要花一先令，你有特殊需求的話可能要兩先令。這就是任何人都需要知道的竅門。」

「你看到了，踋克斯是不多話的人，」卡芬迪說，「但我喜歡胡扯，湊成一組。」

「那麼大鯨魚瓊斯呢？」森姆納問。

「瓊斯是從龐蒂浦來的威爾斯人，從來沒有人聽懂他說的他媽的一個字。」

瓊斯轉身叫卡芬迪閉上他的鳥嘴。

「懂了吧？」卡芬迪說。「他媽的莫名其妙。」

¶

他們在皇后飯店開始，然後移到商務，再到愛丁堡軍器。離開愛丁堡軍器後，他們再到夏洛蒂街上的伯朗太太的娼寮；踆克斯、卡芬迪和瓊斯各自挑了一個女人，便到樓上去，而森姆納和黑師傅在樓下喝黑啤酒。森姆納因服用鴉片酊後都無法辦事，說自己得了淋病還沒有痊癒，而黑師傅則堅持他對未婚妻的承諾，要在婚前守貞。

「可不可以問你一個問題，森姆納？」黑師傅說。

微醺的森姆納視力已開始模糊，凝視著黑師傅，然後點頭。黑師傅年輕而且熱情洋溢，但森姆納認爲他略爲傲慢了一點。他從來不會公開地表現粗魯或不屑，但是他讓人感到他有某種自信，而那種自信與他的身分不合乎比例。

「好啊，」他說，「當然可以。」

「你在這裡幹什麼？」

「在勒威克嗎？」

「在『志願者』，一個像你這樣的人在一艘前往格陵蘭的捕鯨船幹嘛？」

「我想前幾天晚上我在交誼廳用餐的時候就說過我的情況了——我叔父的遺囑、牧場。」

「那爲什麼不在城市裡的醫院找工作？或者暫時做其他事。你一定認識一些人可以幫助你。捕鯨船上外科醫生的工作很尷尬，無趣，薪水又低。通常是需要錢的醫學系學生來當，你這把年紀，有你這種經驗的人是不會幹的。」

森姆納從鼻孔噴出兩股濃烈的雪茄煙，眨了眨眼。

「或許我是一個無可救藥的怪胎，」他說，「或者只是一個他媽的笨蛋，你有這樣想過嗎？」

黑師傅微笑。

「我懷疑兩個都不是，」他說，「我看過你讀荷馬。」

森姆納聳聳肩。他堅持保持沉默，會透露他眞實情況的話絕口不提。

「巴斯特給我這個缺，而我接受了。或許又有點魯莽。但是既然我們已經開始，我對這個經驗十分期待。我打算要寫日記、畫速寫，還有閱讀。」

「這航程可能沒你想像中那麼輕鬆。你知道的，伯朗利有很多事要證明——我肯定你有聽過『珀西瓦』號吧。那次之後他還能找到另一艘船，眞幸運。如果這次又沒達成任務，他就完了。你是船上的外科醫生，沒錯，但我看過外科醫生被派去捕鯨。

你不會是第一個。」

「我不害怕工作，如果那是你說的那種。我會負責我的部分。」

「喔，我肯定你會逃不了。」

「你呢？爲什麼到『志願者』？」

「我年輕，家人全去世了，沒有重要的朋友；如果我要活下去我必須要冒險。伯朗利是出了名的不擇手段，但是如果他成功，他可以爲我賺一大筆錢；如果他失敗，那不關我的事，而我手上還有時間。」

「以一個年輕人來說，你很精明。」

「我不打算像其他人的下場——踱克斯、卡芬迪、瓊斯。他們已經沒有思考了，不再知道自己在做什麼，或者不知道爲什麼這樣做。但是我有計畫。五年後，如果好運的話會快一點，我會有自己的船。」

「你有計畫？」森姆納說，「你認爲這對你有幫助？」

「喔，有的，」他說著露齒而笑，展現出對森姆納的尊重，卻帶幾分傲慢，目空一切地說：「我覺得會。」

¶

踱克斯第一個走下樓。他坐到黑師傅身旁的椅子上，放了一個又長又響的屁。

二人轉頭看他。他使了個眼色，然後向女侍揮手，再點了一杯酒。

「一先令，已經算不錯了，」他說。

角落的兩個小提琴手開始演奏，一些女生跳起舞來。一群「參布拉」的艙面水手來到娼寮，黑師傅趨前閒聊。卡芬迪再度現身，雙手仍在弄著褲襠上的鈕扣，但是還沒見到瓊斯的蹤影。

「我們的書呆子黑師傅有夠煩的了，是不是？」卡芬迪說。

「他說他有計畫。」

「幹他媽的計畫啦，」踱克斯說。

「他想要當船長，」卡芬迪說，「他不可能的，他對船上的事他媽的一竅不通。」

「船上有什麼事？」森姆納問。

「沒什麼，」卡芬迪說，「一般事務。」

「參布拉」號的人與妓女跳舞，一面尖叫一面在地板上跺腳，空氣中滿是鋸屑和泥煤味，還溫溫的瀰漫著來自菸葉、灰燼和酸臭的啤酒味。踋克斯一臉不屑地看著對面跳舞的人，並要求森姆納幫他點一杯威士忌。「我會簽借據，」他提議。森姆納揮了揮手，便再幫他點了一杯。

「你知道嗎，我聽說過德里的事，」卡芬迪對他說，身體往森姆納靠近。

「你聽到了什麼？」

「我聽說那裡有利可圖，很多戰利品，你有拿到嗎？」

森姆納搖搖頭。

「我們進城前叛軍已經把東西清空了，帶著走，剩下的只有流浪狗和破家具，整個城被洗劫。」

「那就沒有黃金嘍？」踋克斯說，「珠寶呢？」

「我有錢的話還會跟你兩個王八蛋坐一起？」

踋克斯盯著他看了好幾秒鐘，彷彿那是一個複雜的問題，一時間難以回應。

「有眞的有假裝不是的，」他最後說。

「我都不是。」

「那麼你有看過重要的血腥場面吧，我敢打賭，」卡芬迪說，「那些最他媽的暴力的。」

「我是外科醫生，」森姆納說，「我對血腥暴力沒有好感。」

「沒有好感？」踀克斯重複著森姆納的話，語氣中假裝著謹慎，彷彿「好感」兩個字帶有女孩子氣，而且略帶荒謬。

「不會被嚇到吧，你可以說，」森姆納迅速地補充，「我不會被血腥暴力嚇到，不會了。」

踀克斯搖搖頭，看著坐在另一端的卡芬迪。

「我自己也不會被嚇到，你呢，卡芬迪先生。」

「不太常，踀克斯先生。我通常覺得自己可以忍受得了些微的血腥暴力。」

踀克斯把酒喝完，便走到樓上去找瓊斯，可是找不到。回到他的桌子途中，和「參布拉」的人員說了些話。踀克斯回到位子後，一個人向他罵了一些話，但踀克斯沒有理會。

「不要了，」卡芬迪說。

踀克斯聳聳肩。

提琴手在拉一首叫〈莫尼馬斯克〉的曲子。森姆納看著那些邋遢又不匹配的男女舞者旋轉並跺腳。他想起印度兵變前在菲羅茲浦跳波爾卡，想起陸軍上校家裡那潮濕悶熱的舞廳，混合著雪茄菸、糯米粉製成的粉底和參雜玫瑰香水的汗味。換了曲子後，一些妓女坐下來休息，或彎身雙手抵住膝蓋喘息。

踀克斯舌頭舔著嘴唇，從椅子站起來左右倚著桌子走到房子的另一邊，來到剛才跟他爭辯的男人旁邊。他停下來不久，彎身靠近男人的耳朵輕聲說了一些他精心選擇的髒話。當男人一轉身，便被踀克斯在臉部揍了兩拳，正要擊出第三拳時，他已經被男人的同行船員拉開並團團圍住。

音樂聲停止，隨之而來的是尖叫聲、咒罵聲、家具破裂聲和酒杯碎裂聲。卡芬迪前往救援，但立即被打倒在地上。現在是二比六，森姆納只是看著，認爲自己是醫生，不是來鬧事的，想要保持中立。但是他看見敵眾我寡，便知道他的責任。他把手上的波特啤酒放下，走向鬧事者。

一個小時後，打夠、嫖夠、喝夠的踀克斯負責划船，把人送回「志願者」。船上人員變少了，瓊斯和黑師傅不在，森姆納蜷伏在船尾呻吟，卡芬迪躺在他身邊猛打鼾。沒有月光的夜晚海水墨黑。如果不是捕鯨船上的煤油燈和沿岸的點點燈光，他們什麼也看不見，全被黑暗包圍。踱克斯身體前後擺動，海水隨著他划槳的動作一輕一重地重複著。

到了捕鯨船邊，踱克斯把神智不清的卡芬迪叫醒，然後二人把森姆納拉到甲板上，再合力抬到統艙去。他們要伸手到他的背心口袋裡才找到鑰匙把門打開，他們幫他躺到床鋪上，並把他的靴子脫下。

「這倒霉鬼看來需要一位外科醫生，」卡芬迪說。

踱克斯沒有回話。他在森姆納背心口袋找到兩根鑰匙，想著那第二根用來做什麼。他環顧艙內，發現在藥櫃旁邊的床下有一個上了鎖的行李箱。他蹲下來用食指尖戳了箱子幾下。

「你在幹什麼？」卡芬迪問。

踱克斯給他看了第二根鑰匙。卡芬迪不屑地哼了一聲，並抹去破裂的嘴唇上滲出的血。

「搞不好裡面什麼都沒有，」他說，「只是一些垃圾。」

踟克斯把行李箱拉出來，用第二根鑰匙把掛鎖打開，開始翻看箱子裡的東西。他挪開了一條帆布褲、巴拉克拉瓦頭套、一本裝訂簡陋的《伊利亞德》，另外有一個紅木制的小盒。踟克斯把盒子打開。

卡芬迪輕輕吹了一下口哨。

「鴉片煙槍，」他說，「天哪。」

踟克斯拿起了煙槍，仔細看了一下，嗅了嗅，便放回盒子。

「不可能的，」他說。

「為什麼？」

他揪出一雙防水靴、一個水彩畫箱、一組床單和枕頭套、一件羊毛背心、三件法蘭絨襯衫、一套刮鬍用具。森姆納翻身側臥，並哼了一聲。二人停了下來，看著森姆納。

「看最底下，」卡芬迪說，「最底下可能藏了東西。」

踟克斯把手探進行李箱最底下翻尋。卡芬迪打了個哈欠，伸手去要摳下黏附在外套的手肘上一塊已經乾掉的芥末醬。

「有東西嗎？」他問。

踸克斯沒有回答。用另一隻手伸進行李箱深處，拉出一個骯髒而殘舊的信封袋。他從信封袋取出一份文件，遞給卡芬迪。

「退伍令，」卡芬迪說，過了片刻，他繼續說，「軍事法庭受審，被解僱，無退休金。」

「什麼原因？」

卡芬迪搖搖頭。

踸克斯把信封左右晃動幾下，然後翻轉過來，倒出了一只黃金打造的戒指，上頭鑲了兩顆不小的寶石。

「假貨，」卡芬迪說，「一定是。」

森姆納床頭的牆上有一面長方形的小鏡子，四邊打磨平滑，並鑲有銅製護角，前任住客想必是一位愛慕虛榮人士。踸克斯取過戒指，用舌頭舔了一下，便在鏡面上刮下去。卡芬迪看著他，然後身體靠近鏡子，仔細研究鏡子上的刮痕——像一根從某老嫗頭上拔下來的灰白頭髮。他舔一舔食指，然後抹去鏡面上微細的粉末，讓自己能看清楚刮痕的深度。他點點頭。二人彼此端詳一會，然後垂頭看著看來熟睡中呼吸沉重的森姆納。

「德里的戰利品，」卡芬迪說，「撒謊的王八蛋，爲什麼他沒有賣掉？」

「以防萬一吧，」踇克斯企圖解釋，彷彿那答案顯而易見，「他覺得留著會讓他更安全。」

卡芬迪搖著頭大笑，對這個愚蠢的想法感到訝異。

「捕鯨船上充滿危險啊，」他說，「我們之中會有不幸的人是沒辦法活著回家的。這道理很簡單。」

踇克斯點頭，卡芬迪繼續說，「如果一個人在船上死了，當然是大副執行任務，把他的遺物拍賣，歸還給他的遺孀。對吧？」

踇克斯搖頭。

「說得對，」他說，「不過還不要，不要在勒威克。」

「他媽的沒有啦，還沒啦，我還沒有這打算啦。」

踐克斯把戒指和退伍令放回信封袋，再把信封袋塞回行李箱底，並把其他東西歸位。他咔嚓一聲鎖上了行李箱後便推回去床底下。

「不要忘了鑰匙，」卡芬迪告訴他。

踐克斯把鑰匙放回森姆納的背心口袋裡，二人離開船艙，走到艙梯去，在分手時他們停了下來。

「你覺得伯朗利該知道嗎？」卡芬迪說。

踐克斯搖頭。

「只有我們知道，」他說，「只有你和我。」

5

捕鯨船離開勒威克往北走，連日又是霧、又是冰雨、又是暴風，不曾歇息、不曾減緩，海與天交織成濕答答的灰色一片，在翻騰，穿不透。森姆納留在船艙內不停地嘔吐，無法閱讀或寫作，心想自己為何淪落至此。他們兩次被東面吹來的強風襲擊，纜繩吱吱作響，捕鯨船在波峰浪谷中忽起忽落。到了第十一天，天氣平靜下來，海面上出現浮冰：薄薄的不相連接，每塊相隔好幾碼遠，在微微起伏的波浪中載浮載沉。空氣剛開始變冷，但天色漸漸澄澈，已看得見遠方揚馬延島上已結冰的火山口。廚餘袋被搬到甲板上，火藥、雷管和來福槍也分配妥當。船員們開始製作子彈、磨刀，準備開始捕獵海豹。兩天後，他們看見主要海豹群第一次出現，到第二天黎明，小艇已經降到海上。

踱克斯在浮冰間來回，獨自作業。他耐心地、無情地接近一群又一群的海豹，有時候開槍，有時候用棒子敲打。小海豹對他尖叫，並企圖滑走，但往往動作太慢或太愚蠢而逃不掉。看到大海豹他就直接開槍。他每抓到一隻海豹，便把牠翻過身來，用刀在牠的鰭肢和身體之間的地方劃出一個圓周，再沿著脖子到生殖器劃開，接著把刀鋒從油脂和肌肉之間的縫隙刺進去，掰開牠的外皮。他把取得的外皮串在一條繩子上，以便拖行，血淋淋而仍在顫抖的身體，像初生嬰兒般躺在浮冰上，等待海鷗來啄食，或小北極熊來果腹。幾個小時後，整塊浮冰就像屠夫的圍裙一樣血跡斑斑，同行的五隻捕鯨小艇都滿載了發出腥臭味的海豹皮。伯朗利示意他們停手。踦克斯把最後一批海豹皮運回船上，身體稍微伸展了一下，又彎身把剝皮刀和木棒往海水裡蘸，要洗掉黏著的血塊和腦漿。

他們全身溼透地被吊籠載回到甲板上時，伯朗利正點算海豹皮，並計算總值。他估算四百片海豹皮可以生產九噸海豹油，運氣好的話，每一噸會賣四十鎊。這是好的開始，必須要乘勝追擊。海豹群開始分散，來自荷蘭、挪威、蘇格蘭和英格蘭的小型捕鯨船隊沿著浮冰，競相追捕海豹。入黑之前，伯朗利帶著望遠鏡爬到桅樓，要確定明天最有利的獵捕位置。海豹群今年特別地大，而雖然浮冰大小不一，有些地方還比較薄，但無礙於航行。品質尚可的人力保證會有五十噸的收穫，現在以巴斯特提供的一堆廢物看來，相信也會有三十噸，或許會有三十五噸。他明天會多派一隻小艇出去，他決定了，第六隻。他媽的活著的能拿槍的都要去殺海豹。

早上四點鐘天就亮了，他們再把小艇放到海面。森姆納與卡芬迪、管事、打雜小弟和其他幾個老是裝病的同坐在第六隻船。外面氣溫十八度，風力和緩，海水就像是倫敦半融的泥黃色雪水。森姆納擔心被凍傷，帶了套頭帽和羊毛圍巾，拿著來福槍的雙手放在兩膝之間。他們朝東南方划了半個小時，便看見不遠處黑壓壓一群海豹集結。他們把錨釘在浮冰上便下船。卡芬迪口中吹著〈烈治文山的小姑娘〉的曲子，領著其他人散散慢慢地單行前進。他們到達離海豹六十碼遠，便分散開來，開始射擊海豹。三隻成年海豹中彈身亡，六隻未成年海豹被木棒打死，其他的安全逃離。卡芬迪吐了一口口水，再裝上子彈，然後爬上浮冰的小丘上四處眺望。

「那邊，」他對其他人高喊，指向另一方向，「那邊、還有那邊。」

船上的打雜小弟留下來負責剝海豹皮，其他人分散到不同方向。森姆納往東走，耳中聽見的是浮冰移動時不斷傳出尖銳的吱嘎聲和遠處傳來的陣陣槍聲。他擊斃了兩隻海豹，並努力的把皮剝下。他用刀子在皮上挖洞，串在繩子上，打好繩結，並掛在肩膀上，往原路回去。

到了中午，他多殺了六隻海豹後已經遠離捕鯨船一哩遠，身上拖著一百磅的海豹皮，走在一大片一大片的鬆動浮冰上。他累得頭昏腦脹，肩膀上繩子不斷摩擦已疼痛不堪，冷空氣也讓肺部難以承受。他抬頭看見卡芬迪在前方一百碼處，卡芬迪右方不遠處有另外一個穿著暗黑的人，二人往同一方向走，各自肩負著海豹皮。他大聲呼喊，但聲音敵不過強風，沒有人停下來或轉頭看。森姆納不顧困難往前走，每踏出一步，心中都想著自己溫暖的船艙和醫療箱裡五小瓶像士兵一樣在列隊行進的鴉片酊。他現在每天晚飯後都要服用二十一格令。其他人以為他在努力讀他的希臘文，並嘲笑他，但是，說真的，當那些人在打牌或談論天氣，他則躺在床上，精神渙散，卻又處於一種難以言喻的欲仙欲死狀態。此時的他，可以前往任何地方、可以成為任何人。他的思緒在互相滲透的時間與空間裡游移——高威、勒克瑙、貝爾法斯特、倫敦、孟買——一分鐘有一個小時之長，十年的光陰卻片刻間在身邊流逝。他有時候會懷疑，鴉片是不是謊言？或者，我們身處的世界，那個血腥與痛苦、單調乏味煩惱憂慮的世界，是一個謊言嗎？他知道，就算他對其他一竅不通，他也知道兩者不可能同時為真。

森姆納走到一塊浮冰邊緣，停下來片刻，然後把繩索的末端甩到一碼外另外一塊浮冰上，再退後一步，準備一躍而起。當時正在下雪，空氣中滿是雪花刮著他的臉和胸部。經驗告訴他，最好是由他的瘸腿起跳，用好的腿著地。他踏出一步，然後踏出更大更快的另一步，再屈膝讓身體躍起，但是他站立的一支腿在浮冰上往旁邊一滑，讓他本來可以輕易一蹴而就，卻一個踉蹌，身體便往前衝，像小丑一般滑稽地——頭部在前，雙臂在空中划動——掉進黑暗而冰凍的水裡。

有好一段時間他驚慌失措，整個人沒入水中，什麼都看不見。他掙扎著讓身體挺直，然後揮出手臂，緊抓住浮冰的邊緣。但是他全身被極度低溫的海水吞噬，讓他幾乎無法呼吸；他用力地倒抽著氣，血液在他耳際翻滾狂嘯。他伸出另一隻手，同時抓住浮冰，企圖把身體撐出水面，但仍是失敗，因爲浮冰表面十分滑溜，加上整個早上的作業已讓他的雙臂疲憊不堪。他只有頭部在水面上，但風雪卻越來越大。浮冰在暗流上移動，吱嘎的摩擦聲或撕裂聲傳到他耳中。他知道如果兩片浮冰碰在一起，便會把他的身體壓碎，或如果他在水中待太久，便會失去意識而溺斃。

他雙手再緊抓住浮冰，努力要撐起身體離開水面，卻痛苦地半身懸在空中，好一陣子不上不下的。最後他雙手從浮冰滑脫，整個身體往後仰，海水同時灌進他的嘴巴和鼻孔。他雙腿猛踢不讓自己沉下去，並忙著擤鼻子和吐口水。已經濕透的衣服似乎忽然間產生強大的力量，把他往下拉，從腹部到腹股溝因低溫而開始抽痛，四肢也開始麻木。他媽的卡芬迪在哪？他心裡想。卡芬迪一定有看到他掉下水，他大喊救命，一次又一次地，但是沒有人出現。只有他一個人。串著海豹皮的繩索離他不遠。但是他知道海豹皮無法承擔他的體重，他必須要靠自己的力量爬上來。

他第三次緊抓住浮冰，雙腿更用力地踢，讓自己往上浮起。他先用右手手肘抵住浮冰，再用左手手掌扶著浮冰表面。手肘固定好在浮冰上後，他痛苦地大聲喘著氣，用盡力氣讓下顎和脖子，以及上胸部達到浮冰的表面。他用手肘作爲支撐點，左手用力往下壓，身子便再往前了一、兩吋，他相信再過一陣子當身體平衡得更好之後，便會成功脫險。但正當他想到這裡，他攀附的浮冰突然往一邊移動，讓手肘滑脫，下顎猛烈撞向浮冰上突出的冰塊。一瞬間，他凝視著慘白的天空，然後腦子一片混亂，無奈地沉入黑暗的海水裡。

6

伯朗利夢見自己用一隻舊鞋子來喝鮮血。那是歐尼爾的血，不過他已經死了，因爲寒冷，和喝飽了海水。舊鞋子輪流傳到每個人的手上，大家用顫抖的手捧著喝。溫暖的血液像紅酒一樣沾滿他們的嘴唇與牙齒。伯朗利心裡想，什麼東西呀，幹！人要活，管他是多活一個小時，或是多一分鐘。當時還能怎樣？船艙裡一桶桶麵包浮了起來，他知道，啤酒也是，但是沒有人有力氣，或者方法接近。如果有多一點時間！不過在黑暗中，一切混亂得像地獄！船艙裡水深十二呎，才一刻鐘，什麼都沒了，驚濤駭浪中只看見船首的右舷。歐尼爾死了，但是他的血還是溫的。最後一個人用舌頭舔著鞋墊，用手指挖著跟部剩下的幾滴。血的顏色嚇人。除了血液，其他的事物都是灰色、黑色、和褐色。天賜呀！伯朗利心想。他大聲說，「天賜呀！」大家看著他。他轉頭面向外科醫生，並給以指示。他感到喉嚨中和胃中有著歐尼爾的血滲透到全身，給他新的生命。外科醫生把他們的血放乾，然後外科醫生也把自己的血放乾。有些人把自己的血液混著麵粉成爲糊狀，其他人像喝醉了一樣直接從鞋子狂灌。這不是罪，他告訴自己，世上再沒有罪了，只有血、海水和冰；只有生與死，及兩者之間的灰綠色一片。他不會死，他告訴自己，不是現在，他不會死。他口渴的時候，會喝自己的血，餓的時候，會吃自己的肉。他會在這盛宴中會變得巨大，會不斷擴張，塡滿空蕩蕩的天空。

7

到黑師傅找到森姆納時，他看來已經死掉。他的身體夾在兩塊浮冰間的窄縫裡，頭與肩露出水面，其他部分都在水裡。他的臉部除了嘴唇是藍黑色外，白得像骨頭。他還有有在呼吸嗎？黑師傅趴在浮冰上檢視，但他說不上來——風聲太大，周圍的浮冰在暗流中移動，彼此摩擦發出尖銳刺耳的聲音。這位外科醫生整個人已經凍僵了，硬梆梆的。黑師傅把那條綁海豹皮的繩子圍著森姆納的胸部固定好，他不知能否把他拉上來，不過還是要試試看。他握著繩子用力把森姆納往一旁拉，讓他脫離浮冰的縫隙，然後把自己的腳跟固定好在浮冰上，再用盡全力把森姆納往上拉。他僵硬的身體很輕易便冒出水面，彷彿海水最後決定不想要他。黑師傅丟下繩索，身體往前衝，一把抓住他大衣的肩章部位，然後把整個人拖到浮冰上來。他把森姆納身體翻轉過來，往他臉上打了兩下耳光。森姆納沒有反應，黑師傅再用力打。一邊眼瞼動了一下，張開了眼睛。

「天呀！你還活著，」黑師傅說。

他往天空開了兩槍。十分鐘後，搜索隊伍的鄂圖和其他兩個人到達，各人提著他的四肢快速地把他帶回船上去。在北極的低溫下，他濕透了的衣服結成了冰，他們比較像是搬運一件家具，而不是人。最後他們用一組配有滑輪的吊車把他運到船上甲板。伯朗利低頭看森姆納。

「可憐的傢伙還有呼吸嗎？」他說。

黑師傅點頭。伯朗利搖頭，感到非常不可思議。

他們把他從艙口往下移到交誼廳，剪開他結冰的衣服。黑師傅把煤炭加到火爐裡，並請廚師煮開水。他們用鵝油擦拭他已經凍僵的身體後，用滾燙的毛巾包覆全身。他動也不動，也沒說話；他活著，但處於昏迷狀態。黑師傅陪在他身旁，其他人偶爾進來看看，或給建議。大約到了午夜，森姆納雙眼眼瞼輕微張開，他們給他喝白蘭地，不過可能被嗆到了，咳出烏黑的血塊來。沒有人認爲他會活過當晚。到了天亮，大家看到他還有呼吸，便把他移回去他自己的船艙。

森姆納醒來的時候，剎那間還以爲自己回到印度，在德里軍營的潮濕帳篷裡，而撞擊「志願者」船身的冰塊發出的聲音，彷彿就是笨重的軍械運送途中的碰撞聲。

片刻間他彷彿覺得沒有任何恐怖的、無法挽回的事情發生過、彷彿他很不可思議地被給予另一次機會。他再次閉上眼睛睡著了。一個小時後他睜開眼睛，看見黑師傅站在床邊低頭看著他。

「你可以說話嗎？」黑師傅問他。

森姆納看著他一陣子才搖頭。黑師傅扶著他坐起來，開始給他餵食肉湯。肉湯的味道和高溫讓他受不了，兩湯匙到口後，森姆納閉上嘴巴，讓湯汁沿著下巴滴到胸部上。

「按理說你應該是死了，」黑師傅告訴他，「你在海裡他媽的三個鐘頭，沒有正常人能在那裡泡上一泡。」

森姆納的鼻尖和雙眼下方的臉頰因凍傷了而發黑。他記不起浮冰、寒冷和那恐怖的綠色海水，只記得他出事之前有抬頭看天，看見那滿天的雪花。

「鴉片酊，」他說。

他殷切地看著對面的黑師傅。

「你要說話嗎？」黑師傅把頭湊近森姆納。

「鴉片酊，」他再說一遍，「止痛。」

黑師傅點頭，便往藥箱走去。他把鴉片酊混在蘭姆酒裡，讓森姆納喝下。森姆納感到喉頭一陣灼熱，片刻間覺得要吐出來，但是他強忍住。他才說兩句話便已經精疲力竭，儘管他肯定自己不在印度，但是身在哪裡、自己是誰，卻不知道。他劇烈地顫抖，並開始哭泣起來。黑師傅幫他躺平身子，再蓋上一張粗糙的羊毛毯子。

晚飯後，黑師傅在交誼廳向大家報告他們的外科醫生身體已有改善的跡象。

「很好，」伯朗利說，「以後不要再放第六隻小艇了，不想再來他媽的一個死掉，讓我良心不安。」

「只是倒霉吧，沒什麼，」卡芬迪口氣冷淡，「暴風雪中，從浮冰滑到水裡，我們任何一個都有可能。」

「看來他算命大，」踐克斯說，「這傢伙本該當場被浮冰壓扁，或者淹死。在那種水裡十分鐘，血液就凝固，心臟也受不了，不過他莫名其妙地還能活，他真是他媽的有福氣。」

「有福氣？」黑師傅說。

伯朗利抬起手止住他們。

「不管有沒有福氣，」他說，「我說我不再派第六隻小艇。我們船員們忙著捕魚的時候，我們的外科醫生就安全地留在他的船艙讀他的荷馬，或打手槍，他媽的要幹什麼不管他。」

卡芬迪翻了白眼。

「當混蛋爽死了，」他說。

伯朗利瞪了他一眼。

「卡芬迪，在船上外科醫生有他的職責，你有你的職責。就這樣，他媽的到此爲止。」

到了午夜，魚叉手跩克斯和卡芬迪在衛哨交接時彼此相遇，卡芬迪把跩克斯拉到一旁，四周掃視了一下才開口說話。

「他還是會死的，你曉得，」他說，「你有看他的氣色?」

「在我看來他是一個很難幹掉的混蛋，」跩克斯說。

「他的命很硬，他媽的，肯定是。」

「有機會要送他一顆子彈。」

卡芬迪搖頭示意踱克斯安靜下來，直到一個路過的謝德蘭人走遠。

「不可能的，」他說，「伯朗利他媽的很照顧他，黑師傅也是。」

踱克斯把頭轉開，點了煙斗。頭頂上的天空繁星點點；船桅上的索具與甲板上結了一層藍黑色的冰。

「那麼你覺得那只戒指值多少？」卡芬迪說，「我說值二十幾尼，甚至二十五。」

踱克斯搖頭，不屑地哼了一聲，彷彿那個問題有損他的身分。

「那不是你的戒指，」他說。

「也不是他的，在誰他媽的手上就屬於誰的。」

踱克斯轉身對著卡芬迪，點了點頭。

「江湖規矩，」他說。

¶

在黑暗的船艙內，森姆納像襁褓中的嬰兒，裹在層層的熊皮和毛毯裡。他全身發燙，像初生嬰兒般虛弱，睡了又醒，醒了又睡。捕鯨船在巨浪中穿過濃霧和細雨中向北再向西航行，船身積了兩呎厚的冰塊，船上人員一手持著尖鐵棒，一手持著木槌敲打，把甲板上和舷緣上冰塊一片一片的敲下來。森姆納服用鴉片酊後的心神飄離了碼頭的纜樁，往後面、往旁邊，穿越那流體般的夢景，其可怖及其濃稠到無以名狀的力度，無異於隔著十二吋厚船身不斷向他頭部擠壓與撞擊的綠色北極海水。他可以身處任何時間與空間，但是他的思緒，像鐵奔往磁鐵一般，僅能回到一個地方。

網球場邊的一棟黃色的建築物內，發出嚇人的聲音，傳來屠宰場般的肉類腐臭味和糞便味，一個來自地獄的景象。死亡的或受傷的人員，每次三到四個被擔架抬了進去，每小時總有三十多回。血肉模糊或被炸碎的年輕屍體被丟到旁邊一棟發出惡臭的附屬建築物裡。傷者四肢又踢又蹬，瀕死者嘶聲哀嚎；殘肢哐啷地丟到鐵槽裡，鋼鋸啃咬骨頭的的聲音不斷，彷彿那是一個工廠，或者是鋸木廠。血液灑滿地上，又濕又黏、持續的酷熱、從不間斷的砲火聲，低沉卻震人心魂、成群的黑蠅像烏雲般無所不在，毫無倦態、毫不選擇棲息之地——眼睛、耳朵、嘴巴、袒露的傷口。滿屋子髒亂、嚎叫與哀求、血液和糞便、無窮無盡的痛苦。

森姆納整個早上忙著診斷、截肢、縫合，哥羅芳薰得他頭暈腦脹，整個診間的血腥景象也讓他噁心想吐。此地比他想像過的糟糕太多，幾個小時前才在軍營自吹自擂、談笑風生的人，現在粉身碎骨的送到他面前。他必須要完成他的任務，他告訴自己；他必須要努力工作。那是他現在可能做到的、是任何一個人所能做的。維爾基和奧多等其他助理外科醫師也像他一樣，滿身汗水，手肘以下都沾滿了血。一項手術完了便立刻接著下一項，勤務兵帕拉斯檢視每一張送進來的擔架，把已經死亡的移走，片體鱗傷的送到另一處輪候。醫官克爾彬決定是否需要立刻截肢，或是否可以保留。他曾經是冷溪衛隊一員，參與過英卡曼一役，他可以一手拿來福槍，一手拿手術刀，十個小時兩千人喪命。他的八字鬍上沾了點點血塊，嘴巴裡嚼著葛根以抵抗周遭的腐臭味。這沒什麼，他告訴其他人，他媽的小菜一道。他們邊用切的、鋸的、挖的來排除傷兵身上的火槍子彈，邊流汗邊咒罵，且在高溫中瀕臨嘔吐。傷兵不斷哀嚎要喝水，但永遠沒有足夠的水讓他們得到緩解。儘管他們對水的渴求令人厭惡，對醫療的需求令人難堪，但是森姆納無論如何必須要忍受，他必需要持續當下的任務，只要他還有能力。他沒有時間生氣、厭惡，或恐懼，除了工作本身他沒有時間和體力做其他的事。

到了午後三、四點鐘，戰火減緩，進出的傷亡人員開始降低，直到後來完全停止。謠傳說英軍停駐在拉哈爾城門附近一家大酒鋪裡，全部喝到神智不清。不管原因爲何，現在英軍暫停了進攻，至少現在是這樣；好多個小時以來第一次，克爾彬和他的助手們可以從苦工中停下來。一籃一籃的食物和一大瓶一大瓶的水運了進來，好幾個傷兵被移送回軍營所屬的軍團醫院。森姆納把身上的血液清理乾淨，吃了一盤麵包加冷熟肉後，便躺在一張行軍床上睡著了。一陣激烈的爭辯聲把森姆納吵醒。一個頭上戴著頭巾的的男人出現在野戰醫院的門外，懷中抱著一個受傷的孩子；他請求協助，但是奧多和維爾基二人大聲拒絕。

「把他帶走，」維爾基說，「不然我要再送他一顆子彈。」

奧多從牆角拿來一把軍刀，作勢要把刀拔出來。那個男人靜止不動。克爾彬趨前命令奧多冷靜下來，簡單地檢查了小孩一會，便搖著頭。

「傷得太嚴重了，」他說，「骨頭碎了，活不久了。」

「可以砍掉啊，」那人堅持。

「你想要一個獨腳的兒子？」維爾基問。

那人沒有回應。克爾彬再次搖頭。

「我們沒辦法幫你，」他說，「這醫院只服務傷兵。」

「英國兵，」維爾基說。

那人還是不動，血液從小孩粉碎的腿滴到剛剛抹乾淨的地板上。團團的黑蠅在他們的頭頂嗡嗡地叫，時不時有傷兵發出呻吟聲，或大聲求救。

「你沒有在忙啊，」那人說，頭不斷地來回巡視，「你現在有時間了。」

「我們不能幫你，」克爾彬再次說，「你該走了。」

「我不是叛軍，」那人說，「我叫哈密，是替法魯克工作的，他是專門放債的。」

「你爲什麼還在城裡？你爲什麼在突擊前不跟大家一起逃？」

「我必須要保護主人家的房子和財物。」

奧多搖著頭大笑。

「他是不要臉的騙子，」他說，「任何留在城裡的人都是叛徒，都該吊死。」

「那小孩怎辦？」森姆納問。

所有人轉頭看著他。

「小孩是戰爭裡傷亡的一部分，」克爾彬說，「我們當然沒有被允許幫助敵人的後裔。」

「我不是你的敵人，」那人說。

「那是你說的。」

那人懷著希望地轉向森姆納。

森姆納再坐了下來，點起他的煙斗。小孩的血液仍是涓涓地滴落地上。

「我可以帶你去找寶藏，」那人說，「如果你現在就幫我，我可以帶你去找。」

「什麼寶藏，」維爾基問，「有多少？」

「值二十萬，」他說，「黃金和珠寶，你看。」

他小心翼翼地把小孩平放在支架台上，從他的束腰外衣中拿出一個小山羊皮的袋子。他把袋子遞給克爾彬。克爾彬接過袋子並把它打開，把裡面的錢幣倒進手掌中，看了片刻，用食指攪動一下，然後傳到維爾基手中。

「還有很多，」那人說，「多太多了。」

「藏在哪？」克爾彬說，「多遠？」

「不遠，很近，我現在帶你去。」

維爾基把錢幣給奧多、奧多又傳給森姆納。錢幣摸起來溫溫的帶點油膩，邊緣沒有碾磨過，表面上刻有彎曲而優雅的阿拉伯文。

「你不會真的相信他吧？」維爾基說。

「像這樣的還有多少個？」克爾彬問，「一百？兩百？」

「我說過了，兩千個，」那人說，「我的主人是有名的放債人，他逃走之前我親自埋起來的。」

克爾彬走到小孩身邊，掀開腿上滲著血的衣物，低頭細看，並聞了一下皮開肉綻的傷口。

「我們可以從臀部附近開始截肢，」他說，「不過他可能還是活不了。」

「可以現在就做嗎？」

「不行，要等你把所有的錢幣拿回來才動手。」

那人看來很不高興，但還是點了頭，然後靠近小孩耳邊低聲說話。

「你們三個跟他一起去，」克爾彬說，「還有帕拉斯。要帶武器，如果看見勢頭不對，就轟掉這王八蛋，然後直接回來，我和小孩在這留守。」

片刻間大家不動如山，克爾彬瞪著他們。

「我們四人平分，然後各自拿十分之一給帕拉斯，」他說，「不知道細節的人分多少都沒差啦。」

¶

他們離開了戰地醫院，從嚴重受創且仍煙塵瀰漫的喀什米爾門進入市中心。他們爬過滿目瘡痍的小山崗、經過一堆堆在悶燒的屍體，被好奇的野狗嗅著或啃食。野狗的頭頂上是成群的野生禿鷲拍著翅膀哀鳴，迫擊砲呼嘯而過，最後發出悶響。沿途滿是火藥味和人體燒焦的臭味，遠處不斷傳來零星槍聲。他們緩慢迂迴地走在狹窄而飽受轟炸的街道上，沿路堆滿破爛家具、肚破腸流的動物屍體，和被遺棄的武器。森姆納想像每一個障礙物或槍眼後面都藏著叛軍，隨時準備開槍。他覺得他們正在承擔的風險實在太大，而那財寶可能只是一個騙局，但是他知道拒絕克爾彬這種人十分不智。英國軍隊是建立在影響力上，如果一個人希望獲得升遷機會，他必須小心選擇與他稔熟的人。克爾彬在軍中醫事委員會有朋友，而他的小舅子是醫院的督察。他本人就是愛自吹自擂且枯燥乏味，不過在這一樁非法的戰利品上與他搭上關係，共同分享祕密，對森姆納又未嘗不是一件好事，甚至有可能是一個管道，他想，讓他離開六十一步兵隊，晉升到更有威望的兵團。不過當然要看那戰利品是否成真。

他們拐了個彎，遇上了一個臨時架設的炮台和一群喝醉酒的步兵，其中一個在拉手風琴，另一個拉下了褲子坐在一個木桶上大便；到處都是白蘭地空瓶子。

「是什麼人？」一個步兵大喊。

「外科醫生，」維爾基說，「這裡有人需要治療嗎？」

步兵互看一眼便大笑起來。

「那邊那個叫柯士路的他媽的腦袋要檢查一下，」其中一個說。

「你們的指揮官在哪？」

同一個人站起來，眯著眼，搖搖擺擺地走近他們四人，在一、兩呎前停了下來，吐了一口口水。他身上的制服已顯破舊，站滿了血跡和硝煙，散發出陣陣嘔吐物、尿騷和啤酒的味道。

「死光了，」他說，「一個不剩。」

維爾基緩緩點頭，雙眼看著臨時炮台後方的街道。

「叛軍在哪？」他說，「在附近嗎？」

「喔，很近喔，」步兵說，「你看看那邊，他們可能送你一個小小的飛吻。」

另一個步兵大笑起來。維爾基不理他們，回頭與自己人討論起來。

「眞他媽的丟臉，」他說，「這些人應該因怠忽職守而吊死」

「我們最遠只能到這裡，」奧多說，「不能越過這裡。」

「我們已經很近了，」哈密說，「再走兩分鐘。」

「太危險了，」奧多說。

維爾基搓揉了一下下巴，並吐了一口口水。

「我們可以派帕拉斯去，」他說，「他可以當前鋒，再回報，如果看來安全，我們才跟上。」

他們都轉向帕拉斯。

「我才不會爲了他媽的一點點好處啦，」他說。

「我們加倍，怎樣？」維爾基提議。他看著其他二人，二人都點頭答應。

一直都蹲著的帕拉斯緩緩地站起來，再背起來福槍，走向哈密。

「帶路吧，」他說。

其他人在原地坐了下來等著。酒醉的步兵不再理他們。森姆納點起了煙斗。

「貪心的小混蛋，」奧多說，「這個帕拉斯。」

「如果他死了，我們就要編一個故事，」維爾基說，「克爾彬會不爽的。」

「克爾彬，」奧多說，「老是他媽的克爾彬。」

「是他的哥哥還是他的小舅子？」森姆納說，「我總是記不起來。」

奧多聳聳肩，搖了搖頭。

「是小舅子，」維爾基說，「巴拿巴斯・戈頓爵士，我聽過他在愛丁堡演講，講化學。」

「你不會在克爾彬身上得到好處的，」奧多對森姆納說，「不要妄想。他當過禁衛軍，老婆是男爵夫人。」

「這件事之後他就有人情債了，」森姆納說。

「克爾彬這種人不會認爲有人情債這回事，我們會得到自己的一份，如果眞的有的話，但是相信我，就是這樣而已。」

森姆納點頭同意，並沉思了一陣子。

「你們有領教過他了嗎？」

維爾基微笑，奧多則不發一語。

十分鐘後，帕拉斯回報說他們找到那棟房子，一路看來夠安全。

「你有看到那些錢幣嗎？」奧多問他。

「他說是埋在屋子的後院裡，他帶我去看，我叫他開始挖。」

他們跟著帕拉斯走過蜿蜒曲折的窄巷，然後進入一條較寬的街道上。街上空無一人，店鋪都已被洗劫一空，其他住家一片沉寂，門窗全部關上，但是森姆納肯定建築物裡一定藏著人——受驚的老百姓蹲伏在溫熱的黑暗中、伊斯蘭的鬥士在止痛療傷，靜靜地備戰。他們聽到附近狂歡鬧飲的聲音，以及稍遠處傳來的火砲聲。太陽正要下山，但是高溫仍然持續，並無消退的跡象。他們穿越街道，在一堆堆的骨頭、破布和破爛家具之間走了約一百碼，直到帕拉斯停在一道敞開的門前，點頭示意他們已經到達。

院子呈方形，面積不大，刷白的牆壁已經污跡斑斑，牆上幾處灰泥剝落，露出了泥磚。每一道牆壁前都有兩個拱門，與牆壁之間形成一條廊道，拱門上方連成一個環狀的木製露臺，已顯得破舊。哈密蹲在庭院中央。他已移開了一片石板，正在挖走石板下鬆散的泥土。

「請你幫忙一下，」他說，「我們要趕快。」

帕拉斯跪在他身旁，開始用雙手挖土。

不一會他說，「有個箱子，看，這裡。」

其他人都圍了上來。帕拉斯和哈密合力把箱子從土裡拉出來，奧多用槍托強行把箱子打破，露出裡面四、五個灰色的帆布袋。

維爾基撿起了其中一袋打開來看，並大聲笑了起來。「天哪，」他說。

「就是我們要找的嗎？」帕拉斯問。

維爾基把帆布袋打開給奧多看，奧多微笑，然後大笑，並在維爾基的背上用力打了一下。

帕拉斯把其他三個帆布袋從箱子拉出來，一一打開。兩個帆布袋裝滿了錢幣，第三個滿是手鐲、戒指和寶石。

「喔，幹！」帕拉斯喃喃自語。

「讓我看看那些寶物，」維爾基說。帕拉斯把最小的一袋遞給他，維爾基把袋子裡的東西全倒在滿是塵土的石板上。這三位助理外科醫師全跪在地上，圍住那一堆亮晶晶的珠寶，像小學生在地上玩彈珠一樣。

「我們先把寶石扳下來，再把黃金熔掉，」奧多說，「越簡單越好。」

「我們要回去了，」哈密再說，「處理我兒子啊。」

他們無法擺脫那珠寶的誘惑，完全無視哈密的請求。森姆納彎身撿起一只戒指。

「這是什麼寶石？」他說，「是鑽石嗎？」他轉向哈密。「這是鑽石嗎？」他問，並把戒指亮在他的眼前，「是眞的嗎？」

哈密沒有回應。

「他在想他的兒子，」奧多說。

「你兒子死了，」維爾基說，連頭也沒有抬起，「早他媽的死了。」

森姆納看著哈密還是一語不發，睜大了眼睛充滿恐懼。

「怎麼了？」森姆納問。

哈密搖頭，彷彿答案太複雜，彷彿能解析的時間已經過去，而他們不管了不了解，已經處在一個更暗黑而且更難以逆轉的狀態。

「我們走吧，」他說，「拜託你。」

哈密抓住帕拉斯的袖子，企圖把他拉到街上。帕拉斯用力把手臂抽走，並作勢要揮拳攻擊哈密。

「你要小心了，」他說。

哈密身子往後退，高舉雙手，手掌向前——這個姿勢是一種無聲的抗拒，也是代表投降，森姆納清楚知道。但是向誰投降？

露臺上傳來一聲槍響，帕拉斯後腦杓爆開，血液和骨頭四濺。維爾基用腳跟支撐著轉動身體，用來福槍瘋狂地向上方的露台發射，沒有擊中任何人，但自己卻身中兩槍——一槍穿過他的脖子，另一槍擊中胸部上方。他們中伏了；院子裡到處都是印度叛兵。奧多一把抓住森姆納的手臂，把他往後拉到屋子裡陰暗且安全的地方。維爾基躺在院子裡的石板上奄奄一息，鮮紅的血液隨著他心臟的跳動從脖子上的彈孔噴發。森姆納想用腳尖推開通往大街的門，但一顆子彈立刻從外面射向門框。一個埋伏印度兵躍過露台上不太牢靠的欄杆到達地面，尖叫著奔向他們。奧多向他開槍，但是沒有擊中，而印度兵的軍刀已刺進他的小腹，鮮紅的刀尖滴著血，從上背部冒出。奧多咳著血、氣喘吁吁，對發生在自己身上的一切感到驚訝。印度兵把軍刀再往前推進，臉上帶著急迫於激動的神情，墨黑的雙眼狂野地鼓起，深褐色的皮膚因汗水而顯得油亮。森姆納站在兩呎不到的距離，把來福槍舉到與肩膀同高的位置，開了一槍。印度兵的臉立即消失在眼前，只剩下一個碗狀的凹洞，裝著肌肉和軟骨、粉碎的牙齒和舌頭。森姆納丟下來福槍，把大門踢開。他的腳一踏進街上，小腿便被一發子彈擊中，另外一發則打在離他頭頂幾吋的牆上。他大吃一驚，悶哼了一聲，身體不禁踉蹌倒退，但是他很快便保持冷靜，開始往旁邊快速移動，以保安全。另一顆子彈又從他頭頂飛過。他左腳的靴子裡滿是鮮血，溫溫的，在他移動時還發出噗哧噗哧的聲音。尖叫聲在他身後揚起，他身處的街上滿是石磚、瓦礫、麻布、骨頭和飛揚的塵土。兩邊商店和售貨亭裡都空無一物，門前掛著招牌的遮篷已下垂，滿是彈孔，破損不堪。他放棄走大路，側身急轉進入混亂得像迷宮般的巷弄裡。

用灰泥粉刷的高牆已有裂痕，且布滿油污，水溝散發出臭味，到處飛竄的綠頭蒼蠅發出嗡嗡叫聲。森姆納狂亂地、目無方向地一拐一拐地走著，直到小腿上的疼痛逼得他要停下來。他蹲伏在一個門前，把靴子拉下。傷口沒有被感染，但是脛骨已經斷裂。他從絨布襯衫的下擺撕下一長條布料，用盡氣力把傷口綁緊止血，但同時感到一陣噁心及暈眩。他閉上雙眼。再睜開眼睛時他看見漸暗的天空中一群黑壓壓的鴿子在盤旋聚合，像乘著風的孢子。當時月亮已經升起；四面八方不斷傳來隆隆的軍械聲，令人沮喪。他想起維爾基和奧多，便開始顫抖。他深呼吸了一口氣，告訴自己要清楚了解眼前嚴重的問題，不然就會像他們一樣橫死。這個城市肯定會在明天被攻陷，他告訴自己；到了英國軍隊清醒過來後，便會進攻。如果他待著不動，維持著生命，他會被找到，並被帶回去。

他站起來，到處尋找一個藏身之地。他看見對街一戶人家的門半掩，便一拐一拐地走去，沿途血液涓涓流著。門後面是一個房間，鋪蓋地板的織物已被塵封，一張破床被掀起，推向牆邊，牆角有一個空的廣口瓶，沒有上釉，有一個開水壺和好幾個玻璃杯散落在地上。房間唯一一個高窗面對巷子，採光不甚理想。房間另一端的牆壁有一個布簾，遮蓋著一道拱門，拱門後是一間較小的房間，裡面有一個天窗、煮食用的爐灶、一個空置的壁櫥。房間有著餿掉的酥油味、灰燼味，和焚燒木頭的煙味。其中一個角落裡一個小孩蜷伏在一張邋遢的毯子上。

森姆納看著他好一陣子，心想這個孩子是否還活著，因天色太暗，也看不出他有沒有在呼吸。森姆納勉力俯身觸摸男孩的臉頰，留下淡紅色的指印，卻驚動了男孩。他一手在臉前掃過，好像再趕蒼蠅一般，隨著就醒了過來。看見森姆納站在身旁讓他十分驚訝，放聲大喊。森姆納摀著他的嘴巴，小孩安靜下來，但仍是感到驚恐，一臉狐疑。森姆納後退一步，然後慢慢地坐到滿布灰塵的地板上。

「我要水，」他說，並指著他還在流血的腿部，「你看，我受傷了，這裡。」他伸手到口袋想要掏出一個銅幣，才知道那只戒指還在他的身上。他已經記不得把戒指放到口袋裡，不過它就在那裡。他把戒指遞給小孩，示意要他拿下。

「我要水，」他說，並用當地方言再說一遍，「班尼。」

小孩看著戒指，沒有反應。他大約十到十一歲，臉部瘦削，上身只穿一件帆布背心，下半身是一件骯髒破舊的腰布，赤著腳。

「班尼，」他重覆那個詞。

「是的，」森姆納點頭，「是班尼，但不要告訴任何人我在這裡。明天英軍來的時候，我會幫你，我會讓你安全。」

頓了一下之後，男孩用了一句印度斯坦語回應他，但對他來說那只是一連串無意義且不協調的音節組成的話，像一隻山羊在咩咩叫。一個小孩幹什麼會在這裡睡覺？在已成戰場的城市裡一個空房子裡？森姆納感到疑惑。他的家人都死了嗎？沒剩下任何人保護他嗎？他記得二十年前他父母被移到卡斯爾巴斑疹傷寒症專門醫院後，一個人在黑暗中躺在自己家小木屋裡的情景。他母親對他發誓很快便會和父親回來，並緊握著他的雙手很認眞嚴肅地發誓，但是他們沒有回來過。剛好他父母的醫師威廉・哈伯有想起這個失蹤的小孩，隔天又回去，才發現他仍然躺在原來的地方。那天哈伯穿著一套綠色花呢西裝，腳上豬皮製的靴子在路上已沾了水和泥濘。他從一張已經髒掉的簡陋小床把他抱起帶到外面。森姆納到現在還記得那羊毛和皮革的味道、醫師沉穩規律的呼吸中那股帶點潮濕的溫暖，和他口中輕柔安閒的咒罵聲，好像是一種新的祈禱方式。

「英軍來的時候，我會讓你安全，」森姆納再一次強調，「我會保護你，你明白嗎？」

小孩再多看了他一會，向他點了頭，便離開房間。森姆納把戒指放回口袋裡，閉上眼睛，把頭靠到牆壁等著。傷口四周的肌肉發燙，且嚴重腫脹，陣陣疼痛蔓延整條腿，嘴巴已經乾涸得無法忍受。他開始想那個小孩會不會背叛他，他下一個碰見的人會不會把他殺害。以他現在的情況，是很容易被殺害的：他沒有武器自衛，就算有武器，他也沒有力氣與人搏鬥。

男孩提著一壺水回來。森姆納喝了一半，用另一半沖洗傷口。他腳踝上方的脛骨向後彎，折成一個角度，腳部無力地垂著。相較於戰地醫院裡種種令人厭惡的傷勢，他算得上輕微，不過那傷口的狀況還是讓他產生恐懼。他拖著腳步走向爐灶旁邊，挑了兩條長木柴，然後從制服的上衣拿出一把折刀，開始把木柴調整大小，並把表面削平滑。小孩只是木無表情地看著。之後森姆納把兩根木柴放到腿部兩邊，並示意小孩把他骯髒的毛毯遞給他。他把毛毯撕成條狀，小孩仍是不動如山，也不說話。他身體往前傾，並開始用撕好的毯子綑綁木條。綁穩就好，他告訴自己，但不要太緊。

他很快就弄得滿頭大汗，氣喘吁吁的，感覺到一陣嘔吐物的酸味已經湧到喉頭。汗水刺痛他的眼睛，手指也不斷顫抖。他把第二條布條從腿部下面推進去，抓緊兩端後，想要打一個結，但是因劇痛而放棄。他停下來一會，再試一次，還是沒有成功。他張嘴輕輕尖叫了一聲，然後發出咕嚕咕嚕的哼聲，整個人便往後躺在地上。他閉上眼睛，讓自己喘過氣來。他的心跳就像遠處一道厚實的大門一次又一次砰地關上。他等著，到最後，尖銳的疼痛稍稍減輕成爲一種令人厭惡的隱痛。他翻過身來看著那男孩。

「你一定要幫我，」他說。

男孩沒有回應，小黑蠅在他臉部附近亂竄，但是他沒有要把牠們撥走。森姆納指著自己的腳。

「幫我綁，」他用指揮的口吻說，「緊一點，但不要太緊。」

男孩站起來，看著傷口，口中用印度斯坦語說了一些話。

「緊一點，但不要太緊，」森姆納再說一遍。

男孩跪下，撿起布條兩端，開始打起結來。兩段斷骨磨合時，森姆納痛得大喊。

男孩停了下來，但是森姆納不耐地示意他繼續。他一條接一條地綁好，到腿部固定下來後，男孩走到屋後的水井裡，裝滿一壺水回來。森姆納把水喝下，便睡著了。他醒來時男孩躺在他身邊。他的呼吸緩慢但短促，身體散發出濡濕的鋸屑味，體型跟一隻狗差不多大小。在這幾乎不透光的房間裡，他平躺著的身體似乎只是把周遭的黑暗顯得更爲厚重。森姆納只挪動上身，伸手以及輕柔的力量撫摸男孩的身體。他不知道在撫摸他身體的哪個部分。肩膀，是嗎？大腿？男孩沒有動靜，也沒有醒來。

「你是一個乖小孩，」森姆納輕聲地說，「一個乖小孩，沒錯。」

天一亮，掩護的砲火又再響起。開始時爆炸聲來自遠處，但當炮手進入射程之後，英軍便在城裡一條街一條街地步步進逼，爆炸聲就越來越近、越來越大聲。房間開始震動，天花板出現了一條大裂縫，他們聽得見鐵彈在頭頂猛烈地呼嘯而過，隨之而來就是牆壁碎裂塌陷的悶響。

「我們坐著不要動，」森姆納告訴男孩，「我們坐在這裡不要動，等著。」

男孩一邊點頭，一邊撓頭，不知從哪找來了一片像蘿蔔葉子的樹皮嚼著。森姆納點著了煙斗，安靜地祈禱湯米・艾肯在這房子被大砲擊中，或是被逃難的叛軍侵入。過了一陣子，他聽見步槍短促的碰撞聲，然後是人的聲音。外面傳來咒罵聲和發號令的吼叫聲，頭頂上則傳來腳步聲和用力甩門子的聲音。剎那間森姆納感到被侵犯或完全曝露在外的恐怖氣氛，覺得有必要蹲伏著躲藏起來。男孩看著森姆納，期待著他有所作爲。森姆納用手抵住火爐，撐著身體站了起來。腳步的痛楚讓他感到很不舒服，卻還可以忍耐。他斜靠向男孩，二人跌跌撞撞走向大門。外面忽然發生強烈爆炸，並傳來了尖叫聲，男孩身體緊靠向森姆納身旁。森姆納把門推開一線，往外窺視。他看見一個叛軍的屍體，彷彿掛在牆上，看見巷底一閃而過的英軍軍服。空氣中瀰漫著硝煙味和土黃色塵土，到處是驚慌，和戰爭的狂野。

「快，」他對男孩說，「要趕在他們離開之前。」

他們一瘸一拐地沿著巷底走去，跟隨著呼喊聲和槍聲，但是那聲音已經越來越弱。戰線不斷推進。他們到了大街上，所看見的無不是破碎的磚瓦和滿身鮮血的屍體。一名英軍從一個房子的大門出來，一手拿著手槍，另一手拿著一袋他的戰利品。森姆納大叫求救，那名軍人迅速轉身向著他們，他的雙眼露出幾近瘋狂的神情，曾經是紅色的軍服已沾滿了汗水與塵土。他一注意到男孩，全身立即緊張起來，舉起手槍便隨即擊發。子彈打中男孩的胸部，令他整個人往後倒在地上。森姆納彎身用雙手緊壓著正在噴血的傷口。子彈擊碎了胸骨直接射入心臟，帶著泡沫的血液從他蒼白的嘴唇流出來，兩眼翻白，不到一分鐘就死了。

軍人啐一口口水，眼角跳動了一下，便開始給手槍裝上子彈。他看了森姆納一眼，微笑起來。

「我他媽的槍法很準，」他說，「一向都是。」

「你他媽的白癡，」森姆納說。

軍人大笑並搖頭。

「是我救了你寶貴的命，」他說，「想想吧。」

不久後擔架被運送到現場，森姆納被放到擔架上，穿越破敗的城市，回到網球場旁的野戰醫院。他最初與其他一大批傷兵混在一起，沒有人認得他，到後來克爾彬發現了他，便把他獨自搬到二樓一間側房。

他們給他食物、水和一劑鴉片酊，一個助手被派去給他處理腳上傷口，並重新裝上夾板。他半睡半醒的，不斷聽到爆炸聲，以及樓下不時傳來傷兵的哀號聲。入黑之前克爾彬來看他，手中提著一盞油燈，嘴裡叼著一根雪茄。他把油燈放在床邊的桌子上，與森姆納彼此握了手。克爾彬俯視著他一會，神情悲傷，卻面帶困惑，彷彿森姆納是一個小心規劃的實驗，卻沒有達到預期的效果。

「其他人都死了？」他問。

森姆納點頭。

「我們被殺個措手不及，」他說。

「你幸運能活過來了，」他掀開毯子瞄了森姆納的腿一眼。

「傷口沒被感染，骨頭斷裂不算嚴重，我可能有一陣子需要拐杖，沒什麼。」

克爾彬點頭微笑。森姆納用期待的眼神看著他，很快地，他想，向上級建議給我獎勵，以彌補我受的痛苦。

「你一定以爲我也死了，」森姆納說，「一個人都沒回來。」

「的確，」克爾彬說，「一般都是這樣假設。」他頓了一下，便立刻補充說，「我當然很高興我們的假設錯了。」

「寶藏確實是有的，但是屋子裡到處都是叛軍。」

「那麼你們自投羅網囉，你們犯了大錯。」

「不是的，」森姆納說，「那是意外，沒有人猜得到他們藏在裡面。」

「一個外科醫師擅離職守是一件重大事件。」

克爾彬的目光漸變得嚴峻，仔細地看著森姆納。森姆納想開口說話，但又止住。

「我相信你懂我的意思，」克爾彬說，「我當然很高興你安全回來，不過你現在的情況不值得你感到高興，你有可能被起訴。」

「起訴？」片刻間森姆納一陣昏亂，開始懷疑這是不是一個更大的計畫裡的一部分。他離開的這段時間裡克爾彬編造出來的。他們的共同利益背後藏有更大的策略。

「情勢使然，」克爾彬繼續說，「攻擊事件發生在關鍵時刻，此時喪失了三名外科醫師……」他眉毛揚起，慵懶地往漆黑的空間裡吐出一道灰褐色的煙。

森姆納感覺胸口一陣悶痛，開始喪失知覺，彷彿整個房間異乎尋常地驟然傾斜。

「克爾彬先生，如果有任何法律程序，」他說，「我相信我可以仰賴你的協助。」

克爾彬眉頭一皺，態度輕蔑地搖頭。

「我看不出我能對你有何幫助，」他輕描淡寫地說，「事實非常清楚。」

「我的意思是你把昨天發生的事情說明，」森姆納說，「整個事情的細節，那個小孩等等。」

克爾彬在森姆納的床尾來回踱步，他在回應之前走到窗前駐足一會，彷彿在晚宴前期待著遲到的賓客出現。

「將軍他不太可能關心細節，」克爾彬說，「當這裡需要你們，你們卻離開去尋寶。三個人死了，而你重傷回來。你們不在時，受傷的同袍，其中有好幾個軍官，沒有被照顧到，並處於極度痛苦中。這……我恐怕是他一樣要，或者說是必要了解的。」

「你要我封口嗎？接受懲罰？我有可能被革職。」

「我建議你不要把情況變得更糟，就這樣而已。把我扯進去不會對你有好處，我敢對你保證。」

隨著二人便沉默下來，四眼對望。克爾彬神情嚴峻，但保持平靜與自信。在他對軍事相關議題上標準化的拘謹態度底下，是來自於天生富裕與閒逸所賦予的自信，強烈到目空一切，認爲世界是可以被控制的，隨著他的慾念而改變。

森姆納的頭部開始疼痛，感到一股強烈的憤怒與自責在心中波濤起伏。

「所以你對我的窘境無法提供協助？」

「我已給你建議，就是接受你的行爲帶來的不幸結果。你是倒霉，我同意，不過話又說回來，你還活著，其他人都死了，或許有些地方你是值得感恩的。」

「我還有那寶藏，」森姆納告訴他。

克爾彬眉頭一皺，並搖著頭。

「你在撒謊罷了，他們把你抬進來時你身邊什麼也沒有。」

「你已經調查清楚了，」森姆納淡淡地說，「在你決定採取這種態度之前。」

克爾彬咬緊牙關，神情相當不安，是這段對話開始到現在第一次表現出來。

「不要挑釁我，這案子我不會幫你。」

「我沒有案子，你跟我一樣清楚，鬧到將軍那裡，我的前途就完了。」

克爾彬聳聳肩。

「今天稍晚你會被移到軍團醫院，明天或後天你就會正式被起訴。我們在聽證會再見。」

「你爲什麼這樣對我？」森姆納問他，「你的目的是什麼？」

「我的目的？」

「你正在毀了我，爲什麼？」

克爾彬搖搖頭，淺淺一笑。

「凱爾特人的靈魂裡有種憂鬱的特質，認爲殉道是一件很感動的事。這我了解。但是你的案子，森姆納先生，還差得遠了。我只是盡我的職責；你有盡你的職責的話，情況就會好太多了。」

他說完了便簡短地點了頭，往房間的門走去。森姆納看著他離開，聽著他下樓梯時皮靴敲響木樓梯的聲音，並傳來他發了一道命令時的嘰哩咕嚕英國腔。森姆納躺在那裡，當他的處境慢慢在他腦中清晰地浮現，他開始體會他個性上最具決定性的特質——熱心、信任、倔強；一種難以言喻的、極爲強烈的自尊——開始慢慢流走。威廉・哈伯去世的時候什麼都沒有留給他——他所擁有的一切已經賣掉、抵押掉，或者是浪費在酒精上。儘管如此，他仍活下去、他的決心沒有動搖。他在貝爾法斯特無法支付學費和房租，但是他知道軍隊是另一個往上爬的管道。可能會慢很多或者更困難，他知道，但是一切不無可能。他相信他能做得到，也會做得到。但現在，他內心長期擁有的一股彈性與韌性，已經一筆勾銷了。多年來的努力、多年來的頑強意志、忍耐與鑽營。有可能嗎？有可能的話，那背後的含意是什麼？克爾彬對他的所作所為讓他感到極度憤怒，但他承受的反撲力量同樣強大，而且更全面、更激烈，那是如海嘯般襲來的羞恥，令他不寒而慄，彷彿一波累積能量已久的灰色巨浪，最終湧到岸邊。

8

從揚馬延島到法韋爾角航行了三週。澄淨的藍天，風來得斷斷續續而多變，天氣好時從南方吹來，大而強勁，其他的日子或狂風大作、或軟弱無力，甚或完全靜止。船員總是忙著用繩子固定滑輪車組、編織好捕鯨索、徹底檢修長矛和魚叉。自從獵海豹獲得成功後，大家士氣大振。伯朗利感到船員間洋溢著樂觀的氣氛，相信今年好運來了，捕魚季會大豐收。他在赫爾河畔出發前聽到不滿的耳語已經平靜下來：卡芬迪雖然還是令人厭煩的蠢貨，但他在工作上證明是稱職的，而黑師傅只是候補船員，也比他同輩更有值得讚揚的抱負、更爲精明。外科醫師在泡過冰水幾乎沒命後，復原得相當快，氣色和體力漸漸變好，也開始有食慾了。儘管他臉頰和鼻尖上被凍傷的地方還沒長出皮膚，卻常常跑到甲板上來回踱步，作爲運動，或者是在他的日記本上畫速寫。坎寶在「黑斯汀」號等著，正在停靠在他們前方的一個海峽裡，就在迪斯科島不遠的地方，但是兩艘船不會相遇或企圖交流，直到恰當的時刻到來。保險人員對任何圖謀不軌的跡象非常注意，一艘像「志願者」號的船加重保險到不成比例會引起懷疑。這是他最後一次出航。那不是他期待的那種完結，不過相較於要熬過未來五年要待在那艘燒煤炭的平底船，唉唉叫得像傻瓜一樣在米德爾斯伯勒到克里索普斯之間短距離的來來回回，這種方式肯定是比較好的。「珀西瓦」號事件之後那些活著的沒有一個再回到海上——神經錯亂的、缺手缺腳的、因過度驚慌而抽搐痙攣的——他是唯一一個能克服的、唯一一個夠固執或愚蠢的並想要繼續的人。人要往前看，不要往後看，這是巴斯特堅持不懈提供的建議。最重要的是未來會發生的。儘管毫無疑問地巴斯特是個王八蛋、無賴、徹頭徹尾的騙子，他所說的有著些許的眞理，他想。

¶

法韋爾角附近遍布著冰山，跟往常一樣的危險。爲了避免與冰山碰撞，「志願者」號必須要打開上桅帆往西走一百哩，才轉向北北東，駛進戴維斯海峽。天氣溫和的時候，森姆納坐在前甲板看鳥——鷸、松雞、海雀、潛鳥、歐絨鴨。他每看到一隻，便立即大聲問舵手他們所在的緯度，並在筆記本上記下來。如果他與鳥的距離夠近，而且身邊有來福槍，便會給一槍，不過他老是沒打中。他的槍法很快便成爲大家的笑柄。森姆納對自然史無甚興趣；這趟航行完了就會把筆記本丟到一邊，看也不看。他這樣子看鳥是爲了打發日子，讓人看起來有點忙碌，而且正常。

有時候沒有鳥出現，也沒什麼好寫，他便會和德國裔的魚叉手鄂圖聊天。儘管他只是魚叉手，卻愛好沉思，並傾向於思辨論和神祕主義一脈。他認爲森姆納失蹤在浮冰底下的幾個小時裡，靈魂離開了他的肉身，雲遊到另一個更高的境界。

「史威登堡先生說這個更高的精神世界，」他解釋說，「是一個遼闊的綠色山谷，被斷崖或山丘圍繞，人死後的靈魂集合在那裡，再被決定誰獲得救贖，誰要下地獄。」

森姆納不想讓他失望，不過他只記得痛苦與恐懼，然後是處於漫長、黑暗，以及令人厭惡的虛空狀態。

「如果在某個地方眞的有那麼一個令人意想不到的所在，我倒是從來沒看出有類似跡象，」他說。

「你有可能直接到了天堂，這也有可能。天堂是光所形成的。建築物、公園、人，任何事物都是神聖的光造成。到處都是彩虹，大量的彩虹。」

「這也是史威登堡說的？」

鄂圖點頭。

「你應該在那裡遇上了亡者，並跟他們談話。那或許是你的父母。你記得嗎？」

森姆納搖頭，但鄂圖沒有因此而知難而退。

「在天堂他們的樣子和在人間是一樣的，」他說，「只是身體是由光所構成。」

「肉體怎麼樣由光構成呢？」

「因爲我們本來就是光，那是我們不滅的本質。但是只有當肉體不再存在，光才會透出來。」

「那你說的就不是肉體啦，」他說，「應該是靈魂。」

「任何事物都有形狀和外表，在天堂裡，亡者的肉身就是他靈魂的形狀。」

森姆納還是搖頭。鄂圖的身材非常魁梧，有著日耳曼人寬闊的胸膛、粗壯多肉的身軀、大如豬蹄的拳頭。他可以把一根魚叉擲到五十碼外而面不改色。然而聽他闡述如此玄之又玄的東西，眞令人不可思議。

「爲什麼你會相信這種東西？」他問，「對你有什麼好處？」

「我們肉眼看見的世界並非全部眞實。夢境或靈視眞實得像物質一樣。我們能想像或思考的，與我們碰觸到的或聞到的一樣眞實地存在著。我們的思想如果不是來自上帝，又是從哪裡來的呢？」

「來自我們的經驗啊，」森姆納說，「來自我們聽過的、看過的和讀過的，或者被人告知的。」

鄂圖搖頭。

「如果你說的是眞的，那麼世界不可能有成長或進步，會是停滯的、不動的。我們注定會過著一種倒退的生活。」

森姆納看著遠方，冰川和冰山形成一條鋸齒狀的線，像一道有垛牆的城牆、天空蒼白而遼闊、暗黑的海水不耐煩地翻湧。自從他醒過來後，他躺在臥鋪上難以動彈，也幾乎無法開口說話，身體就像一張草圖，或一幅速寫，可以被擦掉，重新開始，痛楚與空虛像一雙手一次又一次的把他的軀體形塑，像十根指頭把他的靈魂搓揉拉扯。

「我沒有死在水裡，」他說，「如果我死了，我就會以某種方式脫胎換骨，不過我現在還是老樣子。」

¶

還沒到達迪斯科島之前，船身陷在巨大的浮冰中間，動彈不得。他們把冰錨固定在前方兩邊的浮冰上，再用冰錨的纜索栓在絞盤上，然後轉動絞盤，牽引捕鯨船前進。儘管他們用了雙倍人力，速度仍是相當緩慢，人員疲憊不堪，一整個早上才前進了三十呎；午餐後，伯朗利心有不甘地放棄，決定等風向轉變，打開新的航道。

踋克斯和卡芬迪拿著十字鎬到浮冰上把冰錨取回來。當日天氣溫和無雲，北極的太陽整天高掛著，微微任性地散發出火爐般的熱浪。這兩位魚叉手沒有受到氣溫的影響，解開所有冰錨上的纜索，用十字鎬撬開冰錨周圍較溼軟的冰塊，並用腳把冰錨踢開。卡芬迪把冰錨扛在肩膀上，嘴裡開始吹著〈倫敦德里小調〉。踱克斯不理他，右手舉到眼前，擋著陽光。過了一會，他指向陸地方向。卡芬迪吹口哨的嘴停了下來。

「怎麼了？」

「熊，」踱克斯說，「在後面一塊浮冰上。」

卡芬迪舉手擋著陽光，並蹲下身子好讓自己看得更清楚。

「我要弄一隻小艇，」他說，「還有來福槍。」

船上人員把一隻小艇降到浮冰上，踱克斯、卡芬迪和其他二人合力把船小艇拉下水。浮冰約有四分一哩寬，上面遍布小丘。北極熊正在浮冰的北端來回踱步，時而張開嘴巴朝天，時而到處嗅嗅哪裡有海豹的蹤跡。

卡芬迪從望遠鏡看見一隻小熊跟隨在母熊後方。

「媽媽和小孩，」他說，「你看。」

他把望遠鏡遞給踱克斯。

「活的小熊值二十鎊，」他說，「媽媽的皮可以剝下來。」

四人談論著財源好一陣子，達成了令各自滿意的共識後，便把船划向浮冰。在浮冰的五十碼外，他們停了下來，把船穩定住。卡芬迪膝蓋抵住船頭，瞄準北極熊。

「我有把握一槍打爆牠的眼珠，」他輕聲說，「誰要賭一把。」

「你那麼有把握，我的雞巴會變雞掰，」有人回嘴。

卡芬迪暗笑。

「好，好，」他說，「好，好。」

「打心臟，」踥克斯說。

「就打心臟，」卡芬迪點頭，「來吧。」

他陰沉著臉朝向槍管瞄準的地方，然後開槍。

子彈射中北極熊的臀部，隨之而來是一陣吼叫聲，血液從傷口直噴出來。

「幹，」卡芬迪大罵，一臉疑惑地看著來福槍，「準星歪掉了。」

北極熊身子猛烈地轉動，抖動著肩膀，張大了嘴巴向天吼叫，似乎要抵擋想像中的敵人。

「再射，」踥克斯，「不要讓牠跑了。」

卡芬迪還未重新裝上子彈，北極熊便發現他們。牠沒有逃跑，反而停了下來，彷彿在想下一步的行動，然後便從浮冰邊緣跌入水裡，失去蹤影，小熊也跟隨著母親後面。

船員們往前划，眼睛掃視著水面，等待兩隻北極熊冒出水面。卡芬迪手上的來福槍隨時準備著，踀克斯拿著有套環的繩索，要誘捕小熊。

「牠可能回到浮冰底下，」卡芬迪說，「那裡很多縫隙和洞穴。」

踀克斯點頭。

「我只是想要小熊，」他說，「隨便都值二十鎊，我認識一個動物園的人。」

他們沿著浮冰慢慢地划。風減緩了，周遭一片平靜。踀克斯哼了一聲，吐了一口口水。卡芬迪壓抑著吹口哨的衝動。四周一片靜寂，毫無動靜。忽然間，在船尾不到一碼外，母熊的頭部從暗黑的海水冒了出來，彷似古老傳說中來自海底的神祇。船員們一陣騷動、吼叫與咒罵，後來卡芬迪再瞄準母熊開槍。子彈在一位槳手的耳際掠過，射進母熊的胸部。母熊直立著身體，大聲尖叫，兩隻粗壯的前腿，像兩根蒼勁的樹墩一般，瘋狂地想要抓緊什麼的，撲向舷邊，像耙子一樣把板條抓得粉碎。小艇猛力搖晃，似乎快要被打翻，卡芬迪失去重心被摔倒船頭，來福槍因而脫手，另一個槳手被拋到水裡。

踀克斯把卡芬迪推到一旁，從舷邊的架子上拿了一隻八吋寬的鏟子。母熊放棄攻擊小艇，撲向正在水中翻騰的槳手。牠的牙齒像鉗子一般緊咬著槳手的手肘，不假思索地頭一甩，便把槳手的整根手臂撕了下來。踀克斯在不斷搖晃的船上站直了身子，舉起鏟子，猛力往母熊的背部插去。他起先感到一陣阻力，不過母熊的脊椎骨終究被鋒利的鏟頭斫斷，鏟子便長驅直入。踀克斯把鏟子抽回，再插進去，比前一次更深入，到了第三次，便插入了母熊的心臟。紫色的血液大量湧出，像墨汁一般在牠蓬亂的白色毛皮上擴散開來，一股血腥與糞便的臭味迅速瀰漫在空氣中。踀克斯的一連串動作為他帶來快感，精神為之一振，像工匠對自己的技術感到自豪。他相信死亡是一個作品，要逐步完成。一個東西，變成另一個東西，他想。

體無完膚的槳手在一陣尖叫後，痛得昏死過去，慢慢沉到水裡，血淋淋的殘肢還在死去的母熊齒頰之間。卡芬迪用撐篙上的鉤子把槳手勾回船上，割下一段捕鯨索綁在殘餘的手臂上，好讓他止血。

「眞是他媽的一團糟，」卡芬迪說。

「我們還有小熊啊，」踇克斯手指向小熊，「那裡就有二十鎊。」

小熊在母親的屍體旁游動，哼哼地叫著，且用鼻子碰觸屍體。

「有人他媽的手斷了！」卡芬迪說。

踇克斯提起繩索，用撐篙上的鉤子勾著繩索末端的繩圈，套進小熊的頭部，並把繩圈收緊。他們合力在已死的母熊下顎鑽一個洞，繫上繩索，把另一端牢牢地捆在小船的纜樁上。回到捕鯨船的過程艱苦緩慢，到達前槳手已因傷重而死去。

「我有聽過類似的故事，」卡芬迪說，「就是從來沒見過。」

「如果你射得準，他就還活著，」踇克斯說。

「我射中了兩槍牠還有力氣把一個人的手臂撕下，是什麼熊啊，我的天！」

「熊就是熊，」踇克斯說

卡芬迪搖著頭，哼了一聲。

「就是他媽的熊，」他重複唸著，好像從來沒有過這種想法。

回到「志願者」後，他們把母熊綁在滑輪車上，從水中拉到船上，垂吊在帆桁上。母熊離地懸著，襤褸的毛皮下無一絲氣息，血涓涓地滴著。小熊與母親分離，仍待在水中，漸漸顯得憤怒，狂亂地游來游去，或啃咬撐篙，或撕扯脖子上的繩套。踋克斯站在捕鯨船上，找來了一個裝載鯨脂的木桶，由卡芬迪幫忙把小熊半拉半推地裝進木桶，其他人抛下網子把木桶拉到甲板上，小熊的咆哮聲在空氣中迴盪著。伯朗利在船頭甲板看著小熊不停地要從直立木桶爬出來，踋克斯卻用棍子把牠戳回去。

「把母熊的屍體解下，」伯朗利大喊，「小的才會安靜下來。」

母熊平躺在甲板上，染血的皮毛像小山丘，冒著水蒸氣，彷似極度奢華的餐宴中一道主菜。伯朗利把木桶踢翻，小熊揮動堅硬的爪子，抓緊甲板，迅速離開桶子。好一陣子小熊驚慌失措，轉動著身體，找不到方向，水手們哈哈大笑，紛紛爬到船帆的索具上躲避，後來牠發現了母熊，便衝到牠的屍體面前，用鼻子碰觸母熊的脅腹，並無助地舔著血污的皮毛。伯朗利遠遠看著。小熊一邊嗚咽，一邊嗅著母熊的屍體，最後躺在側臥的母親旁邊。

「小熊值二十鎊，」踋克斯說，「我認識人在動物園。」

伯朗利看著他。

「鐵匠會幫你弄個金屬罩，可以把牠養在木桶裡，」他說，「牠應該活不到我們回到家，不過如果牠活著，賺到的錢會全歸死者家屬。」

踆克斯雙眼瞪著伯朗利一陣子，想要提出異議，不過最後還是點頭，並轉身離開。

船員們把死去的槳手用帆布裹上並縫好，在匆匆舉行簡單的儀式後，便從船邊滑入海裡。接著卡芬迪用一把小斧頭和剝皮刀把母熊的皮剝下。被放在木桶的小熊全程看著卡芬迪把母熊的遺骸肢解並拖走。

「牠的肉能吃嗎？」森姆納問卡芬迪。

卡芬迪搖頭。

「臭的，肝臟很毒，唯一眞有價値的是皮。」

「裝飾用嗎？」

「有錢人的客廳啊！如果踆克斯不急著用鑵子的話，會更値錢，不過我覺得切口可以修得好。」

「小熊可以賣到動物園，如果能活得下來。」

卡芬迪點頭。

「成年的熊美得嚇人，人們會願意付半個便士入場去看，還會覺得便宜。」

森姆納蹲下來往幽暗的木桶裡看。

「牠可能到家以前便會因傷心而死，」他說。

卡芬迪聳聳肩，停下手邊的工作，轉頭對著森姆納咧嘴而笑，他雙手手肘以下盡是鮮紅色，背心與褲子滿是血污。

「牠很快就會忘記親人的死，」他說，「情感是過眼雲煙，這方面禽獸和人是一樣的。」

9

來找他的都是因為身上傷口或瘀傷、頭痛、潰瘍、痔瘡、腹痛或睪丸發炎疼痛。他給他們開瀉鹽、爐甘石、吐根酊，有用喝的、有用塗的、有用貼的。都沒有效的話，就給他們放血或敲打，或讓他們強烈嘔吐或腹瀉。他們對類似的關懷，或是照顧，即使為他們帶來不適或是病情惡化，還是會表示感謝的。他們相信森姆納受過教育，便一定了解病情，也對他產生了某種信仰——儘管那是愚蠢或是無知，不過是眞實的。

對森姆納來說，來看他的人只不過是一具具軀體：腿、手臂、軀幹、頭。他們的肉體是他最關心的部分，其他的——像他們的道德操守，或者是靈魂——他總是絲毫不感興趣的。要教育他們或感動他們成就高尚美德、或者是要評斷、安慰，或是跟他們交心，都不是他的分內事，他想。他從事醫學工作，不是牧師、法官，或者是他們的配偶。他會讓他們的傷口癒合、盡可能治療他們的病痛，除此之外，他與他們之間心靈上沒有契合之處，而就他現在處於人生的低潮，是不可能對他們提供多少慰藉的。

一天晚餐後，一個打雜小弟到他的船艙來。他叫做約瑟・哈納，十三歲，身材瘦小、黑髮、額頭寬而蒼白，雙眼內陷。森姆納之前有注意過他，還記得他的名字。他就像其他打雜小弟一樣髒兮兮的蓬頭垢面，但他站在門口的時候，看來是有什麼問題讓他忽然感到躊躇不前。他扭動著手中的帽子，不時皺眉蹙額，彷彿想到要面對醫師便痛苦不堪。

「你要找我嗎，約瑟・哈納，」森姆納問，「不舒服嗎？」

他連點了兩下頭，眨了眨眼睛後回答。

「肚子不舒服，」他坦白地說。

森姆納身前的辦公桌是櫃子上一塊窄窄的門板向下翻開而成。他站起來，並示意約瑟走過去。

「什麼時候開始的？」森姆納問。

「昨天晚上。」

「你可以說一下是怎麼樣的痛？」

約瑟皺起眉頭，感到茫然。

「是怎麼個痛法？」森姆納問。

「很痛，」他說，「非常痛。」

森姆納點頭，一隻手撓著鼻頭上因凍傷而留下的黑色疤痕。

「躺到床上，」他說，「我來檢查一下。」

約瑟沒有動，低頭看著腳尖，身體微微顫抖。

「很簡單的，」森姆納解釋，「我只需要看看是哪裡引起的。」

「我肚子痛，」約瑟說著，頭抬了起來，「我需要一劑胡椒鹼。」

森姆納哼了一聲，搖搖頭，表示不認同這小孩自以爲是。

「我會決定你需要的或不需要的，」他說，「請你給我躺下來。」

約瑟不甘願地依著森姆納的指示。

森姆納解開那孩子身上夾克和襯衫的鈕扣，並拉起他的絨背心。他注意到下腹部沒有腫脹、膚色也沒有異狀。

「這裡痛嗎？」森姆納問，「這裡呢？」

約瑟都搖頭。

「那麼是哪裡痛呢？」森姆納問。

「到處都痛。」

森姆納嘆了一口氣。

「約瑟呀，如果不是這裡、或這裡、或者這裡，」他不耐煩地用指尖戳著他的腹部，「那怎麼可能到處都痛呢？」

約瑟沒有回應，森姆納懷疑地到處嗅著。

「有嘔吐嗎？」他問，「拉肚子呢？」

約瑟搖頭。

他瘦削的臀部附近褲子濕濕的傳出糞便的味道，表示他在撒謊。森姆納懷疑他腦子有點毛病，或者是比一般人笨。

「你知道什麼是腹瀉嗎？」他問。

「一直拉稀呀，」約瑟說。

「請你脫下褲子。」

約瑟站了起來，解開靴子的鞋帶，脫下靴子，然後鬆開皮帶，脫下灰色的毛料褲子。難聞的氣味更加強烈。船艙外傳來黑師傅的喊叫聲，以及伯朗利嚴重的咳嗽聲。森姆納當下便發覺約瑟及膝的內褲沾滿污垢，褲管也因沾了血跡和糞便而變硬。

天哪，痔瘡，森姆納心想。這孩子很明顯搞不清肚子和肛門的差異。

「把內褲也脫下，」他說，並指著周圍，「小心不要讓褲子碰到任何東西。」

約瑟不太情願地脫下發臭的內褲。他的雙腿瘦小，幾乎沒有肌肉，如果不是那一圈薄薄的陰毛，陰莖和睪丸都顯得蒼白而光滑。森姆納指示他用手肘支撐著身體側臥。他這個年齡不太可能長痔瘡，但森姆納想到可能是因爲他在船上吃的醃牛肉和麵包等粗糙伙食所引發。

「我會給你藥膏，」他說，「還有藥丸，很快就舒服一點了。」

森姆納把他的屁股扳開，想要確認病灶。他注視了好幾秒鐘，退後一步，再看了看。

「那是什麼？」他說。

約瑟沒有動靜，也不開口，身體斷斷續續地顫抖，彷彿溫暖的船艙忽然變冷。森姆納思索了一會，便走到船艙外通道上，呼喊廚師取來一湯碗溫水和一塊碎布。他幫男孩擦拭肛門附近，把混合了豬油的樟腦塗在傷口上。肛門括約肌有幾處傷口，略爲變形，而且有潰瘍的跡象。

他用毛巾幫男孩擦乾，從自己的櫃子裡取出一件乾淨的內褲給他穿上，用剩下的水把手洗乾淨。

「把衣服穿好吧，約瑟，」他說。

男孩動作緩慢，並想辦法避開醫師的目光。森姆納走到他的藥櫃，挑了編號44的瓶子，搖了一顆藍色藥丸出來。

「把它吞下，」他說，「明天回來我再給你一顆。」

藥丸的味道令他難以接受，一口便吞了下去。

森姆納仔細看他——他凹陷的臉頰、細長的脖子、矇朧而恍惚的雙眼。

「誰幹的？」他問。

「沒有人。」

「誰幹的，約瑟？」他再問。

「沒有人幹的。」

森姆納連續點了兩下頭，用力抓撓著顴骨。

「你可以走了，」他說，「明天你拿藥時再見。」

男孩離開後，森姆納走到空無一人的食堂，打開鐵製的爐灶，把髒污的內褲放到火爐深處那堆燃燒中的煤炭上。他看著內褲著火後，關上爐子，便回到自己的艙房。他倒出了一劑鴉片酊，卻沒有喝，反而從書桌上方的架子拿了他的《伊利亞德》，想要閱讀。捕鯨船忽然猛烈震動了一下，木板發出了抽泣般的摩擦聲。他不自主地感到有異物哽在喉頭，胸部有一股溫暖的液體在累積，彷彿快要抽噎起來。

他再等了一陣子，便把書闔上，回到食堂。卡芬迪站在火爐前抽著菸斗。

「伯朗利在哪裡？」森姆納問。

卡芬迪向他側面的船長室方向甩一下頭。

「在打盹吧，很有可能，」他說。

森姆納還是敲了門。過了片刻，伯朗利叫他進去。

船長俯身看著航海日誌，手中握著筆。他背心的鈕扣敞開，一頭白髮直豎。他抬頭看森姆納，並示意他往裡面走。森姆納坐了下來，等伯朗利寫完最後幾個字，小心翼翼地把紙上的墨吸乾。

「沒什麼好記的，我想，」森姆納說。

伯朗利點頭。

「到了北極，就會看到更多鯨魚了，」他說，「我可以保證。我們也可以殺牠幾條，如果我下命令的話。」

「北極是我們要到的地方？」

「現在是。二十年前，這附近的水域就已經滿是鯨魚了，不過牠們現在都往北去了——逃離魚叉啊。誰能怪他們？鯨魚是聰明的生物，知道最多冰層的地方最安全，也是我們這些追蹤者最危險的地方。當然，未來是蒸汽的天下。有了夠強力的蒸汽船，天涯海角都抓得了牠們。」

森姆納點頭。他有聽過伯朗利的捕鯨理論。這位船長相信越往北走，就有越多鯨魚，更從而推論在世界之巔，必定有一處沒有冰層的海洋，一個還沒有被人類涉足過的的地方，那裡理想中多不勝數的鯨魚無拘無束自由自在徜徉其中。森姆納強力懷疑這位船長在某種程度上是樂觀主義者。

「約瑟・哈納今天到我那裡，說肚子疼。」

「約瑟・哈納？那個打雜小弟？」

「我檢查他的時候，發現他有被雞姦過。」

森姆納點頭。

這個消息讓伯朗利神情變得嚴肅，眉頭緊蹙，搓揉著鼻子。

「他親口告訴你的？」

「我檢查時發現很明顯。」

「你肯定？」

「受傷的面積廣泛，而且有感染性病的跡象。」

「天啊，誰幹了這種令人髮指的事？」

「孩子不會說的，他也怕，我想，他可能有點笨。」

「喔，的確，」伯朗利帶著刻薄的口吻說，「那是肯定的，我認識他父親和叔叔，也是他媽的低能。」

伯朗利眉頭更緊，撅起嘴唇。

「你肯定是發生在這條船上？是新傷口？」

「毫無疑問，傷口是新的。」

「那這孩子眞的是笨，」伯朗利說，「如果那是違反他的意願，爲什麼他不大叫，或投訴？」

「或許你可以親自問他？」森姆納建議，「他不會跟我說，但是如果你命令他說出兇手，或許他覺得有義務要說出來。」

伯朗利草草地點了頭，然後打開艙門，叫還是站在火爐邊的卡芬迪去把孩子從船頭的水手艙帶到船尾船長室來。

「這討厭的傢伙幹了什麼事？」卡芬迪問。

「把他帶來就是了，」伯朗利說。

在等待的時候他們喝了一杯白蘭地。孩子到達時，臉色因恐懼而蒼白，卡芬迪齜牙笑著。

「你什麼都不用怕，約瑟，」森姆納說，「船長想要問你幾個問題，就這樣。」

伯朗利和森姆納並排而坐；約瑟・哈納站在圓桌的另一端，他後面站著卡芬迪。

「船長，我該留下還是離開？」卡芬迪問。

伯朗利想了一下，便示意他坐下來。

「你比我更清楚船員們的生活習慣和個性，」他說，「有你在場可能有用。」

「我肯定很清楚這小鬼的個性，」卡芬迪邊說邊坐到裝了墊子的長凳上，心情顯得愉快。

「約瑟，」伯朗利身體趨前，努力試著把他平常宏亮的聲音變得柔和，「森姆納醫師告訴我你受傷了，眞的嗎？」

有好一陣子約瑟似乎沒聽到或者是不了解問題，不過正當伯朗利要重複他的問題，約瑟便點了頭。

「怎麼樣的傷？」卡芬迪持懷疑的態度問他，「我沒聽到過。」

「森姆納先生今晚稍早檢查了約瑟，」伯朗利解釋，「發現證據，十分明顯的證據，他受到某位船員不公平的對待。」

「不公平的對待？」卡芬迪問。

「被雞姦了，」伯朗利說。

卡芬迪揚起了眉毛，不過似乎無動於衷。約瑟・哈納表情沒有變化，但是本來凹陷的眼窩似乎更往頭顱裡退，呼吸也變得短促，聽得見喘聲。

「怎麼發生的，約瑟？」伯朗利問他，「誰做的？」

約瑟下唇光亮而紅潤，懶洋洋地下垂著，透出幾分淫蕩，與他哀傷憂鬱的臉頰與下顎、幽暗無助得難以捉摸的雙眼，產生了強烈的對比。他沒有回應。

「誰做的？」伯朗利再問。

「是意外，」約瑟輕聲回應。

卡芬迪聽見後微笑起來。

「水手艙那邊很暗，伯朗利先生，」他說，「有沒有可能這孩子只是滑了一跤，就那麼的不幸，撞到了屁眼？」

伯朗利轉頭看森姆納。

「我想這是玩笑話吧，」外科醫生說。

卡芬迪聳了聳肩。

「那地方十分狹窄，又放滿了雜物，寸步難行，很容易就被絆倒的。」

「那不是意外，」森姆納堅持，「這說法很荒謬，那種傷勢只有一個原因造成。」

「你有被絆倒嗎，約瑟，」伯朗利問，「還是有人故意傷害你？」

「我絆倒了，」約瑟說。

「那不是意外，」森姆納再說了一遍，「完全不可能。」

「那就奇怪了，這小孩說是喔，」卡芬迪強調。

「因爲他害怕。」

伯朗利身子從桌邊退回，凝視著兩個成人好一會，目光再轉到孩子身上。

「你在怕誰呢，約瑟？」他問。

森姆納對這個愚蠢的問題感到驚訝。

「他怕每一個人，」他說，「他怎能不怕？」

伯朗利嘆了一口氣，搖搖頭，雙眼下垂，透過他與肩同寬的雙臂看著地上一方胡桃木地板。

「我是一個有耐性的人，」他說，「但肯定是有限度的。如果你曾經被人欺負，欺負你的人會因此受到懲罰。但你必須告訴我全部事實，你明白嗎？約瑟。」

約瑟點頭。

「是誰做的？」

「沒有人。」

「我們可以保護你，」森姆納迅速回話，「如果你不說是誰做的話，這種事會再發生的。」

約瑟的下顎垂得更低，幾乎碰觸到胸部，雙眼激動地看著地板。

「你有話要跟我說嗎，約瑟？」伯朗利問，「我不會再問你了。」

約瑟搖頭。

「那是因爲在船長室才讓他說不出話來，」卡芬迪說，「就是這樣。剛剛我到水手艙找他時，他還在跟朋友在那裡嘻笑。受傷是有可能的，如果是眞的話，不過對他的心情沒有多大影響，我看得出來。」

「這孩子被嚴重侵犯啊，」森姆納說，「兇手就在這條船上！」

「如果這孩子不指認侵犯他的人，又如果他堅持，也的確就像他說的，沒被侵犯，而只是發生了一些意外，那我們也無能爲力，」伯朗利說。

「我們可以找證人。」

卡芬迪哼了一聲。

「我們這裡是捕鯨船欸，」他說。

「你可以回去了，約瑟，」伯朗利告訴他，「我有話要再跟你說，會找你過來。」男孩離開船長室。卡芬迪打了個哈欠，直了一下身子，便站起來跟著男孩離開。

「我會叫他們把臥室收拾好，」他說著，回頭用滑稽的表情看森姆納，「要避免類似的意外發生。」

「我會把那小夥子搬離開水手艙，」卡芬迪離開後伯朗利對森姆納保證，「他可以到下面的統艙去睡一陣子，這種事令人生氣，不過既然他拒絕指認，事情就該到此爲止。」

「如果卡芬迪自己就是罪魁禍首呢？」森姆納說，「這就解釋爲什麼孩子保持緘默。」

「卡芬迪有很多缺點，」伯朗利說，「不過雞姦這種事他肯定不會幹。」

「他似乎對事情的發展感到高興。」

「他是個白癡，且有點獸性，但是這艘船上一半以上的人都像他。你要找溫柔有教養的人，森姆納，格陵蘭捕鯨這一行是沒有的。」

「我會跟其他打雜小弟談談，」森姆納提議，「我要了解他們對卡芬迪和約瑟・哈納知道多少，有發現我再回來見你。」

「不要，你不要去，」伯朗利堅定地說，「除非那孩子改變他的說詞，這件事就到此爲止。我們來這裡是捉鯨魚，不是要儆惡懲奸。」

「違法行爲已經發生了。」

伯朗利搖頭，開始對森姆納不合理的堅持感到不耐煩。

「一個男孩的屁眼受傷了，就是這樣。那是不幸，我同意，但他會很快復原。」

「他的傷勢比你所知道的嚴重，他的直腸有腫脹，看得出來……」

伯朗利站了起來，不再隱藏他的不耐。

「不管他可能受了什麼特別的傷，那是作爲醫師的你該負責把他治好，」他說，「我相信你有技術和責任感完成任務。」

森姆納轉頭看這位船長——濃密的眉毛、灰色尖銳的雙眼、滿是皺摺的鼻樑、長了灰色鬍渣的雙下巴——一瞬間便決定同意。那孩子不會死。他說得對。

「如果我需要什麼，我會告訴你，」他說。

回到船艙，他吞了一劑鴉片酊，躺在床上。費力的辯駁使他疲累，失敗感令他沮喪。爲什麼這孩子拒絕自救？兇手有多大的本事可以控制他？這些揮之不去的問題讓他感到困擾，不過才一分鐘的時間，鴉片酊便發揮作用，感到自己滑進一種柔軟、溫暖而熟悉的自在無憂。有關係嗎？他想，身邊都是野蠻人、都是沒有道德操守的狒狒啊！世界無論如何會按它想要的方式繼續運行，一向如此，不管他同不同意。幾分鐘前他對卡芬迪的憤怒與厭惡，現在就像遠方地平線上的點點污漬——他的想法，也只是建議而已，更不重要、更不顯眼。所有事情都會迎刃而解，他模模糊糊地想，不必要倉促、不必趕。

過了一陣子，艙門被敲響。那是魚叉手踋克斯，說右手劃破了。森姆納眨了幾下眼睛，請他進入船艙。踋克斯鬍鬚淡紅而濃密、身材矮胖、肩膀寬厚，幾乎把船艙裡的空間塞滿。森姆納在鴉片酊的影響下，仍感到輕飄飄的無法集中，檢查了傷口，用紗布擦乾淨後包紮好。

「不嚴重，」森姆納向他保證，「傷口包紮一、兩天，會更快癒合。」

「喔，還有更糟糕的，」踋克斯說，「比這個更糟。」

他身上散發著家畜養殖場的味道，濃郁撲鼻，瀰漫著整個房間。森姆納覺得他像一隻在自己窩裡休息的野獸，有一股澎湃的力量暫時被抑制、被安撫。

「聽說一個打雜小弟受傷了。」

森姆納把剩餘的繃帶捲好，正要把剪刀放回去醫療箱。他眼角所見微微模糊，嘴唇與臉頰感到涼颼颼的，有點麻木。

「誰告訴你的？」

「卡芬迪啊！他說你覺得可疑。」

「情況不單純。」

踘克斯低頭看著包紮好的手，又湊到鼻子聞了一下。

「約瑟·哈納是出了名愛撒謊，你不應該相信他告訴你的。」

「他沒有告訴我什麼。他不跟我說。這就是問題。他太害怕了。」

「他有點低能。」

「你認識他有多少？」

「我認識他爸爸費德烈·哈納，」踘克斯說，「也認識他哥哥亨利。」

「船長決定這件事到此爲止，除非那孩子改變心意，不然不會有任何行動。」

「那就結束啦？」

「可能。」

踘克斯仔細端詳森姆納。

「你爲什麼選擇當醫師，森姆納先生？」他問，「像你這樣的愛爾蘭人。我只是好奇。」

「因為我想要進步，想要翻身。」

「你想要翻身，但是你現在在一艘捕鯨船上為一個打雜小弟發愁。我懷疑那些偉大野心去哪了！」

森姆納把醫療箱的蓋子闔上，並上了鎖。他把鑰匙放在口袋，在牆上的鏡子裡匆匆瞄了自己一眼。他看來比二十七歲的人老太多了。他的額頭出現了皺紋，雙眼已有黑眼圈和眼袋。

「我把野心簡單化了，踋克斯先生。」他說。

踋克斯嘴裡發出呼嚕聲，有點被逗樂了，齜牙咧嘴笑得像一個滑稽演員。

「我相信我也是，」他說，「真的！」

10

六月最後一個星期他們駛進了北極海域，第二天清晨黑師傅便發現第一條鯨魚。森姆納從睡夢中被呼喊聲和皮靴在奔跑時撞擊甲板的聲音吵醒，便到桅樓上的瞭望台注視獵鯨的過程。他看著第一根魚叉插進鯨魚身上，受傷的鯨魚沒入水裡，二十分鐘後，鯨魚冒出水面時已比較靠近捕鯨船，不過距離他剛才的消失點差不多有一哩遠。透過望遠鏡森姆納看得見黑師傅投出的魚叉仍然插在鯨魚的側腹，鮮豔的血液從牠鉛色的皮上大量溢出。

鄂圖的小艇現在最靠近那條鯨魚。槳手停了下來，把船槳擱在槳架上，舵手用雙槳讓小艇穩步前進。鄂圖蹲伏在船頭，手中緊握著魚叉的木柄。鯨魚噴出呈V字型的灰色水氣，聲音大得像馬嘶聲連瞭望台上的森姆納都聽得見。一時間小艇與船員被水氣掩蓋起來。但水氣飄散，現出他們身影時，鄂圖已經站起來，魚叉舉在頭頂，倒鉤向下，使得木柄在陰沉沉的天空中形成了三角形的斜邊。森姆納從高處看，鯨魚的背部像一個漂浮在水中的島嶼，一個在海浪中偷偷隆起的火山。鄂圖用盡全力擲出魚叉，這次連魚叉末端的魚叉繩都沒入鯨魚的體內，鯨魚立即劇烈抖動，身體彎曲，不斷抽搐，尾巴上八呎長的尾鰭衝出海面，又猛烈墜入浪花裡。鄂圖的小艇猛烈搖晃，槳手被拋到小艇外。鯨魚又沒入水裡，不過這次只有一分鐘。牠再出現時，其他的小艇已經到達，把牠包圍著：卡芬迪、黑師傅、踍克斯全到齊。再有兩根魚叉深深插入魚身後側，而且已經開始用到長矛。鯨魚仍活著，但是森姆納看得出來牠已經傷到無可救藥了。四個魚叉手又插又戳的，但鯨魚仍絕望地頑抗，噴出一股血液混著黏液的溫熱氣體。牠身旁血染的海水翻騰著，擊起濤濤白浪。

離忙碌的殺戮遠遠的踍克斯，衝向一根長矛，握住了根部，口中自言自語地說著一連串令人感到噁心的情話。

「給我最後一聲哀嘆吧，」他說，「就是這樣了，我的寶貝。最後一陣顫抖，就能幫我找對地方，就是這樣啦，我的甜心，再多一吋就搞定了。」

他用力彎身、往下壓，找尋那重要的器官。長矛再滑進一呎深。過了片刻，鯨魚發出最後一聲咆哮，把心臟的血液霧花花地一噴而出，魚身側翻，露出巨大的魚鰭，像是代表了投降。船員們被鯨魚嘴巴噴出蒸汽般的污血染成紫色，全身發臭，仍是站在危危顛顛的小艇上爲勝利而歡呼。站在後甲板的伯朗利用他的小禮帽在頭頂畫著圓圈，甲板上的船員歡欣雀躍。森姆納在瞭望台上看著這一切，瞬間也感到一陣激動，是突如其來的一種共同利益、克服障礙、邁向目標的感覺。

他們在魚尾穿了兩個洞，把鯨魚固定在卡芬迪的小艇前端，用繩子把兩片魚鰭捆在一起，把捕鯨繩捲了起來，然後把鯨魚屍體拖回捕鯨船所在處，一邊划小艇，一邊歌唱。森姆納回到甲板上，濕潤的涼風中傳來船員唱著〈藍迪丹迪奧〉和〈離開她吧，強尼〉，歌聲低沉生硬卻又悅耳。三十多人同心協力。他再一次，而這次幾乎是不由自主地，感到一種比自己更大更強的力量，一種共同的奮鬥所產生的力量，而他身在其中。他轉過頭，便看見約瑟•哈納站在前艙口附近高興地與其他打雜小弟聊天。他們在模仿剛剛捕鯨的過程，想像自己是踐克斯、鄂圖和卡芬迪在擲魚叉和長矛。

「你怎麼了，約瑟？」他問。

那孩子一臉茫然地看著他，彷彿彼此從未見過面。

「很好，先生，」他說，「謝謝。」

「你今晚一定要來我船艙拿藥，」他提醒約瑟。

男孩悶悶不樂地點頭。

他怎麼告訴別人他受傷的原因？森姆納心中狐疑。他編一些故事，還是大家都知道了真相？他覺得應該盤問其他的男孩，也要檢查他們身體。如果他們同樣受到侵害怎麼辦？如果這不僅是約瑟的祕密，而是大家都陷於同樣的遭遇，那該怎辦？

「你們兩個，」他指著約瑟身邊的男孩說，「晚餐後跟約瑟一起到我船艙來，我要問你們一些問題。」

「我要站哨，先生，」一個男孩說。

「那你告訴長官外科醫師森姆納有話要跟你說，他會懂的。」

男孩點頭。森姆納看得出來他們三人巴不得趕快脫身。捕鯨的畫面在他們腦海中還是鮮明生動，而他說的話既乏味，又權威。

「你們去樂吧，」他說，「晚餐後再見你們三個。」

鯨魚的左側魚鰭繫緊在左舷邊，頭向船尾。沒有生命的眼睛，牛眼般大小，茫然地看著天上移動的雲朵。牠的鼻子和臀部被粗繩子固定好，另一條繩子穿過絞盤從延伸自主桅的木柱垂下，圈住鯨魚頸部附近，把鯨魚的腹部提起，露出水面有一呎之多。伯朗利用測速板量得鯨魚的長度後，估計可產生十噸鯨脂和超過半噸的鯨鬚，如果價格穩定，大約有接近九百鎊的價值。

「我們要發財了，森姆納先生，」他說，還眨了眨眼。

鄂圖和黑師傅稍微休息、喝了點酒後，便把尖頂鐵鞋底綁到靴子上，讓自己踩在魚腹上時可以站穩。他們用長柄刀把鯨脂一條條割下，用鑿子敲下鯨鬚和上下顎。接下來他們把魚尾、魚鰭、鼻子和生殖器官割下，便讓那殘餘的紫色身軀沉入水裡，或被鯊魚吃掉。鯨魚花了他們四個小時才完成肢解，而這段時間裡到處瀰漫著油脂和血液的惡臭，以及臭鷗和其他吃腐肉的鳥類不斷呱呱的叫聲。鯨魚被肢解完，一桶桶的鯨脂存放到船中央的倉庫、甲板被刷洗後呈灰白色、刀子鏟子清洗乾淨並歸位。伯朗利下令每人多配給一份萊姆酒。這消息在船首響起一陣歡呼，不一會更傳來蘇格蘭風的小提琴音、砰砰的敲打聲，以及伴隨著捷格舞步的叫聲。

晚餐後約瑟・哈納和他的朋友都沒有按照吩咐出現在森姆納的船艙。他心想要不要到水手艙去找他們，不過還是決定放棄。沒有什麼不能等到明天早上，而事實上約瑟因智力低下而招致的不幸已開始讓他感到惱怒。這孩子沒救了，他想：弱智、踐克斯所說的天生撒謊者、身體與心靈上毫無疑問地遺傳了各種疾病。證據明白顯示他是被性虐待，卻不說出兇手，或甚至不承認受害——或許他已經忘記誰是施暴者，或許當時太暗看不清楚，或許他不覺得這是一種罪行，而是別的行爲？森姆納企圖設身處地地想像他進入了那孩子的心靈，去掌握約瑟・哈納凹陷的、游移不定的松鼠般眼睛所看見的世界是何模樣，然而這樣的努力似乎荒謬，且有點可怕——像一個人被轉化成雲朵或樹木一般。想到這種奧維德式的轉化，他便感到一陣短暫的戰慄，但他隨即又一陣歡慰，再打開它的《伊利亞德》，一隻手同時探進外套的口袋裡觸碰藥箱的銅製鑰匙。

第二天，再有兩條鯨魚被殺和肢解。森姆納因爲沒有其他事情要做，被分配了一把鉤桿和一件圍裙。每當一條鯨脂被拋到甲板上，被切成一呎見方大小後，森姆納的新工作便是要把鯨脂從前甲板運到船中央的倉庫入口，再把鯨脂往下丟給負責的船員；他們再把鯨脂放進木桶裡儲藏著，直到他們再次出發。這工作又髒又累，每一塊鯨脂二十磅左右，甲板上很快便滑溜溜的滿是油脂和血液。他好幾次滑倒，有一次幾乎翻進倉庫裡，幸而有鄂圖擋住。那天工作結束時，他雖是全身痠痛，處處瘀傷，卻有一種少有的滿足感：是完成任務、是對體能的挑戰及克服所帶來那種簡單的、純粹肉體上的愉悅。唯一一次他可以不需要鴉片酊而入眠，而在早上，儘管肩膀、脖子和雙臂極度僵硬，他還是滿足地享用了一頓大麥粥和鹹魚早餐。

「我們快有一位捕鯨高手了，森姆納先生，」卡芬迪打趣地說。他們坐在食堂裡抽著菸斗，並靠近火爐爲雙腳取暖。他說，「有些外科醫師手太巧了，不適合拿鉤桿，不過我說你會喜歡上它的。」

「肢解鯨魚就好像我在老家割草差不多，」森姆納說，「我小時候幹多了。」

「原來是這樣，」卡芬迪，「是天生的。」

「你覺得捕鯨也是我天生的能力？」

「是工作，」卡芬迪微笑著說，「愛爾蘭人天生就是當苦工的；那是他們的天命。」

森姆納向火爐吐了一口口水，聽著吱吱的響聲。他現在已對卡芬迪有足夠的了解，不會把他的嘲諷放在心上，而他今早的心情輕鬆得不會被他過分激怒。

「英國人的天命又是什麼？我想知道，卡芬迪先生，」他回應，「或許是剝削別人而肥了自己吧？」

「有人天生勞碌，有人天生要發財，」卡芬迪說。

「喔?你是哪一類?」

卡芬迪志得意滿地往後靠，下唇被火光照得發亮。

「哼，我說我是那種快要走運的一類，森姆納先生，」他說，「我看很快就會了。」

¶

那是一個寧靜的早晨。沒有再發現鯨魚的蹤跡，中午前的時間都花在清理甲板、把繩索捲好、補充小艇上的工具。自從森姆納看見約瑟・哈納和他的朋友在前艙口胡鬧後，就沒看過他了，所以決定把他找來。他看見一個打雜小弟在甲板上，便問他約瑟在哪裡。

「我們被告知他從現在開始要住在二層艙的船艙睡覺，」兩個男孩說，「從昨天開始就沒看過他了。」

森姆納鼓起勇氣進入二層艙。他在儲物箱及一堆綑綁好的木棍之間找到一張骯髒的毛毯，但是沒有男孩的影蹤。他爬回去甲板上到處張望。他走到備用捕鯨小艇、絞盤和甲板室後面一一檢查，知道他沒有藏在那裡，便朝水手艙看去。有些已經躺在自己臥鋪睡著了，有些還坐在儲物箱上抽煙、閱讀或刻木頭。

「我在找約瑟‧哈納，」他大聲喊，「他在那裡嗎？」

他們轉頭看他，搖了搖頭。

「沒看到他，」其中一人回答，「我們以爲他跟你在一起，在船尾，森姆納先生。」

「跟我？」

「在你的醫護室呀，因爲他的病。」

「誰告訴你的？」

那人聳聳肩。

「那是我聽到的，」他說。

森姆納開始失去耐性，行爲也有點失常。他回到自己的船艙，拿了一根蠟燭，想要到貨艙去勘查，雖然他也不知道那男孩爲何會藏身在那裡。他看見黑師傅從船長室出來，手中拿著六分儀。

「我在找約瑟‧哈納，」森姆納對他說，「你有看到他嗎？」

「你是說屁眼痛那個？」黑師傅說，「沒有，應該沒有。」

森姆納搖頭，嘆了一口氣。

「『志願者』沒那麼大，孩子那麼容易失蹤，好奇怪。」

「像這種船有千個角落百個縫隙，」黑師傅說，「可能躲到哪裡打手槍吧，你爲什麼要找他？」

森姆納遲疑了一會，警覺到他關心哈納的健康已經在高級船員的圈子裡成爲一個笑話。

「我有事要交代他做，」森姆納說。

黑師傅點點頭。

「嗯，他很快就會冒出來的，你放心。他最愛裝病了，配給食物的時候絕不會錯過。」

「你或許對吧，」森姆納說，眼睛看著手中蠟燭一會，便把它放進外套的口袋裡，「我幹嘛找一個不想被找到的人。」

「還有其他的打雜小弟啊，」黑師傅表示同意，「找他們啊。」

¶

當天下午稍晚，由於沒有發現鯨魚的蹤跡，而且天氣已夠穩定，伯朗利命令船員們準備離去。他們收起部分的船帆，打開了貨艙。差不多十個之前裝滿水作壓艙用的木桶被抬到甲板上，清出了貨艙最底層的空間，用來放置切碎的鯨脂。甲板上的人員準備好工具，包括輸送槽、砧板和刀子，要把鯨脂與皮和肉分離，並切成大小可以從桶孔塞進木桶裡。森姆納注意著約瑟・哈納，認爲他很快就會因甲板上的喧囂，便從躲藏處走出來。

「哈納這小混蛋躲到哪去？」卡芬迪大叫，「我要人把刀子磨好。」

「他不見了，」森姆納說，「我整個早上在找他。」

「這沒出息的混蛋，就是他，」卡芬迪說，「找到他要讓他嚐嚐屁眼痛是啥滋味。」

甲板上，木桶內的儲水透過手動的鐵泵浦一個一個被清空。鄂圖全權負責這項工作，把泵浦塞進桶孔，抽乾水後隨之把木桶抹乾。那些用來壓艙的水嘩啦嘩啦地流到甲板上，這些水長期接觸木桶裡多次出航後殘留的鯨脂，產生充滿硫磺味的惡臭，瀰漫整個甲板。其他人爬到控制船帆的索具上，避開足以催淚的臭氣，或用領巾把鼻子搗起來，進行自己的工作，但是肩膀寬厚，像木偶般目無表情的鄂圖則緩慢地、專注地按著工序，彷彿對惡臭完全無感。排空了四個木桶後，他發現第五個桶子頂端曾被破壞，敲了一個洞，大部分的水似乎已經漏走。他找來修桶匠，看看能不能修好。

修桶匠彎身用手扳下一片木屑，細心檢查。

「木不是朽掉的，」他說，手指仍未離開鼻孔，「沒有理由自己碎掉的。」

「就是碎掉呀，沒錯，」鄂圖說。

修桶匠點頭。

「最好是拿掉重新做，」他說。

他把碎木片扔到一邊，不經意地往半滿的桶子裡看。他看見打雜小弟約瑟・哈納蜷縮在半滿的壓艙水桶裡，赤裸著身體，帶著傷痕、無生命跡象，宛如船艙裡的惡臭穢物孳生成塊狀的黴菌，極爲駭人。

11

他們把哈納的屍體抬進食堂，放在桌子上，讓森姆納檢驗。房間裡滿是人，但是一片沉寂。森姆納感到人們溫熱的呼吸，而大家的高度關注又使氣氛顯得冷峻，他不知道人們期待他有什麼眞正的作爲。讓他活過來嗎？即使他是一個外科醫生也無關緊要，他與其他人一樣的無助與無用。他顫抖的手握著約瑟・哈納平滑的下巴，輕柔地抬高，好讓他看清楚脖子上一圈發黑的瘀傷。

「窒息致死，」伯朗利說，「他媽的暴行。」

房中人們低聲喃喃自語地表示認同。夾雜著不忍與遺憾的森姆納把男孩的身體翻到側面，扳開他蒼白的屁股。一些圍觀的人彎身觀看。

「跟之前一樣，還是更糟？」伯朗利問。

「更糟。」

「他媽的。」

森姆納抬頭撇了卡芬迪一眼。他正在轉頭與踐克斯輕聲說話。他把男孩身體躺臥，用手指壓向肋骨，計算有多少根斷裂。他扳開男孩的嘴巴，發現有兩顆牙齒不見。

「什麼時候發生的？」伯朗利怒吼，「老天呀怎麼可能沒有人注意到！」

「我前天最後一次看到他，」森姆納說，「就在肢解鯨魚之前。」

現場的人開始鬧哄哄地說著他們最後看見男孩的情境。伯朗利大聲呼喝，要他們靜下來。

「不要一起說，」他說，「他媽的。」

憤怒的伯朗利船長臉色發白，十分激動。他從未聽過捕鯨船上有發生過謀殺案——船員之間有打架，這是當然的，而且不少，有持刀互刺的，那是十分罕見，但從來沒有過徹徹底底的謀殺，還殺一個孩子。他覺得此事駭人聽聞，厭惡到令人髮指。不過還是發生了，發生在他最後的出航任務，彷彿「珀西瓦」號還不足以徹底敗壞他的名聲。他環顧身邊二、三十個正擠在食堂裡的船員——髒兮兮的滿臉鬍子、臉部被北極的日光照得黝黑、粗糙的雙手緊握身前像是在祈禱，或是深深地插進了褲袋裡。都是雅各・巴斯特害的，他告訴自己。這個邪惡的雜碎，選了這隊船員，實行他這個違反人性的計畫，他要承擔這個災難性的結果，不是我。

「犯法的人將要用鍊條拴著帶回英國處死，」伯朗利說，雙眼掃視著每一張抽動卻茫然的臉，「我言出必行。」

「對犯下這惡行的雜碎來說，絞刑太便宜他了，」有人說，「應該要把他的懶趴割下來，要用火紅的鐵棒插他的屁眼。」

「應該用鞭刑，」有人建議，「鞭到皮開肉綻。」

「不管他是誰、不管他是什麼東西，他都要受到現行法律的制裁，」伯朗利說，「修帆工在哪？」

修帆工是一名上了年紀、藍色雙眼顯得呆滯，且面帶憂鬱的老人。他手中緊握著油膩膩的海狸帽向前走一步。

「把他縫起來吧，」伯朗利告訴他，「儘快給他葬了。」修帆工點頭，鼻子吸一口氣。「其他人回到自己的崗位上去。」

「我們還是要繼續準備離開嗎，船長？」卡芬迪問。

「要，這惡行不是我們怠惰的藉口。」

船員們都溫順地點頭，其中一個名爲羅伯的捕鯨小艇駕駛舉手說話。

「第一條鯨魚被分解後我看見他在水手艙，」他說，「他在聽人們拉提琴，看人跳捷格舞。」

「沒錯，」另一人說，「我有看見他在那裡。」

「後來還有沒有人看過約瑟・哈納？」伯朗利問，「有沒有人昨天看過他？快說。」

「他睡在二層艙，」有人說，「我們以爲是這樣。」

「有人知道他發生什麼事，」伯朗利說，「船沒那麼大，一個孩子被殺不可能沒有發出聲音，不可能沒留下痕跡。」

沒有人回答。伯朗利搖搖頭。

「我會找出兇手，把這王八蛋吊死，」他說，「這是肯定的，你們可以放心。」

他轉身向著外科醫生。

「我會在船長室跟你談談，森姆納。」

一進到船長室，伯朗利就坐下來，脫去帽子，雙手搓揉著臉頰。搓揉了一陣子後，他的臉部泛起了紅光，水汪汪的雙眼布滿了血絲。

「那是純粹的邪惡，或是生怕自己的變態行爲被發現，我不知道，」伯朗利說，

「很清楚的是，雞姦他的人就是兇手。」

「沒錯。」

「你還是懷疑卡芬迪他幹的？」

森姆納遲疑了一下，然後搖搖頭。他知道這個大副是個粗人，但是說他是兇手，一時又無法確定。

「任何人都有可能，」他承認，「如果哈納前天晚上睡在二層艙，任何人都有可能到哪裡，掐死他，然後把他搬到貨艙裡，被注意到的機會相當低。」

伯朗利沉著臉。

「我把他從水手艙移出來，是要幫他解決困難，但又間接造成他被殺害。」

「總之他是可憐的孩子，運氣又不好，」森姆納說。

「他媽的沒錯。」

伯朗利點頭，倒了兩杯白蘭地。森姆納因這暴行感到十分難堪、沮喪，彷彿那孩子被殘殺，部分是他漫長而徹底崩壞的徵兆。他握著酒杯的右手在顫抖。船長室外，修帆工在縫合那小孩帆布棺材時口中吹著〈邦尼小船〉的曲子。

「還剩三十八個男人和兩個孩子在這船上，」伯朗利說，「去除我們二人和剩餘的兩個打雜小弟，還有三十四人。離開的準備工作完成後，有必要我會一一跟他們談，我要了解他們所知道的、看到的和聽到的，而且懷疑誰。一個人不會一夜之間形成這種惡劣癖好的。一定有某些徵象和謠傳，而水手艙正是個是非之地。」

「這個人，不管是誰，有可能患了精神病，」森姆納說，「沒有其他解釋，他一定患了什麼病，或腦子壞掉。」

伯朗利牙關緊咬，下顎左右微動，再爲自己倒了一杯白蘭地後再回應森姆納，聲音低沉明快。

「猶太雜種巴斯特組的船隊要怎麼折磨我？」他說，「無能又凶殘，來自船塢的穢物和大便。我是捕鯨人，但這不是捕鯨，森姆納先生，這不是捕鯨，我可以肯定的告訴你。」

¶

當天餘下的時間，準備離開的工作持續進行。一切就緒，而鯨脂也安全地存放好後，他們爲約瑟・哈納進行海葬。伯朗利在遺體前喃喃地唸了來自聖經裡的幾段合宜的章節，黑師傅草草地帶領大家唱了一首聖詩，然後把繫了鉛球的裹屍帆布袋從船尾丟進海裡，被灰黑色起伏的波濤所吞沒。

當晚森姆納沒有胃口。他沒跟大家一起吃晚餐，反而走到甲板上踱步、點了煙斗、呼吸一點空氣。小熊在木造的籠子裡低聲吼叫嗚咽、啃咬自己的爪子，和不斷搔撓著身體。牠的毛皮失去了光澤，纏結成塊，散發著糞便和魚油的味道，體型看來像隻灰狗一樣的修長而瘦削。森姆納從廚房拿了一把硬餅乾，放在剝皮刀的刀身上，穿過金屬的柵欄斜斜的的滑進籠子裡。小熊一陣狼吞虎嚥把餅乾吃得精光，又開始邊低聲咆哮，邊舔著自己的鼻子，雙眼瞪著森姆納。森姆納把一杯水放在甲板上，離籠子約一呎遠，用腳尖往前推，直至小熊粉色的舌頭能舔得到。他站著看小熊喝水。統籌巡邏任務的鄂圖走到他身邊。

「要讓牠餓死的話，爲什麼花功夫捉牠、困住牠？」森姆納問他。

「小熊賣了，所有的錢都會給死者的遺孀，」鄂圖說，「但是她沒在這裡餵牠，踱克斯和卡芬迪又覺得沒這個義務。我們當然可以放牠走，但是母熊死了，牠太小，無法獨自維生。」

森姆納點頭，拿起空的杯子，加滿水，再用腳尖推倒牠前面。小熊再喝了一陣子便停下來，縮回去籠子深處。

「最近發生的事你有什麼看法？」森姆納問，「你的斯威登堡大師會如何看待這暴行？」

鄂圖表情嚴肅了片刻，用手撫著濃密的黑鬍子，點了幾下頭才開始回答。

「他會說巨大的邪惡是善的缺席，而罪是一種遺忘。我們背離上帝，因爲上帝允許我們這樣做。這是我們的自由，也是我們的懲罰。」

「你信他的話嗎？」

「我還能信什麼？」

森姆納聳聳肩。

「罪是念念不忘，」他提出自己的看法，「善應該是邪惡的缺席。」

「這有人會相信，那是當然的，但如果這是眞的，那麼世界就是一片混沌，但世界不是這樣。你看看吧，森姆納。紛亂與愚蠢來自我們自己。我們誤解了自己，我們自以爲是，而且愚蠢。我們點起了營火取暖，卻又埋怨火太大、太猛烈，說眼睛被煙燻得看不見。」

「爲什麼要殺一個孩子呢？」森姆納問，「這有什麼意義？」

「最重要的問題，是那些我們妄想要用文字做出解答的問題。文字像是玩具：短時間內娛樂我們、教育我們，但是我們成年以後，就要放棄文字。」

森姆納搖頭。

「文字是我們僅有的，」他說，「放棄了，我們比禽獸好不到哪裡。」

鄂圖微笑看著執迷不悟的森姆納。

「那你就必須要自己找出解釋來，」他說，「如果你眞的認爲是這樣。」

森姆納彎身看著失去母親的小熊。小熊蜷伏在桶子的底端，喘著氣，舌頭舔著自己排泄的一灘尿液。

「我寧願不去想，」他說，「會比較快樂、比較輕鬆，這是肯定的。但我似乎無法不去想。」

葬禮舉行後不久，卡芬迪要求到船長室與伯朗利談話。

「我一直在問，」他說，「我一直逼問那些王八蛋，他們給了我一個名字。」

「是誰？」

「麥肯瑞。」

「山姆・麥肯瑞？那個木匠？」

「是他。他們說他在岸上時有在酒吧跟一個男同性戀親嘴愛撫。上次捕鯨季他上了『約翰奧庚』號，大家都知道他跟一個叫做內斯貝的槳手同床。」

「肆無忌憚的嗎？」

「水手艙很暗，你知道的，伯朗利先生，不過晚上會聽到聲音。就是那種聲音，我的意思是。」

「把山姆・麥肯瑞帶過來，」伯朗利說，「也把森姆納找來，我想讓醫師聽聽他怎麼解釋。」

麥肯瑞身材瘦小，皮膚白皙，不怎麼壯健。他的鬍子一縷縷的，呈淡黃色，鼻子細長，窄小的嘴巴幾乎看不見嘴唇，一雙大耳朵因天氣寒冷而泛紅。

「你和約瑟・哈納熟嗎？」伯朗利問他。

「我幾乎不認識他。」

「你一定在水手艙看過他吧。」

「看過，有，但我不認識他，他只是個打雜小弟。」

「你不喜歡打雜小弟？」

「沒有特別喜歡。」

「你結婚了嗎，麥肯瑞？你有老婆在家等你回去嗎？」

「沒有，先生，沒有。」

「不過你在老家有個愛人吧，我想。」

麥肯瑞搖頭。

「或許你不太喜歡女人，對吧？」

「不是這樣的，先生，」麥肯瑞說，「只不過我還沒找到適合我的女人。」

卡芬迪哼了一聲。伯朗利轉頭瞪了他一眼，便繼續問。

「我聽說你比較喜歡跟男人在一起，這是有人告訴我的，是眞的嗎？」

麥肯瑞沒有任何情緒變化。他似乎不感到害怕、心情不受到干擾，也沒有因爲被指控進行違反自然的行爲而驚訝。

「那不是眞的，先生，」他說，「我和其他精力充沛的男人一樣。」

「約瑟・哈納被殺之前被雞姦，我想你已經知道。」

「那是大家在水手艙裡談論的，先生，是的。」

「是你殺了他嗎，麥肯瑞？」

麥肯瑞皺著眉頭，彷彿這個問題毫無意義。

「是你嗎？」

「不是，不是我，先生，」他語氣平和地說，「我不是你要找的人。」

「他有可能在他媽的撒謊，」卡芬迪說，「我有半打以上的人可以證明他是出了名喜歡幹男孩屁股的。」

伯朗利看著這位木匠，他似乎從詢問開始到現在第一次感到不自在。

「如果你被發現在撒謊，情況會對你不利，麥肯瑞，」他說，「我警告你，我會十分嚴厲。」

麥肯瑞點了一下頭，眼睛掃視了船艙內的天花板一遍才開始回應。他灰色的雙眼顯得焦慮，兩片薄唇間似有一絲微笑蠢蠢欲動。

「我從來沒有找過小男孩，」他說，「我對小男孩沒興趣。」

卡芬迪輕蔑地再哼了一聲。

「你眞的以爲我們會相信你要攻佔的屁股是有特殊規格！我聽到的是，一、兩杯威士忌下肚後，你連家裡老頭子都會幹。」

「那並不是攻不攻佔的問題，」麥肯瑞說。

「你眞他媽的丟臉，」伯朗利食指指著麥肯瑞說，「不管你是不是兇手我都要把你鞭一頓。」

「我不是兇手。」

「不過你是公認的說謊者，」伯朗利說，「我們已經毫無疑義地這樣認爲。如果你對一件事情撒謊，你爲何不會對另一件事情撒謊？」

「我不是他媽的兇手，」麥肯瑞再說一遍。

「如果你可以讓我簡單地檢驗他，伯朗利先生，」森姆納說，「就有證據證明他是或不是。」

伯朗利一臉疑惑。

「那是什麼樣的證據？」他說。

「男孩的肛門周圍有暴力造成的傷口，如果你記得的話。如果傷口有感染性病，很有可能兇手也會有相同的感染。兇手的陰莖上也可能有傷口或磨損。畢竟，孩子的肛門蠻窄的。」

「噢，我操，」卡芬迪說。

「很好，」伯朗利說，「麥肯瑞，脫掉衣服。」

麥肯瑞沒有動靜。

「立刻，」伯朗利說，「不然我發誓我自己動手。」

麥肯瑞不甘願地、緩慢地在他們面前脫掉衣物。他的雙腿和雙臂看來強健但瘦削，兩顆乳頭之間是一叢淺褐色的胸毛。開始檢查時，森姆納注意到，雖然身材瘦小膚色白皙，他卻擁有相當巨大而誇張的生殖器官，睪丸肥大而下垂，陰莖即使不是大得不正常，卻粗得像狗鼻子，光亮亮的龜頭像腎臟般大小。

「沒有下疳，」森姆納報告，「沒有傷口或皮膚磨損的跡象。」

「或許他用了豬油，好讓他容易進入，」卡芬迪說，「你有沒有碰巧檢查到哈納的屁眼有被潤滑過的痕跡？」

「我有，但是沒有任何殘留。」

卡芬迪微笑。

「沒什麼東西逃得過你的雙眼呀，森姆納先生，」他說，「真的。」

「手臂和脖子也都沒有因扭打形成新的傷口或抓痕，」森姆納說，「你可以把衣服穿回去了，麥肯瑞。」

麥肯瑞按指令穿衣服，伯朗利安靜地看著麥肯瑞。當他穿好衣服後，伯朗利命令他到外面食堂等著。

「就是兇手，就在這裡，」卡芬迪說，「不管他的懶覺有沒有破皮，他就是兇手，我告訴你。」

「很有可能，但是我們沒有合理的證據，」森姆納說。

「他已招認了愛幹男人啦，你還需要什麼證據？」

「要認罪，」伯朗利說，「但是如果他不認罪，我堅持無論如何要把他鎖起來，回去後讓法官來處理。」

「如果他不是兇手呢？」森姆納說，「你願意看見真的兇手在船上到處走嗎？」

「如果不是麥肯瑞，還有他媽的誰是？」卡芬迪問，「你覺得船上還有幾個愛搞屁股的？」

「如果有人看見他們曾經同時出現，我會比較肯定他有罪，」森姆納說。

「暫時把麥肯瑞鎖起來，卡芬迪，」伯朗利說，「再告訴所有人如果有人看過他和哈納講過話，或對他有過任何關注，我們都希望跟他談談。森姆納有可能是對的，如果他有罪，一定有目擊者。」

12

在交誼廳裡，踄克斯聽著別人聊天。他們又在聊那男孩，雖然他已經死了。今天下午他們把他的屍體裹在帆布裡，從船尾拋到海裡，他看著屍體沉到水裡。男孩已化為烏有。他甚至不是一個概念，或是一個想法，他什麼都不是，然而人們還是在談論他。他們滔滔不絕，反覆議論。他媽的有什麼用？踱克斯嘴裡嚼著水煮牛肉，大口喝著馬克杯裡的紅茶。牛肉鹹中帶酸，紅茶卻有甜味。他的前臂有一個半吋深的被咬傷的創口，感到脹痛，而且發癢。用刀割斷他的喉嚨比較快，也比較容易，他知道，但是手邊沒有刀。他沒有預謀。他只是行動，而每一個行動本身都是單獨的、完整的：性交、殺戮、排泄、進食，也可以有不同順序。沒有一項比其他項目優先或高級。踱克斯把他的餐盤像鏡子一樣捧到臉前，把盤子裡的肉汁舔得乾淨。

他注意聽著。

「那是麥肯瑞，」卡芬迪說，「一定是他，我一眼就看得出來，但是伯朗利說他需要更多證據。」

踱克斯認識麥肯瑞。在他心目中是身體柔弱、像個女孩、怕見血，即使你給他一把手槍、幫他瞄準、幫他扣扳機，他也不會殺人。

「爲什麼是麥肯瑞？」他問。

「因爲他有愛搞男人屁股的臭名。你每個晚上都可以看見他在船塢附近鄉巴佬去的酒吧，在那裡買屁股和跟那些娘娘腔的男人咯咯傻笑。」

踴克斯點頭。麥肯瑞就是他的替死鬼了，他想，他的代罪羔羊。他會被吊在絞刑台上，而踴克斯站遠遠地觀看和鼓掌。

「伯朗利要找什麼證據？」他問。

「他要目擊證人，有看過他們在一起的人。」

踴克斯把鬍子上的食物碎屑搓掉，放了一個響屁，伸手到褲袋拿出了黑人頭牌菸絲。

「我看過他們在一起，」他說。

其他人都看著他。

「什麼時候？」森姆納說。

「有一晚深夜我看見他們在甲板室外面。麥肯瑞對那男孩露屁股、輕聲細語地自我炫耀、手勾著他的脖子想要給他親下去。那男孩看來不太喜歡這樣。差不多一個星期以前了。」

卡芬迪雙手合攏，笑了起來。

「這應該就夠了，」他說。

「爲什麼你之前沒提過？」森姆納問，「船長問大家有沒有看見什麼的時候，你也在場呀。」

「一定是一時忘了，」踋克斯說，「我的頭腦沒你那麼靈活，我覺得是這樣啦，森姆納先生，我屬於健忘一類，你知道的。」

森姆納看著他，踋克斯也看回去。他一派輕鬆，沒表現出不安。他太了解森姆納這類人了——吹毛求疵、不停地問問題，卻永遠不敢行動。是光說不練的人。

他們一同前往伯朗利的船長室，踋克斯告訴船長他所見所聞。伯朗利命令把身上繫著鐵鍊的麥肯瑞從貨艙帶來，然後指示踋克斯一字不漏地向麥肯瑞重複他所說的。

「我看見他勾搭上那死掉的男孩，」他平靜地說，「想要親他抱他，在甲板室旁邊，就在那裡。」

「你爲什麼之前沒有告訴我？」

「我沒有把這事放在心上，但是麥肯瑞的名字連到兇手身上的時候。我又想起來了。」

「這是他媽的撒謊，」麥肯瑞說，「我從來沒碰過那個男孩。」

「那是我看到的，」踆克斯說，「沒有人可以告訴我我沒看到。」

撒謊對他來說當然是有夠容易的。話語只是按某種排列的聲音，而他能按他的意圖來排列。豬呼嚕呼嚕叫、鴨子呱呱嘎嘎叫、人類說謊話：這就是萬物的法則。

「你願意發誓？」伯朗利問他，「在法院裡？」

「我可以以聖經起誓，」踆克斯說，「我會。」

「我會把你的敘述記錄在航行日誌裡，你要在上面簽名，」伯朗利說，「最好是有個文字紀錄。」

麥肯瑞一向的平靜現在已經崩解。他的臉部變得蒼白而狹長，紅通通的因憤怒而抖動。

「他的話沒有一句是眞的，」他說，「沒有一句，他滿口謊話。」

「我沒有理由說謊，」踆克斯說，「我爲什麼蹚這趟渾水？」

伯朗利往卡芬迪看去。

「這兩人有私怨嗎？」他問，「有理由懷疑這故事是假的，或者是心懷惡意的？」

「我沒聽說，」卡芬迪說。

「你們以前有同上一艘船嗎？」伯朗利問他們。

踑克斯搖頭。

「我幾乎不認識這個木匠，」他說，「但我看見甲板室旁發生的事，而我是據實以報。」

「但我知道你是誰，亨利・踑克斯，」麥肯瑞猛烈反擊，「我知道你去過哪、在哪裡幹了什麼事。」

踑克斯哼了一聲，搖搖頭。

「你不會知道我的事的，」他說。

伯朗利望向麥肯瑞。

「你有任何指控，就要現在提出來，」他說，「否則我會勸你閉嘴，等法官請你開口。」

「我從來沒碰過那個男孩。小男孩不合我胃口，我跟我的男同伴們之間從沒有被這樣指責或埋怨。這個人，這個誣告我，好像要設局害我被吊死的人，曾經比我做過更糟糕，更變態的事。」

「你這樣胡言亂語只會為自己挖洞，無補於事，」卡芬迪提出警告。

「沒有人比他媽的嗝屁更糟的了，」麥肯瑞說。

「你是說他犯了哪種罪行？」森姆納說。

「你問他在『馬奇莎』號上做了什麼？」麥肯瑞雙眼直視踋克斯，「問他在船上吃什麼。」

「你明白他的意思嗎？」伯朗利說，「他在說什麼？」

「我曾經在南太平洋上跟一些黑鬼待過，」踋克斯解釋，「就是那樣，背上有一些紋身，是他們幫我弄的，沒什麼，很多有意思的經歷而已。」

「你在哪一艘船上，」伯朗利問。

「『多利』號，來自麻省新伯福的。」

「一個吃人肉的誣告一個誠實虔誠的白人基督徒你相信嗎？」麥肯瑞大喊，「法官不會瘋掉嗎？」

踋克斯大笑起來。

「我沒有吃人肉，」他說，「不要聽他亂講。」

伯朗利搖搖頭，哼了一聲。

「我很少聽過那麼糟糕的無稽之談，」他說，「在我還沒發脾氣之前把這個無恥的人渣帶下去鎖在主桅上。」

麥肯瑞被帶走後，伯朗利把踋克斯的證詞記載在航海日誌上，並要踋克斯簽字。

「麥肯瑞被審判的時候，毫無疑問地你要準備出庭作證，」伯朗利說，「這日誌也會成爲證據。如果麥肯瑞付擔得起的話，他的律師會想辦法把你抹黑，這是可以預期的。趁火打劫的人都會這樣做，但我肯定你能承受得了。」

「我不喜歡被指控，或被人這樣說，」踋克斯承認，「我不喜歡。」

「區區一個愛搞屁股的人，他的話沒什麼說服力，那是肯定的，你站穩立場就是了。」

踋克斯點頭。

「我是誠實的人，」他說，「我只能說我看見的。」

「那你就沒什麼好怕的。」

13

麥肯瑞是兇手的消息立刻傳遍了整艘船。少數幾個認為是跟這木匠友好的人覺得難以置信，但是他們的疑惑很快就被人們排山倒海而來對麥肯瑞犯案的深信不疑所壓到。在他第二次被伯朗利訊問後，就被上了鏈條，鎖在前貨艙裡，一個人進食，大小便在一個桶子裡，每天由打雜小弟清理。過了一個星期這樣的生活後，他兇手和性變態的身分在船隊心目中已是牢不可破，難以眞正相信他曾經是屬於同一個團隊。他們記得他總是落單、有點奇怪，並假設他之前一切看似平凡不過的情事，只是一種聰明的方法來掩飾他更深層的偏差行為。偶爾有一、兩個船員冒昧跑到前艙去嘲弄他，問他犯案的細節。在過程中，他們都會覺得他莫名其妙地不思悔改、酸言酸語、徒作掙扎，而且充滿敵意，彷彿他到目前為止還未了解他所犯何事。

伯朗利心中想的不過是要回歸殺鯨這檔他被委託進行的事，但是隨後幾天，他們被惡劣天氣所困。豪雨和濃霧把他們的獵物隱藏起來，使得獵鯨一事變得不可能。他們完全籠罩在濡濕與昏暗中，安靜地往南緩慢移動，穿越煎餅般冰塊與泥漿狀的海域。等到天氣終於好轉，他們已經向西駛過了瓊斯海峽和赫斯堡角，已經看得見龐斯灣入口。伯朗利一臉渴望趕快前進，但是海上的浮冰以這個季節來看是出奇的密集，以至於被逼延遲得更久。「黑斯汀」號停泊在他們旁邊，另外還有「波利尼亞」號、「恩特比」號、「北行者」號。由於大家都在等待風向轉變，船長們在五艘船之間穿梭往來，輪流在不同的船長室晚餐，並以聊天、爭論和緬懷過去中度日子。伯朗利安祥地說著他的老故事：煤駁船、「珀西瓦」號，以及更早發生的事。他對於自己的爲人和做過的事不感到羞愧：人會犯他該犯的錯，他告訴他們，人受苦也是難以躲避，重要的是要做好準備。

「你準備好了嗎？」坎寶輕聲問他。他們二人單獨坐在伯朗利的船長室，餐盤碟子已收拾好，其他人也回到各自的船上。坎寶爲人精明世故，一定程度上友善，但又是守口如瓶，有時候顯得傲慢。他的問題帶有嘲諷的意味，伯朗利心想，是一個明確的暗示他在巴斯特設計的陰謀中扮演更爲精微細密的角色。

「我聽說一切順利的話，下一次輪到你，」伯朗利說，「巴斯特親口告訴我的。」

「巴斯特覺得捕鯨業已經完蛋，」坎寶說，「他想要安定下來，買一家小工廠。」

「是的，但是他錯了，這些海域還是到處都是鯨魚。」

坎寶聳聳肩。他的鼻子朝天，臉頰寬闊，蓄著長長的絡腮鬍；他狹窄的嘴唇看起來像是噘著嘴，即使在他安靜地在沉思的時候，看來總是要準備說話，這一個表情老讓伯朗利感到不舒服。

「如果我是好賭的人，巴斯特是一匹我會下一點注的馬。他跳得過大部分的欄，而且游刃有餘，我會說。」

「而且也是個精明的王八蛋，這是我給他的定論。」

「那麼你準備好了嗎？」

「我們還有足夠時間先多殺幾條鯨魚呀，不用急，不是嗎？」

「鯨魚在這一局裡只是零頭而已，」坎寶提醒他，「而且你沒有多少好機會讓它恰恰好地沉下去，還要看起來十分合理。別人如何看待這起事件最重要，你要記得。不能太明顯，否則保險員會開始問東問西，那是我們不想看到的，尤其是你。」

「今年到處都是冰，不會太難把握時機。」

「越快越好，如果耽擱久了，我有可能脫不了身，到時他媽的很難想像我們的下場。」

「讓我先待在龐斯灣一個禮拜，」伯朗利說，「再一個禮拜就好，然後我們就去找個適當的地點把它撞扁。」

「一個禮拜可以，然後我就說要往北走，」坎寶說，「要到蘭開斯特海峽或附近的海域。沒有其他船要跟著來。到時你就可以舒舒服服地開到大片冰岸附近，等待強風捲著浮冰吹來。以我看你的笨蛋船隊，應該不太可能幫得上忙。」

「不過我堅持要把木匠鎖在那裡。」

「意外總會發生的，」坎寶同意，「像他這樣的人不太能倖免。」

「真他媽的駭人聽聞，」伯朗利說，「你有聽過這種事嗎？一個女孩還好，爲了一個女孩我還稍微了解，但他媽的打雜小弟我就搞不懂！天啊，真的不懂。我們活在邪惡的年代呀，我告訴你，坎寶，邪惡又變態。」

坎寶點頭。

「我很冒昧地說，上帝沒有花多少時間在北極海呀，」他微笑著說，「祂極有可能不喜歡這裡的涼意。」

¶

當浮冰開出路徑，他們進入了龐斯灣，但是捕鯨一事則說不上來。鯨魚出現的次數不多，有好幾次當捕鯨小艇一放到水面，鯨魚便消失在浮冰底下，無法發動攻擊。伯朗利開始懷疑巴斯特所說畢竟是對的——或許他們已經殺了太多了。他難以相信曾經塞滿廣大海洋的鯨魚會消失得那麼快，那些巨大的禽獸會是他媽的那麼脆弱，但是即使牠們在，也肯定是在學習把自己好好地隱藏起來。經過一個星期的挫敗之後，他接受了這個難以避免的現實，便按他之前與坎寶的協定，向船隊宣布他們要離開龐斯灣，轉向北方，到別的地方尋找更好的運氣。

¶

儘管有鴉片酊的幫助，森姆納也無法連續一、兩個小時成眠。約瑟・哈納的死讓他的情況更爲惡化，並以他自己也難以理解的方式鼓動著他。他現在想把事情忘卻、想要休息，就像其他人一樣因肯定了麥肯瑞罪有應得而似乎可以休息，但是他很明顯地發現自己無法做到。男孩的屍體躺在上過亮光漆的桌上，而他們每個晚上仍圍在那裡吃晚餐；麥肯瑞在船長室裡赤裸地站著——羞愧、無助、被圍觀。這些景象在他的腦中一直困擾著他。兩個軀體應該配成一對，他想，應該像拼圖遊戲裡的兩枚圖案可以連在一起，但是無論他如何在腦子裡轉動，都不能湊成一個整體。

大約在木匠被拘留兩個星期後的一個深夜，捕鯨船正經過潛鳥棲地和冰山航向北方，森姆納下去前貨艙。穿著寬鬆罩衣的麥肯瑞躺在一個狹窄的空間，那是從放置箱子、棍子和木桶的地方清空出來的。他的雙腿用鎖鍊鎖住，並分別拴在桅桿左右兩邊，但雙手是可以自由活動的。他身邊有馬口鐵的盤子，上面有餅乾的碎片，旁邊還有一杯水，和一根點亮的蠟燭。森姆納聞得到強烈氣味來自丟棄剩餘食物的桶子。他猶豫了一下，然後彎身搖動他的肩膀。麥肯瑞慢慢地抬起了頭，坐直了身子，背靠一個堆放雜物的木箱。他冷漠地凝視著這位剛來的客人。

「你的身體好嗎？」森姆納問他，「需要我幫你什麼嗎？」

麥肯瑞搖頭。

「我身體夠健康，精力充沛，」他說，「我想我會活到他們把我送上絞刑台的時候。」

「到審判的時候，你會有比較好的機會爲自己辯護。現在還沒有定論。」

「像我這樣的人在英國的法院沒什麼朋友，森姆納先生，我是誠實的人，但我一生禁不起太深入的檢視。」

「你不是唯一有這種經驗的人，我個人認爲。」

「我們都是罪人，毫無疑問，但是有些罪被懲罰得比較重。我不是殺人兇手，也沒殺過人，但我做過其他事，也因爲這些事他們要把我判死。」

「如果你不是兇手，那麼一定是船上的另一個人。如果踐克斯撒謊，就正如你所說的，有可能是他殺了那個男孩，或者知道誰是兇手，而且要保護他。你有這樣想過嗎？」

麥肯瑞聳聳肩。被關在前艙裡兩個星期後，他的藍眼睛已變得混濁、深陷。他搔了一下耳朵，一塊皮屑飄到地上。

「我有想過，但是要指控一個人而我缺乏證據，又沒有證人，這對我有什麼好處？」

森姆納從口袋拿了一個白鐵瓶子出來，遞給麥肯瑞，然後取回來，自己也啜了一口。

「我缺菸絲，」麥肯瑞過了一陣子後說，「如果你能給我一點，我會十分感激。」

森姆納把自己的菸袋遞給他。他把菸斗放置在左手食指和中指之間，然後用右手接下菸袋。麥肯瑞用那奇怪的方式握住菸斗後，用右手把菸絲放進斗身，再用大拇指壓平。

「你的手怎麼了？」森姆納問。

「大拇指的問題，」他說，「一、兩年前給一個鬥雞眼的傢伙用大鐵鎚敲到，之後就不太能動了。做我這一行的會有點不方便，不過我已經學會適應了。」

「讓我看看。」

麥肯瑞身體趨前，伸出了左手。手指是正常的，但拇指的關節已經嚴重變形，拇指本身僵硬，看來已經壞死。

「那你就完全沒辦法用這隻手握緊東西了？」

「只能用四根手指。還好是左手，我覺得。」

「試試看握緊我的手腕，」森姆納命令他，「像這樣。」

他捲起袖子露出手臂。麥肯瑞緊握他的手腕。

「盡力握。」

「我在用力了。」

森姆納感到四根手指深陷他手臂的肌肉裡，但是感覺不到拇指。

「你這是用盡力了嗎？」他說，「不要留情。」

「我沒有留情，」他強調，「那傢伙兩年前我在『維特比』號幹活時用他媽的大鐵鎚敲中我的拇指，我告訴你，那是我們正在船塢裡修理艙口蓋。敲得幾乎粉碎，當時有很多人看到——包括當時的船長自己。他們都會以聖經起誓，證明那個混蛋的作爲。」

森姆納叫他放手，並把衣袖捲回去。

「你爲什麼在我檢查你身體時沒有說你的手有受過傷？」

「你沒有問我的手，如果我還記得。」

「如果你只能這樣握東西，你怎能掐死那個男孩？你也看見他脖子上的瘀傷。」

麥肯瑞頓了一下，忽然間顯得謹慎起來，彷彿這位外科醫生所暗示的，是太巨大、太令人鼓舞的了，一時難以掌握。

「我看得一清二楚，」他說，「脖子上的瘀傷連成一圈。」

「正前方有兩處大的，你記得嗎？兩處幾乎重疊，我認為是兩根拇指重壓在喉嚨形成的。」

「你記得？」

「記得很清楚，」森姆納說，「兩處瘀傷，重疊在一起，就像墨水造成的污跡。」

「但是我不再有兩根好拇指了，」麥肯瑞緩緩地說，「我怎麼造成那瘀傷？」

「是的，」森姆納說，「我要去跟船長談談，看來那個拿著鐵鎚的傢伙救了你的命。」

14

伯朗利聽著外科醫師的辯解，心中極度希望那全是錯的。他不想釋放麥肯瑞。這位木匠是合情合理的罪犯，釋放他似乎是森姆納為了某種神祕理由想要達到的目的，但是這樣做，船上就找不到另外一個人來取代他的位置，這一定會引起麻煩，令情況更爲複雜。

「哈納這個他媽的瘦皮猴要掐死他一隻手就夠了，我個人認爲，」伯朗利提出反駁，「有沒有拇指都一樣，麥肯瑞身材不高，可是他要殺人是綽綽有餘的。」

「但是他無法做到哈納脖子上的瘀傷，兩個拇指的痕跡是最清楚不過了。」

「我不記得拇指的壓痕，我記得很多瘀傷，但是我們根本沒辦法知道哪些手指造成那些壓痕。」

「在他下葬前，我有畫下他的傷勢，」森姆納說，「我想法院會想要看看，如果到了審判的階段。」他把皮面精裝的的素描簿，翻到相關的頁面，「你了解我所說的嗎；兩個橢圓形的瘀傷，疊在一起，這裡，和這裡。」

他一一指出來。伯朗利看了，搓了搓鼻子，陰沉著臉。外科醫師的良知讓他感到惱火。他幹嘛要畫下男孩屍體呢？

「那孩子已經用帆布縫起來了，你怎麼畫的？」

「那是大家在準備離開的時候，我請修帆匠把縫好的帆布部分拆開，然後再縫起來，這不難。」

伯朗利翻看了幾頁，皺眉蹙額。男孩身上的傷及潰爛的肛門畫得鉅細靡遺，另一張圖把肋骨斷裂的位置清楚表示。

「你這些精采的圖畫證明了不了什麼，」他說，「麥肯瑞曾被看見對孩子動手動腳，而他是眾所周知喜歡雞姦，而且聲名狼藉。這是鐵一般的事實，其他的都是猜測，無中生有。」

「麥肯瑞左手的拇指完全廢掉了，」森姆納說，「根本上不可能犯下這件案子。」

「回到英國後，你可以向法官表達這個看法，那是你的自由，或許他比我更能讓你說服。但目前我們在海上，而我又是船長，麥肯瑞就先安置在現在的地方。」

「一當我們回到英國，真正的兇手下了船，就不知到哪了，你知道嗎？永遠抓不到了。」

「我要逮捕他媽的所有船員，當成是嫌疑犯？你建議這麼做嗎？」

「如果男孩不是麥肯瑞所殺，最有可能的就是踟克斯，他誣賴麥肯瑞作爲自保。」

「你廉價偵探小說看太多了，森姆納先生，我敢說。」

「至少讓我檢查一下踋克斯，就像我檢查麥肯瑞一樣。如果他是兇手，明顯的跡證還來得及找到。」

伯朗利身體側轉，用手拉了一下肥厚的耳珠，嘆了一口氣。雖然醫師毫無疑問地令人厭煩，他的堅持卻讓人欣賞。總之，他是一個固執的王八蛋。

「很好，」他說，「如果你認爲有必要的話。不過如果踋克斯反對被針對和指責，我是並不傾向窮追不捨。」

當踋克斯被叫到船長室，他沒有反對。他當眾把褲子脫掉，並露齒而笑。艙內頓時充滿尿騷味和腐敗罐頭肉類的味道。

「請便，森姆納先生，」踋克斯說，並像個風騷女人一樣對這位外科醫生使了一個眼色。

森姆納只用嘴巴呼吸，彎身用放大鏡沿著龜頭的弧度檢視。

「把包皮翻開，」森姆納說。

踋克斯按著指令翻開包皮。森姆納點頭。

「你有長陰蝨，」他告訴踋克斯。

「是的，一直都有，不過這不至於犯了死罪吧，森姆納先生。」

伯朗利輕聲笑著，森姆納搖頭，並站起來。

「沒有明顯的潰瘍情形，」他說，「讓我看看你雙手。」

跩克斯把手伸出來。森姆納觀察了手掌，然後翻了過來。他的雙手黝黑，粗糙得像一塊生鐵。

「手上的傷口已經癒合了，我看見。」

「這沒什麼，」他說，「一點刮傷。」

「你十個指頭都能動吧，應該。」

「我的什麼？」

「手指和拇指。」

「當然啦，感謝上帝呀！」

「脫下大衣，把衣袖捲起。」

「你懷疑我嗎，森姆納先生？」跩克斯問，雙臂從夾克裡抽了出來，並開始解開襯衫的鈕扣，「你懷疑我告訴你我在甲板室旁邊看到的事？」

「麥肯瑞否認，你知道的。」

「但麥肯瑞愛好雞姦，這種人說的話在法庭上有人相信嗎？不多吧，我認爲。」

「我有充足的理由相信他。」

踋克斯點頭，繼續脫去襯衫和內衣。他的胸膛寬闊、肌肉結實、毛茸茸的黑色一片，腹肌一球一球地鼓起，方格圖案的刺花呈螺旋狀爬滿雙臂。

「如果你相信笨蛋麥肯瑞的話，那你一定想說我在撒謊。」

「我不知道你的專長。」

「我是一個品德高尚的人，森姆納先生，」踋克斯說到「品德高尚」四個字時，聲音漸漸壓低，彷彿這些字本身具有複雜且不尋常的意義，而他因擁有而感到驕傲，「沒錯。我盡職盡責，不會因爲他說的話而感到羞愧。」

「你說你品德高尚是什麼意思，踋克斯？」伯朗利問他，「這裡的人都是品德高尚，我認爲，或者是品德高尚到至少在我們有夠骯髒的這一行裡，能達成任務。」

「我認爲我們的外科醫生聽得懂我的意思，」踋克斯現在是全身赤裸——四肢粗獷、雙拳緊握、毫無顧忌。他的臉部曬得黝黑、雙手因工作而呈暗黑色，但在他濃厚的體毛以及刺花底下的皮膚，又粉嫩得像嬰兒的皮膚。他說，「他跟我畢竟是老友。他在勒威克出事那個晚上我把他帶回他的船艙裡。你可能不記得了，森姆納先生，你在呼呼大睡，但是我和卡芬迪離開前好好地到處看了一遍，確保你的貴重物品放在原位，沒有被動過或被亂放。」

森姆納立刻明白他的意思，雙眼瞪著他。他們翻遍了他的儲物箱、看過他的退役令、不法獲得的戒指。

伯朗利好奇地看著他。

「你知道他媽的在說什麼嗎？」他說。

森姆納搖頭，他茫然地聚焦在踋克斯雙臂和胸膛，呼吸保持平順，壓抑著內心的憤怒。

「你對我作爲外科醫師的知識和能力有懷疑嗎？」他說，自己也聽得出來此話的荒謬，「我在貝爾法斯特的皇后醫院完成實習，並取得畢業證書。」

踋克斯微笑，然後大笑起來，土黃色的陰莖翹起來，向上抽動著。

「你有你的說詞，森姆納先生，我有我的。不知在法庭上哪方的說法比較有力！

我沒讀過書，我不敢說，不過一位好的律師會有他的看法，我是這樣覺得。」

「我有我的證據，」森姆納說，「跟我的意見或者是我的身分無關。我是誰，或者做過什麼，都不是問題所在。」

「你有什麼對我不利的證據？」踋克斯問，語氣更爲激烈，「告訴我。」

「我們不是在指控你犯了任何罪，」伯朗利說，「這不是我們在這裡的原因。麥肯瑞還是被我們監禁在貨艙裡，不要忘記。森姆納只是對這事情的某些細節感到好奇，就這樣。」

踋克斯不理會伯朗利，繼續瞪著森姆納。

「你有什麼對我不利的證據？」他再說一次，「因爲如果你沒有證據，那就是針對我個人，我會說。我以聖經爲誓的嚴肅證詞，對抗你所說的。」

森姆納後退一步，雙手插進褲袋裡。

「你誣賴麥肯瑞，」他說，「我很清楚知道。」

踋克斯轉身面對伯朗利，用手指輕叩了自己的耳朵兩下。

「我們的外科醫師是不是聾了，船長先生？」他說，「我一直在問同一個他媽的問題，但是他好像沒聽懂。」

伯朗利眉頭緊皺，舔了一下嘴唇。他開始後悔答應森姆納的調查。踋克斯或許是有點野性，但是指控他是兇手則缺乏充足的理由。難怪他的反應強烈。

「就這件事情上，我們有什麼對他不利的證據呢，森姆納？請你立刻告訴我們吧。」

森姆納低頭看著身前的地板一陣子，又抬頭看著船長室頂端的窗戶。

「我沒有對亨利・踋克斯不利的證據，」他語氣平淡地宣示，「完全沒有。」

「那我們就結束這場鬧劇了，」伯朗利說，「穿好你他媽的衣服工作去。」

踋克斯一臉不屑地盯著森姆納很長一段時間，才彎身從地上撿起褲子。他每一個動作都算計過，而且效果強烈。他的身材矮胖，散發著惡臭，骯髒的體毛在皮膚上有皺摺的地方纏結成塊，卻性感得讓人覺得毛骨悚然。森姆納看著他，心裡想著的反而是他的藥箱，及其中可為他帶來快感的鴉片酊，想著希臘人和特洛伊人，以及雅典娜和戰神在特洛伊戰爭中攪和。麥肯瑞肯定被絞死，森姆納明白。這件兇案必須要找到壞人，而他已被安排這個任務。麥肯瑞會被懸在繩子的一端，雙腿在空氣中踢著。

已無活路，奧林帕斯山上的天后赫拉不會來到絞刑台前把它劫走。

踋克斯彎身，然後又站直，雙腿插進褲管，再把褲子往大腿拉。他寬厚的背部和刺鼻的肛門布滿體毛，穿著襪子的雙腳像木樁，笨重得像隻人猿。伯朗利不耐地看著，暴力事件已拋諸腦後，心中想著另一件事。麥肯瑞會爲他的所作所爲上絞刑台，就是這麼簡單。現在最要緊的是把船沉了，這是一件頗難辦到的事情。船要慢慢地下沉，確保船上的貨物能被撤出，但又不能慢到可以進行緊急修護，而且沒有人能在事發前確保冰塊是否聽話，或者是坎寶要合理控制「黑斯汀」號的距離在多近或是多遠。保險人員最近對各式各樣的詐騙手法都很精明；如果他們感覺到有某種詐欺行爲，便會在港口造訪船上人員，開始獎賞任何提供有用訊息的人。如果事情沒有處理好，他有可能要在赫爾的監獄終老，而不是在布里德靈頓的海邊散步，享受他的退休生活。

「你手臂上的傷口怎麼了？」伯朗利問踋克斯，「又割到自己？森姆納會給你敷點膏藥，如果你態度好一點問他。一定的。」

「沒什麼，」踋克斯說，「被魚叉劃到，就這樣。」

「看來有點不妙，」伯朗利說。

踿克斯忙搖頭，一手撿起桌面上的厚呢短大衣。

「讓我看看，」森姆納說。

「那沒什麼，」踿克斯再說一遍。

「那是你最厲害的右手，我從這裡也看到它腫起來，而且滲出濃液，」伯朗利說，「如果你無法擲魚叉，或者是划槳，對我來說就是廢物。給我們的外科醫師看看。」

踿克斯遲疑了一會，才伸出手臂。

傷口在前臂，靠近手肘，裂縫不大卻很深，雖被毛髮和紋身圖案掩蓋，周圍已嚴重腫脹。森姆納碰觸到皮膚時，感到繃緊和發熱，結痂的傷口糊糊的，底下和四周都開始化膿。

「化膿的地方要切開敷藥來清除，」森姆納說，「爲什麼之前沒有來找我？」

「我不覺得怎樣呀，」踿克斯說，「小意思。」

森姆納到他的船艙拿來手術刀，用蠟燭的火焰加熱消毒。他用一片軟紗布往傷口壓，再用手術刀切了一個小創口，粉紅帶綠的膿血隨即溢出，滲進紗布裡。森姆納再用力往下壓，傷口便流出更多發臭的液體。踿克斯站著不動，不發一語。紅腫的皮膚漸漸鬆弛，但是還有一處突出的奇怪腫塊。

「有東西嵌在裡面，」森姆納說，「你看。」

伯朗利靠近，目光越過森姆納的肩膀。

「可能是木屑，」他說，「也可能是一片骨頭。」

「你說是被魚叉劃到？」森姆納問。

「是呀，」踋克斯說。

森姆納用指尖往腫塊壓去，東西在皮下滑動了幾下，便從傷口冒了出來，白色且沾滿了血。

「他媽的什麼東西呀？」伯朗利說。

森姆納用髒污的紗布把那塊東西夾著，擦去血液。他看了一眼便立刻明白了。他迅速地瞥了踋克斯一眼，便讓伯朗利看手上的東西。那是一顆小孩的牙齒，蒼白如一粒稻穀，從牙根處斷裂。

踋克斯用力抽回手臂，看著森姆納手中的牙齒，然後再看伯朗利。

「那不是我的，」他說。

「在你的手臂裡呀！」

「那不是我的。」

「這就是證據了，」森姆納說，「這就是了，這就是把你送往絞刑台的證據了。」

「他們不會的，」踟克斯，「我會先讓你兩個下地獄。」

伯朗利走向艙門，把門推開，傳喚大副到現場。他們三人仔細打量對方。踟克斯的衣服只穿到一半，袒露著胸膛，左手緊抓著襯衫和大衣。

「你無法把我鎖起來的，」他說，「就憑你兩個蠢蛋！」

伯朗利大喊卡芬迪的名字。踟克斯掃視船艙，找尋可用的武器。他右手邊桌上有一根銅製的六分儀，身旁牆邊的松木架子上有一個望遠鏡、一枝柄上鑲了黑檀木的鯨骨手杖。他沒有動靜，也不伸手去拿那些物品。他安靜地伺機而動。

卡芬迪從甲板走下，穿過統艙前往船長室，沿途腳步聲夾雜著咒罵聲。他踏入船長室時，大家都轉頭看他。踟克斯從架上拿起鯨骨手杖，直接往伯朗利的額頭揮去，擊中他左眼上方的頭骨。他抽手想要再揮杖時，手臂已被卡芬迪緊緊握住。兩人糾纏了一會，踟克斯手杖脫手，卡芬迪彎身要搶下手杖，踟克斯卻順手攫住卡芬迪的頭髮，同時用膝蓋撞向他的臉部。卡芬迪側身倒在地毯上，嘴巴流著血，痛苦呻吟。森姆納目睹一切，卻沒有動作，手中一手仍拿著手術刀，一手拿著孩子的斷齒。

「你這樣是什麼意思？」他說，「你逃不掉的。」

「我要在這捕鯨船上碰碰運氣，」踐克斯說，「我不會回英國等死。」

他從地上撿起鯨骨手杖，舉在手中好一會。黑檀木上因伯朗利的血液而顯得滑亮。

「而我離開前要拿下你手中的牙齒，」他說。

森姆納搖頭，把手術刀和斷齒放在他們二人之間的桌子上。他迅速地抬頭往天窗看了一眼，但是一個人都沒有。爲什麼黑師傅沒有像往常一樣待在後甲板呢？他心中感到納悶；鄂圖在哪呢？

「你不可能都把我們殺了，」他說。

「我想殺了你們就夠了，轉身。」

他揮動手杖示意。

森姆納頓了一下，便按他的指示轉身。踱克斯迅速穿回衣服時，這位外科醫生凝視著面前牆上的黑色嵌版。會是頭頂嗎？他想知道，或者是側面？一下還是兩下？如果他現在呼救，很可能有人會聽到。但是他沒有，他閉上眼睛，屏著氣。他等著那致命的一擊。

忽然間門外一陣騷動，傳來慌亂的聲音。後來艙門突然打開，同時傳出一聲槍響。森姆納頭頂上的天花板掉下塵埃與碎片，他轉身，並看見黑師傅站在門口，瞄準了踱克斯的胸部，準備開第二槍。

「把手杖遞給森姆納，」黑師傅告訴他。

踱克斯不動，嘴巴張開，濕潤的舌頭和牙齒清晰可見。

「我可以殺了你，」黑師傅說，「我或許可以打爆你的懶趴，讓你流血流到死。你選哪一種。」

踱克斯頓了一下，點了點頭，嘴裡發出微笑，把手杖遞給森姆納。黑師傅踏進船長室，低頭看著伯朗利和卡芬迪，兩人都不省人事，躺在地上，流血不止。

「你他媽的幹了什麼事？」他說。

踐克斯聳聳肩，低頭看著桌上的斷齒。

「那顆牙齒不是我的，」他說，「外科醫師從我手臂挖了出來，但是牙齒怎麼跑到那裡，就是天底下最大的謎團。」

15

四天四夜，伯朗利躺在床上張著眼睛卻不省人事，呼吸微弱。左臉發黑變形，眼睛腫脹閉合，不明液體從耳朵流出；額頭上皮膚綻開的地方隱約看得見骨頭。森姆納認爲他不太可能活過來，即使活過來，神智也不可能完全恢復。從他的經驗，他知道人的腦部無法熬得過這種瘀傷。一旦頭骨有破裂，就幾乎沒希望了，因爲受影響的範圍太大。他在戰場上看過這樣的傷勢，來自軍刀或炸彈碎片，或者是槍托或馬蹄，昏迷之後就是知覺失調，有時候像瘋子般大吼大叫，有時候哭得像小孩。體內有些東西（靈魂？個性？）亂了、顛倒了。他們整個人像迷失了方向。他覺得比起像個神經病人一般苟活在一個蒙昧不清的世界，不如死了更好。

卡芬迪的鼻樑被打斷，傷勢嚴重，也掉了幾顆門牙，除此之外，一切沒什麼改變。他用湯匙啜飲肉湯，服用鴉片酊止痛，躺了一小段時間後便起來繼續工作。一個天色灰暗的大清早，天際線上堆滿了雲，空氣中瀰漫著雨水的味道，他召集了前甲板的船員，說明他在伯朗利復原之前，負責指揮「志願者」。他向大家保證亨利・踱克斯回到英國後會因謀殺與抗命罪而被處死，當下他被牢牢地鎖在貨艙裡，不能再做任何壞事，也不會在未來航程裡繼續擔任任何職務。

「你可能問自己那麼殘酷的人爲什麼會出現在我們身邊，但是我沒有合理的答案，」他說，「我被他愚弄的程度不會比你們輕，我過去曾認識一些行爲乖張邪惡的混帳東西，但是我承認，沒有一個比得上亨利・踱克斯。如果我們優秀的黑師傅選擇把握機會向他胸部開一槍，我本人是不會太哀傷的，但是，如今他已像禽獸一樣鎖在籠子裡，直到我們回到赫爾之前，都會不見天日。」

在船員中，伯朗利船長室內駭人聽聞的事，很快便被淡化，取而代之的是普遍認爲這次航程已被詛咒。他們想起「珀西瓦」號的恐怖故事——死亡、瘋狂、喝自己的血續命——便開始問自己爲何愚蠢無知到簽約登上一艘由一位出了名倒霉的人管轄的船。即使這艘船到目前還沒裝滿四分之一的鯨脂，他們認爲現在回頭直奔回家，會比任何其他決定都來得好。他們擔心更壞的事會陸續發生，寧願口袋空空的活著回家，而不願沉入巴芬島的冰塊底下而終。

黑師傅和鄂圖都屬於有話直說的人，他們認爲這個水域已經進入季末，大部分的鯨魚現在已經游向南方，如果夏季過後他們還在北方水域流連，遇到冰塊的風險會愈大。他們說首先那是伯朗利出於個人的癖好，讓他們走向北方的路線，但現在他不再指揮這艘船，最明智的做法是隨著其他船隊回到龐斯灣。不過，卡芬迪並不考慮船員的迷信，或者是其他兩位幹部的建議，繼續與「黑斯汀」號一起往北走。他們沿途有兩次發現遠處有鯨魚的蹤跡，下小艇去追捕，但都失敗而回。當他們到達蘭開斯特海峽的入口時，卡芬迪駕小艇到「黑斯汀」號，與坎寶會面。回來後晚餐時他在餐廳宣布一旦冰上發現合適的通道，他們會進港。

黑師傅停了下來，盯著卡芬迪看。

「八月分沒有人在那麼北邊捉到過鯨魚，」他說，「你懷疑我的話，自己看看紀錄吧。說好聽一點我們在浪費時間，其實是讓自己陷於危險。」

「一個人不隨時冒點險是不會發財的，」卡芬迪淡淡地說，「你該要展現多一點膽識，黑師傅先生。」

「在這個時節進入蘭開斯特海峽是愚蠢，不是膽識，」黑師傅說，「伯朗利爲什麼帶我們往北我不好說，但我知道即使他在這裡，也不會考慮帶我們進入那個海峽。」

「就我認爲，由於伯朗利已經不能說話，連擦屁股的本事都沒有，他會或是不會做什麼，是可以討論的，也由於現在掌管這條船的是我，不是你，也不是他，」——他對鄂圖點了點頭——「我想我說了算。」

「這次航程已是多災多難的了，你眞的想要再多一些嗎？」

「讓我告訴你一點我個人的想法，」卡芬迪身體往黑師傅稍微靠近，壓低了聲線，「或許我不像其他人，我來捕鯨不是爲了呼吸新鮮空氣，也不是要欣賞美麗的海景，更不是來找像你和鄂圖這種良朋益友。我來這是要賺我的錢，我無論如何都要得到。如果你的意見等於刻有女王頭像的金幣，我可能會考慮考慮，但事實上不是，那我他媽的對你的意見不屑一顧的話，也希望不會太冒犯你的。」

¶

兩天後，伯朗利去世了。他們讓他穿上天鵝絨製的早禮服，用帆布作爲裹屍布，把邊緣縫合。裹好的屍體放在松木板上，運到船尾。微雨紛紛，海水黑得像鞋油，天上烏雲層層疊疊。大夥唱著〈萬古磐石〉和〈與主更親近〉，由卡芬迪硬用〈主禱文〉的調子領唱。葬禮上船員們獻唱或祈禱時有氣無力，顯得不甘願。雖然他們相信伯朗利倒了大楣，到最後讓大家懷疑他，但是他的橫死對大家的信心產生巨大的衝擊。踐克斯一向被認爲可靠，甚至令人欽佩，卻實際是有雞姦癖好，且是殺人兇手，而麥肯瑞被認爲是兇手和嗜好雞姦，卻又是踐克斯邪惡詭計下的無辜受害者，種種矛盾在水手艙裡醞釀著一股困惑與自我懷疑。而那不可思議的逆轉讓他們產生焦慮，心情也起伏不定。他們覺得沒有這種道德上的扭曲帶來的心理負擔，他們的人生已經是夠困難、夠痛苦了。

葬禮後人們散去，鄂圖來到森姆納身邊。他碰了外科醫師的手肘一下，並引領他到船首斜桅旁，二人遠眺暗黑的海域和天際的下層雲，以及好幾片浮冰塊以外的「黑斯汀」號。鄂圖的神情嚴肅，滿懷心事。森姆納覺得他有事情要說。

「卡芬迪會害死我們，」這魚叉手說，「我已經看見了。」

「伯朗利的死使你情緒低落，」森姆納說，「給卡芬迪一些時間。如果我們在這裡找不到鯨魚，我們很快就會回到龐斯灣。」

「你會是倖存者，但是是唯一的一個。剩下的我們會淹死、餓死，或者是冷死。」

「無稽之談。你怎麼會這樣說呢？你怎麼可能知道？」

「在夢裡，」他說，「昨晚。」

森姆納搖頭。

「夢只是讓腦子做個清理；是一種洗滌。你夢到的是殘餘的東西，沒用的。夢只不過是腦子排泄出來的一坨大便，是意念的舊貨店。夢境無關事實，也不是預言。」

「你會被一隻熊殺掉——那時我們已經死光了，」鄂圖說，「被吃掉、像是被吞下去。」

「經過最近發生的事，你的恐懼是可以理解的，」森姆納說，「但不要跟我們的命運混為一談。事情已經過去了，我們安全了。」

「踆克斯還活著，還能呼吸，」

「他在貨艙裡，鎖在主桅上，手腳也上了鎖。他逃不了，你放心吧。」
「肉體是在人世間移動的一種方式，靈魂才是眞正活著的。」
「你認爲踆克斯身上有什麼東西是稱得上靈魂的嗎？」
鄂圖點頭。他跟往常一樣看來嚴肅、熱切，而且似乎有點被他的外在世界嚇到。
「我遇到過他的靈魂，」他說，「在另一個空間遇上。有時以黑天使的形式，有時候是一隻野蠻的人猿。」
「你是個好人，鄂圖，不過你在胡說八道，」森姆納告訴他，「我們已脫離危險了，放輕鬆，忘掉那他媽的夢。」

¶

當天他們在黑夜中進入蘭開斯特海峽。他們的南面是一片廣大的水域，北邊有些地方被風雕得光滑，形成單色的球狀冰塊和潮池地景，有些地方則受到季節的更迭及氣溫與潮水的交互作用，形成聳立的冰山，頭角崢嶸。森姆納起得早，也成了習慣，會從廚房收集一桶鹹肉皮、麵包屑、廚餘等，蹲在囚禁小熊的木桶前，用準備好的大杓子，穿過格柵把油脂已經凝固的食物給牠餵食。小熊嗅了一下，便狼吞虎嚥地把食物吞下，連空的杓子也咬著不放。森姆納扭動杓子從小熊嘴裡抽回，再給他餵了一口。小熊吃光桶子裡的食物後，森姆納把桶子裝滿了水給小熊喝。然後他把桶子豎直，取下格子狀的金屬蓋子，利用他訓練有素的巧手迅速把繩圈套進小熊的脖子並拉緊，再把木桶倒下，讓小熊衝到甲板上，靠黑色的爪子刮著木板前進。森姆納把繩圈末端栓在一支小木樁上，用海水沖洗木桶，並把小熊的糞便掃到甲板邊緣的排水溝裡。

小熊大腿上黃色的皮毛沾滿髒污，弓起了背，發出低沉的吼叫聲，走到艙口邊便坐了下來。一段距離外的亞爾粗犬凱蒂弓著臀部在看牠。幾個星期來的每一天，小熊與狗都上演著類似的身體語言：謹愼又好奇、接近卻疏離。大家每天都慫恿牠們彼此靠近、搖旗吶喊，或是用靴子的尖頭或是用撐篙戳他們，並以此爲樂。亞爾粗犬身形嬌小，但腳步輕盈，牠會往前猛衝，停頓一會後，又轉身退開，興奮地尖叫起來。小熊試探性地在牠身後昂首闊步，楔形的頭部在空中嗅著，前端的黑色鼻子彷似點燃過的火柴頭。亞爾粗犬表現得既熱切又懼怕，顫抖著身子保持警覺；小熊屬於慢性子，又缺乏想像力，四肢笨重，後腳長的像平底鍋，動起來時彷彿空氣是一大障礙，要慢慢地推開。牠們鼻子對鼻子的距離不到一呎，兩雙黑眼召喚出古老而無法言語的仇恨。「我賭三便士熊會贏，」有人大喊。靠在廚房門邊的廚師被逗樂了，丟了一片醃肉在兩隻動物之間。小熊與亞爾粗犬同時撲上，撞在一起。亞爾粗犬發出長而尖的叫聲，在甲板上像陀螺在打滾。小熊一口呑下醃肉，到處張望著，看看還有沒有更多。大家都笑起來。一直靠在主桅的森姆納站直了身子，從木樁上解下繩圈，用掃把頭把小熊趕回去已經清洗乾淨的木桶。小熊知道森姆納的意思，抗拒了一陣子，露出了尖齒，不過還是就範。森姆納把木桶豎直，把金屬的蓋子蓋好，再讓木桶平躺在甲板上。

風整天從南面徐徐吹來。天空呈淡藍色，但遠方地平線上的山脊，有絲絲的黑雲漸漸堆積。傍晚時分，他們港灣外一哩處有一條鯨魚現蹤，便出動了兩隻小艇。小艇全速前往，「志願者」跟隨在後。卡芬迪在後甲板全程監視。他穿上了伯朗利的黃褐色大衣，手持著他青銅製的望遠鏡，不時發號司令。森姆納看得出來他對不久前才得來的權威產生某種幼稚的快感。當小艇靠近鯨魚，才發現牠已經死去，開始腐爛膨脹。小艇上人員示意「志願者」靠近，幫忙把鯨魚翻過身來。黑師傅站在第一隻小艇上，就鯨魚屍體的狀況與卡芬迪大聲對話。儘管魚身已經有腐敗跡象，他們還是認爲有足夠的鯨脂，值得進行剝取。

他們把開始腐爛的鯨魚固定在舷邊，像一株完全熟透的蔬菜被懸在半空。黑得像焦油的魚皮已鬆弛，有幾個地方出現膿腫，魚鰭和魚尾的地方還斑斑駁駁地長出瘤狀的東西。負責切割的人員把領巾沾水後圍在臉上，並同時抽著濃重的菸葉，以抵住臭氣。被割下來的鯨脂已經變色，形成膠狀，比起原來的粉紅色更接近褐色。鯨脂被拋到甲板上之後，流出來的不是平常看到的血液，而是淡黃色發臭的固體物，像是從人類屍體的直腸流出來的無以名狀的東西。卡芬迪來回踱步並發出指令和說一些大致上鼓勵的話。在他頭上海鳥開始聚集，盤旋著並發出各種刺耳的叫聲。浮著鯨脂、混合著腐敗與血腥味的海水裡，格陵蘭鯊在撕扯啃食鯨魚身上鬆脫的爛肉。

「敲牠們的頭！」卡芬迪往下向大鯨魚瓊斯喊，「別讓我們的錢被吃掉，好不好！」

瓊斯點頭，從小艇撿起鯨脂鏟，等其中一條鯊魚游近，便往牠的魚身戳去，割開了一呎長的傷口，粉紅色、紅色的、紫色的內臟汩汩地流出體外，像一個臨時織成的花環。受傷的鯊魚翻騰了一會，然後彎身往後，開始大口大口吃著自己的內臟。

「天哪，眞他媽的禽獸不如，」卡芬迪說。

瓊斯最後再次往鯊魚的頭部插下去，結束了牠的生命，另外也迅速地殺了另外一條。兩條生硬而長相古怪的灰綠色鯊魚噴出血液，在水中像雲一般地散開，牠們沉到水底之前被第三條體積較小的鯊魚兇猛地攻擊，在黑師傅把牠解決之前便逃走了，剩下兩條鯊魚就像被吃剩的蘋果心。

割鯨脂的工作進行了一半，他們把鯨魚的下唇取下送到甲板上後，頭骨的側面完全曝露。鄂圖像是在砍伐一株倒下的橡樹的伐木工人一般，幹勁十足地用斧頭和錐子往頭骨敲。頭骨約兩呎厚，邊緣上長著珠子般的花紋，像家裡裝飾高雅的踢腳板，當頭骨兩邊被都從魚體切斷後，他們安裝好用滑輪和繩索組成的吊具，把整塊頭骨扯斷，小心翼翼地送到甲板上。被吊在半空的頭骨上黑色的鯨鬚像巨大的鬍鬚往下垂，像極了一個帳篷。船員連忙用鏟子把鯨鬚割下，分成較小的分量以便儲藏，剩下的頭骨則搬到貨艙裡。

「我的天，這臭不拉嘰的可憐傢伙啊，牠的鬚將要成爲馬甲的支撐，穿在倫敦河岸街上的妙齡女郎身上，跳起〈快樂的歌頓〉。想到這裡，你會感到頭昏腦脹了吧，黑師傅先生？」卡芬迪說。

「每一個女性的可愛物件都藏著世上最髒最卑鄙的勾當，」黑師傅答和著，「能忘記這是事實，或者是假裝否認，那才是幸運的人。」

一個小時後，所有工作幾乎完成，他們把那發脹發臭、鯨脂被剝光的屍體放回海裡，看著牠被一大群海鷗和海燕簇擁著漸漸飄走。西面地平線上微弱的陽光像人們往將盡的爐火吹氣，發亮後又漸漸變暗。

當天晚上森姆納從容入睡，一大早起來又去餵哺小熊。小熊吃光了剩菜後，他把繩圈套在小熊的脖子上，再栓到木樁上，然後清洗木桶。雖然晨風帶來清爽的空氣，而且甲板早已清洗乾淨，昨天割鯨脂留下來的腐臭味仍然揮之不去。小熊不像過去會安靜地等著，今天反而來回踱步，嗅著四周的空氣。亞爾粗犬走近小熊，小熊反而轉過身來，小狗故意碰觸小熊，小熊則低聲咆哮。小狗到處徘徊了一陣子，在廚房門邊站了一會，又走向小熊。牠搖著尾巴愈走愈近。兩隻動物面對面看著對方，小熊繃緊了身體往下沉，舉起右爪向著小狗的肩膀直掃下去，劃破了的筋肉露出了骨頭，關節也移位。旁邊觀看的船員高呼與喝采。小狗叫聲淒厲，身體側臥滑行，血液塗在甲板上。小熊繼續往前撲，森姆納緊握著繩子把小熊往後拉。亞爾粗犬尖叫，血液不斷從傷口噴出，顫抖著身子，失禁的尿液與血液混合成一灘。一直在他車間看熱鬧的鐵匠在架子上挑了一根大鎚子，走向正在尖叫的亞爾粗犬，用力在牠的頭頂敲下去。亞爾粗犬停止尖叫。

「你要我連小熊也一起殺了？」鐵匠問，「我樂意效勞。」

森姆納搖頭。

「這不是我能決定的。」

鐵匠聳聳肩。

「你每天餵牠，我覺得你跟我們一樣有權說話。」

森姆納低頭看著仍被繩圈控制著的小熊；小熊在喘氣和吼叫，爪子刮著甲板，仍無法遏止那原始的、無法化解的憤怒。

「就讓這邪惡的傢伙活下吧，」他說。

16

到了中午，風向忽然間變爲從南到北，原本堆積在海峽中央的流冰不會爲他們帶來危險，現在卻緩慢地飄向他們。卡芬迪在土地延伸出來的浮冰最南端旁把船停泊妥當，並命令船員建造一個冰塢作爲保護，而且動作要快。迅速地，相關的工具從貨艙搬了出來，包括冰鋸、火藥、纜繩和柱子運到冰上，人員則從舷邊往冰上跳。黑色的側影在光禿禿的冰上快速移動，黑師傅透過步測，量出冰塢的長度和寬度，同時把長矛插進冰裡，以標誌冰塢兩個側邊的中心點及頂點。船員們分成兩組先進行冰塢兩側的切割。他們各自搭起木製三腳架，並在其頂點裝上滑輪。當纜繩穿過滑輪後，在纜繩末端繫上一把十四呎長的冰鋸。八個人握住纜繩的一端，把冰鋸往上拉，四個人在另一端握住冰鋸的把手往下推。浮冰層有六呎厚，冰塢的長度約兩百呎。當冰塢兩邊都鋸開後，他們再進行切割寬邊。都完成後，他們再從長寬兩邊形成的直角斜切向另一邊已標誌好的中心點，到中心點後再從中心點往它對角的方向切去，直到冰岸岸邊爲止。辛苦工作了兩個小時後，他們最後從一邊的中心點切向對邊的中心點，讓冰層形成四個分割好的三角形，每一塊有好幾噸重。大家都汗流浹背，氣喘吁吁的，頭頂冒著蒸氣，彷彿是放在餐盤上的布丁。

卡芬迪從後甲板看著流冰漸漸趨近。在流冰移動的時候，有風的吹送，冰塊之間的缺口開始黏合，之前疏疏落落各自獨立的或大或小的冰塊變成看不見縫隙的一大片浮冰，不動聲色地向他們移動。中距離外，藍白色的冰山像一樽樽崩壞的紀念碑赫然聳現，被移動的冰山推擠的薄冰產生皺摺，繼而像紙張般被撕開。卡芬迪用伯朗利的青銅望遠鏡確認「黑斯汀」號的位置，哼了一聲，點著了菸斗，向欄杆外吐了一口口水。

在冰上的黑師傅把炸藥塞進一條對角線的縫隙裡，並點燃了引信。幾秒鐘後一陣悶響傳來，羽毛般的水柱噴發，碎冰像瀑布般的打下。四個三角形的巨型冰塊裂開，各組船員用鐵鉤勾住碎裂的冰塊從冰塢拉走。冰塢裡的冰塊被清空後形成一個長方形的空間，他們用人力把船裹進去——先是讓船頭進入，繼而船尾側滑進去，直到船身拉直，再把船錨釘進浮冰，以作固定。回到甲板上時大家已經全身濕透，精疲力盡。餐廳裡的火爐加了幾把煤炭，大夥喝了一輪烈酒，一直幫忙鋸冰塊的森姆納累癱了，只喝了點茶，便回到他的船艙裡，服用了一劑鴉片酊便躺下來。雖然他很快便睡著了，但斷斷續續響起浮冰彼此碰撞時的巨響還是會把他驚醒。他想起了砲兵部隊，想起山脊上的軍營被野戰砲轟炸，也想起那令人厭惡的子彈和砲彈從頭頂飛過。他用棉花塞住耳朵，並提醒自己的船已是十分安全，他們做的冰塢十分堅固。

天還沒亮，北面吹來的風仍然強勁，天空無星，透出淡紫色的光。冰塢一大片角落因流冰的擠壓而破裂，推往艉柱，使「志願者」不斷往前衝或左右擺動。整艘船處在岸冰和流冰之間，被無情地擠壓，船頭不斷撞向冰塢裡頭，船身的木材因被擠壓或斷裂而產生尖銳的聲音，一陣抽搐後便往冰岸上衝。森姆納恬靜的夢被驚醒，聽到卡芬迪和鄂圖在艙口往甲板下大聲叫喊。森姆納手忙腳亂要穿上靴子時，感到船身劇烈震動移位，腳下的地板抖動並裂開，他的書本和藥物像瀑布般從架子往下掉，門楣破裂。甲板上騷動起來，卡芬迪大聲宣布要棄船。小艇一一被降到岸冰上，人們瘋狂地除了收拾私人物品，還把食物和工具從倉庫拋到甲板上。箱子、袋子和床墊翻過舷牆被拋到岸冰上，裝載食物的木桶從舷梯滾到岸上便立即被推走。被褥和床墊放在一面張開的船帆上，食物、燃料、來福槍和彈藥被放到小艇上，用油布蓋住，拖到與正在崩壞的「志願者」有一定的安全距離外。卡芬迪大聲發號司令及破口大罵，偶爾加入搬運的行列——用腳踢動木桶，或者把一包煤炭丟到岸冰上。森姆納在岸冰和「志願者」之間來回走動，用拋的、用提的，手中接到什麼物品就隨著指示送達目的地。他的頭腦開始發昏，從黑師傅和鄂圖片片斷斷的對話中了解到他們情況危殆：冰塢崩壞後，整艘船很可有能被壓碎，現在只是用流冰的力量把船往前推，暫時讓它不至於完全沉沒。

卡芬迪把船旗倒掛，表示需要救援，然後命令鐵匠下去前貨艙解開跩克斯身上的鎖鏈。他們清空了船長室、食物儲藏室、船員臥鋪和廚房，並準備必要時吧索具砍掉。跩克斯從甲板下的貨艙冒出來，沒有戴帽子，也沒有穿襯衫，只穿了一件骯髒的厚呢短大衣、一雙破短靴，滿身濃重的尿騷味。他雙腿可以自由行動，但手腕還是上了鎖，微笑著露出一臉輕蔑的表情。

「我覺得不必他媽的恐慌得像小女孩一樣啦，」他對卡芬迪說，「貨艙裡積水才兩呎深。」

卡芬迪只短短地回他，叫他去死，然後轉身繼續指揮船員們卸下船上的物資。

「船被冰塊夾擊的時候我在下面，」踆克斯不死心地繼續說，「我親眼看見，有被冰塊壓歪了沒錯，但不會破。冰塊的來勢不久後會緩和，再找麥肯瑞帶他的捻縫鑿下去，他會把它補得好好的。」

卡芬迪停了下來想了一會，命鐵匠回到冰岸上，剩下他和踆克斯留在甲板上。

「你要閉上你的臭嘴，」卡芬迪告訴他，「不然我會把你送回去倉庫裡，看看你的運氣如何。」

「船不會沉的，麥可，」踆克斯平靜地告訴他，「你可能希望它沉吧，但是它不會的，我敢擔保。」

在寒冷黑暗的前貨艙待了三個星期對他沒有明顯的影響，回到甲板上他看來毫髮無損，也沒有變得虛弱，彷彿那段被囚禁的日子僅僅是一個必然的插曲，故事的主軸才正要重新回歸。他們腳下的甲板不斷顫動，船身發出吱嘎聲，以及冰塊刮擦時劈啪作響。

「你聽那刺耳的聲音，」卡芬迪說，「叫得像低級妓女，如果它沒有被冰塊壓破，你真的覺得它能撐得下去？」

「它很堅固，雙層的船身，船頭設有各種金屬的防護設施。它是老舊，但還是硬朗，還撐得住更嚴重的擠壓。」

總是沉不下去的太陽，又開始升起。船身的影子圓鼓鼓地投射在左舷邊的冰岸上。遠方南北走向的山脈上，紫色的陽光透亮了山尖。卡芬迪脫下帽子，搔撓著頭，注視仍然在冰岸上工作的人員。他們正在用橫桿、柱子，以及從翼帆卸下的帆布製作帳篷，並在船上拆下鐵製的信號燈罩生火。

「如果它現在不往下沉，我可以遲些動手。」

踆克斯點頭。

「沒錯，」他說，「不過就沒那麼逼眞啦，你弄了那個他媽的冰塢。」

卡芬迪微笑。

「那個破口是難得的好運，很少發生的，對吧！」

「沒錯。而且看來你在這堅固冰岸上相當安全。等浮冰再打開通道，坎寶會回過頭來這裡。運氣好一點的話，你不需要走超過一哩路就會找到他，我估計其他人就會以爲船被壓壞掉，不會惹什麼麻煩。」

卡芬迪點頭。

「這一次它沒命了，」他說，「活不了了。」

「你要的話它會沒事，但是如果你敲掉它一、兩塊木板，就一定沉。讓我拿支斧頭下去，三分鐘就好了，就這樣，幹嘛囉嗦。」

卡芬迪冷笑一聲。

「你用一根手杖殺了伯朗利，你眞的以爲我會他媽的給你一支斧頭？」

「你不相信我，就自己下去看看，」他說，「看我有沒有騙你。」

卡芬迪舔了一下嘴唇，在甲板上來回踱步好一陣子。風漸漸趨緩，但清晨的空氣冰冷，在冰岸上船員在大聲說話，船仍不斷發出可怕的吱嘎聲。

「爲什麼殺那個男孩？」卡芬迪問他，「爲什麼殺約瑟・哈納？有什麼好處？」

「人不一定只想到好處。」

「那他想什麼？」

踋克斯聳聳肩。

「我有想，那是必須要的，又不必太傷腦筋。」

卡芬迪搖搖頭，向著漸呈灰白的天空講了一堆惡毒的髒話。他沉默了一陣子後，便走到舷邊往下向一名打雜小弟大喊，叫他拿一盞油燈和一支斧頭到船上。二人下去二層艙，然後由踱克斯引路，再往下進去前貨艙。那裡的空氣陰冷潮濕，油燈的黃光照到支柱及橫梁，以及堆疊起來的木桶。

「他媽的乾得像什麼一樣，」踱克斯說。

「把那邊的一些木桶抬起，」卡芬迪命令踱克斯，「我聽到有水在滲進來，我很肯定。」

「現在只有一點點，」踱克斯說著，彎身抬起一個木桶，然後再抬另一個。兩人往空間探身，往下仔細觀察在黑暗中弧形的船身。海水在兩片木板間防漏的材料掉落後產生的縫隙灑進來，但沒有嚴重破損的跡象。

「他媽的，」卡芬迪輕聲說，「他媽的，怎麼可能？」

「就像我告訴你的，」踱克斯說，「船身有被壓到，但不會破。」

卡芬迪放下手中的油燈和斧頭，二人合力移開更多的木桶，直到他們可以在木桶的最底層站直身子，右舷弓的木板大部分也曝露在他們眼前。

「麥可，它不會沉的，如果你不讓它，」踴克斯說，「就是那麼簡單。」

卡芬迪搖搖頭，伸手拿斧頭。

「世事沒他媽的那麼簡單的，」他說。

踴克斯往後退，好讓出空間給卡芬迪揮動斧頭。卡芬迪頓了頓，轉頭看踴克斯。

「這不代表我對你有任何義務，」他說，「我現在無法釋放你。特別是伯朗利的事之後。打雜小弟的死是一回事，那已經是夠糟糕的，牽涉到他媽的船長，那更不可能。」

「我沒做這樣的要求，」踴克斯說，「也不會做這種假設。」

「那你要什麼？」

踴克斯聳聳肩，哼了一聲，定了定神。

「時機到了，」他緩慢地說，「我要求的是你不要阻止我，不要擋我的路，讓一切順其自然。」

卡芬迪點頭。

「我會裝作沒看到，」他說，「這是你要的。」

「時機可能不會到來，我可能在英國上絞刑台，也應該這樣。」

「但如果時機眞的來了！」

「是的，如果是的話。」

「那我他媽的鼻子呢？」卡芬迪指著鼻子說。

踸克斯微笑。

「你從來都不是美男子呀，麥可，」他說，「搞不好有人認爲你變帥了。」

「你對拿著斧頭的人說你有他媽的大懶趴。」

「就像兩個肉餡羊肚那麼大啊，」踸克斯用輕佻的口吻確認，「還會讓你摸摸看，你喜歡的話。」

好一陣子他們彼此凝視對方，卡芬迪一臉厭惡地轉身，揮動斧頭用力劈進已經濡濕的木材，八、九、十次，直到雙層木板的吱嘎聲漸漸變大，最後開始碎裂。

17

才兩個小時，船頭便向前傾，整根艏斜桅平躺在冰上，前桅則已斷成兩截。卡芬迪令黑師傅帶著一組人員到船上趕快取回縱帆下桁、橫桿和索具，並把其他還沒折斷的桅桿鋸斷。沒有桅桿的船只有船尾部分露出在四周堆積的冰塊上，露出殘破不堪，愚蠢可笑的樣子，彷彿是對它風光過去發出柔弱的嘲諷，森姆納感到訝異自己曾相信那一堆脆弱的木材、釘子和繩索能保護他，或讓他免於危險。

他們賴以脫險的「黑斯汀」號位於東面四哩外，停靠在冰岸邊。卡芬迪把餅乾、菸葉和蘭姆酒放進一個帆布小背包，馱在肩上，出發越過冰地。他幾個小時後回來，已是疲憊不堪，雙腳酸痛，不過顯得十分滿意，並宣布坎寶船長已答應給予庇護，他們要立即把人員與物資移到他的船上。他們十二人一組，以捕鯨小艇爲雪橇，前面兩組分別由黑師傅和大鯨魚瓊斯帶領，立即出發，第三組人員會守著破船直到他們回來。

森姆納整個下午睡在一個七拼八湊而成的帳篷內，他躺在床墊上，用各種墊子和毛毯往身上蓋著。他醒來時看見踐克斯坐在附近，被鐵匠看管著，手腕銬上了手銬，雙腿分別用鎖鏈鎖在一個三重滑輪上。踐克斯在船長室給予伯朗利致命一擊，讓森姆納感到對此人在劇烈反應下是何等直接與暴戾。自此以後，二人便未碰面。

「不用怕，醫師，」踐克斯大聲對他說，「我還不會用這兩個裝飾用的木頭滑輪做出什麼糟糕的事來。」

森姆納推開身上的墊子和毛毯，站起來走向踐克斯。

「你的手臂怎麼樣了？」他問踐克斯。

「你問哪一隻啊？」

「右邊，嵌著約瑟・哈納牙齒的那一隻。」

踐克斯搖頭，不理他的問題。

「小意思，」他說，「我好得很快，但是你知道嗎，我還不知道那牙齒怎樣跑到那裡去，我無法解釋。」

「所以你對自己的行爲沒有一點悔意？沒有罪惡感？」

踐克斯嘴巴半開，皺起了鼻子哼了一聲。

「你覺得我在船長室的時候會把你幹掉嗎？」他問，「像伯朗利一樣把你的頭劈開；你當時有這樣想嗎？」

「你當時的計畫是什麼？」

「喔，我沒有太多計劃，我呀，我動手不動腦，很隨性。」

「那你一點良知都沒有嗎？」

「一個事情發生，跟著有另一事情發生。爲什麼第一件就要比第二件重要？第二件又比第三件重要？你告訴我。」

「因爲每一個行爲都是獨立，而且不一樣，有些是好的，有些邪惡。」

踑克斯哼了一聲，搔了搔頭。

「都是文字遊戲啦。他們要把我吊死，那是因爲他們有能力，是因爲他們想要。像我一樣隨性。」

「那你就是不服從一切公權力，你自己之外沒有對錯？」

踑克斯聳聳肩，露出了上排牙齒，像在發笑。

「像你這樣的人問這種問題來滿足自己，」他說，「讓自己覺得比其他人更聰明、更乾淨。但他們一點都不。」

「你眞的相信我們都像你？怎麼可能？我跟你一樣是兇手嗎？這是你要指控我們的嗎？」

「殺人這檔事我看多了，讓我懷疑我不是唯一一個幹這種事的人。我跟每個人都一樣，差不多。」

森姆納搖搖頭。

「這……」他說，「我不會同意。」

「你對自己滿意，就像我滿意自己一樣。適合你的你就接受，不適合的就拒絕。法律是某些人爲他們想要的東西而發明的名字。」

森姆納感到他眼底冒出一股痛楚、腹部有一種難以忍受的厭惡感在凝聚。與踧克斯談話就像對黑暗喊叫，同時又期待某種回應會傳回來。

「跟你這樣的人無法講道理，」他說。

踧克斯又再聳聳肩把頭轉向別處。帳篷外船員們用木棍當球棒，用海豹皮和木屑製成的球，在玩冰上板球。

「你爲什麼身邊留著那金戒指？」他問，「爲什麼不賣掉？」

「留作紀念。」

踟克斯點頭，舌頭在唇上滑了一圈。

「一個心中有恐懼的男人，在我看來不怎麼樣。」

「你覺得我有在懼怕什麼?我爲什麼要懼怕?」

「因爲在那裡發生過的事呀，你做過的或沒做過的。你說留作紀念，不是的，不可能。」

森姆納走向踟克斯，踟克斯面對面站了起來。

「喔喔，怎麼了!」鐵匠開口說，「他媽的坐下，閉嘴，對森姆納先生尊重點。」

「你不了解我，」森姆納告訴他，「你不知道我是誰。」

踟克斯坐下，對著森姆納微笑。

「不需要了解太多，」他說，「你沒有你想像中複雜。不過該知道那一點點，我認爲我知道的夠多了。」

森姆納離開帳篷，走向其中一隻捕鯨小艇，檢查他的藥物和他的儲物箱是否安全放好，等待明天橫越冰岸的行程。他鬆開防水帆布，粗略地審視一下木桶、箱子和緊緊捲起的被褥。儘管他把東西挪來挪去，探尋過大小縫隙，還是找不到他要的東西。他把帆布恢復原狀，正要走到另一隻小艇去找的時候，卡芬迪叫著他。他站在一堆索具及斷成兩截的船桅旁邊，裝著小熊的桶子就在他的身邊。小熊正在熟睡。

「你要把那隻他媽的北極熊射死，」他指著桶裡的北極熊說，「現在動手的話，我們明天離開前你還有足夠的時間把牠的皮剝下來。」

「爲什麼不帶著牠走？『黑斯汀』上有足夠的空間，那是肯定的。」

卡芬迪搖頭。

「太多人要餵飽，」他說，「而我也不會命令我的人在雪地上拉這隻傢伙四哩路，他們有夠多東西要拉的了，拿著，」他給他一支來福槍，「我聽說你對牠產生了感情，不然我樂於自己動手。」

森姆納拿著槍，蹲下來看桶中的小熊。

「牠睡成這樣，我不會下手，我會把牠帶開，先讓牠到處走走。」

「隨便你怎麼做，」卡芬迪說，「只要牠明天不在就好。」

森姆納把繩索綁在金屬的桶蓋上，在鄂圖的協助下移動桶子。在他估計桶子已經離開臨時營區有足夠距離後便停了下來。森姆納把金屬蓋的栓子打開，踢走蓋子後隨即後退。小熊緩步從桶子走到冰上。牠的身形比牠被抓到的時候幾乎大了一倍，森姆納每天早上的餵食使牠變得圓潤，之前骯髒的毛髮現在是既鮮亮又乾淨。他們看著牠步履沉重地在桶子周圍走著，冷靜沉著地嗅著桶子，然後用鼻尖把桶子推了兩下。

「我們放牠走的話牠是活不下來的，」森姆納告訴鄂圖，「我的餵食慣壞了牠，牠不懂得獵食。」

「最好是把牠了結了，」鄂圖表示同意，「我在赫爾認識一個做毛皮加工的，會給你好價錢。」

森姆納裝上了子彈，瞄準小熊，小熊停了下來，轉身露出牠的側面，彷彿讓森姆納找到最容易下手的目標。

「打耳後最快，」鄂圖說。

森姆納點頭，捏緊槍托，瞄準小熊。小熊平靜地回頭看他。牠毛皮下是粗壯的脖子，眼睛紅得像石榴石。森姆納遲疑了一下，心中想著小熊當下的心情，卻立即後悔起來。他放棄了瞄準的姿勢，把槍遞給鄂圖。鄂圖點頭。

「動物沒有靈魂，」他說，「但可能有愛，不是最高境界的愛，不過還是愛。」

「你他媽的就射吧，」森姆納說。

鄂圖把來福槍檢查了一下，半蹲著固定好姿勢。不過，在他瞄準之前，小熊彷彿忽然感到情勢已改變，全身繃緊，然後突然轉身開始奔逃，四條腿如柱子般的在冰地上敲出沉重的聲音，爪子踢起鬆軟的雪塊。小熊身驅逐漸漸遠去，鄂圖瞄準牠的臀部迅速發射，但沒命中，到了他重裝子彈後，牠已經消失在冰脊後方。二人企圖追捕小熊，卻無法趕上小熊在冰地上的速度。他們爬到冰脊上，射了一槍，希望擊中小熊，但距離實在太遠，而且小熊的速度也太快。他們身後是破爛的「志願者」號，面前遠處是冰封的連綿山脈，小熊步伐合乎節拍，逃入浮冰堆積成更廣大的冰層裡，在那片純粹的白色中一步一步消失。

那天晚上，風向由北轉西，且吹起暴風。一個臨時架設的帳篷雖有繩纜固定，仍是整個被掀走，支撐物一一崩毀，本來待在帳篷內的人被逼抵著刮骨裂膚的寒風在雪地上追逐因鬆脫而隨風滑動的帆布帳篷。最後帳篷被一個冰丘截停，船員們奮力從冰丘拉下已經被折騰得萎靡不堪的帳篷，拖回營地去。強風使帳篷的維修無法進行，他們只好用繩索、船錨等把東西固定好，躲到另一個帳篷裡。森姆納因沒有鴉片酊而無法入睡，便幫忙大家把濡濕的被褥拉到帳篷裡，並儘量在地上清出空間來。外面發生巨響，冰塊開始移動，在強風和帆布被拉扯所產生的尖銳刺耳聲之下，森姆納還偶爾感到冰塊翻動或撕裂時的劇烈震動聲。

鄂圖和卡芬迪冒險到外面檢視小艇是否安全無虞，回來時已是冷得直發抖，全身裹了雪。船員們躲在毛毯裡，圍在帳篷中間一個小型的鐵製火爐旁邊，靠著微弱的熱力取暖。森姆納蜷伏在他們身旁，拉下帽子把眼睛蓋上，想要睡覺，可是又睡不著。他肯定第一批人員把物資運往「黑斯汀」那裡時，存放鴉片酊的藥箱已經和他的儲物箱不經意地一併送走。他想，一天沒有鴉片酊沒有問題，但是如果暴風雪持續，不得不在雪地上過第二天，他就會開始感到難受。他心中暗罵沒有顧好自己的生活必需品，也暗罵大鯨魚瓊斯在搬運物資到小艇時不夠仔細。他閉上眼睛，企圖想像他身處別的地方，不過這次他沒有想德里，而是想到他在貝爾法斯特的肯尼迪酒吧喝著威士忌、在拉根河上泛舟，或者是和史溫倪和穆克來在解剖室抽著廉價的粗菸絲、嘴裡聊著女人。過了一會，他進入一種迷迷糊糊的狀態，半睡半醒。他身旁其他人凝結成烏黑一片，打著呼，互相依偎的身體產生的一股暖意，旋即消散在頭上翻滾的冷空氣裡。

幾個小時後，暴風雪似乎趨於緩和，預示其力度已過高峰，將要消退，可是突然間他們身下的浮冰產生一聲駭人的巨響，劇烈的往上推擠。支撐帳篷的一根桅桿倒塌，鐵爐整個翻轉，赤熱的煤炭灑出，毛毯和短大衣都著了火。森姆納心頭一顫，不知所措，把靴子穿上便狂奔直到帳篷外的漆黑中。在疏疏落落的飄雪中他看見浮冰的邊緣是一座青白的冰山，體積龐大，被強風颳蝕而顯現出縱向的紋路，像一組矗立的煙囪模樣；它向東滑行，像一座患有白化症的孤立山丘，失控地在沙漠上以輕快的腳步移動，其邊緣碾向它面前的浮冰彈起房子般大小的冰塊，像木材被推進車床時木屑噴飛。浮冰在森姆納腳下顫動；二十碼外一條鋸齒狀的裂縫出現，一時間他懷疑身處的浮冰會否在冰山的強大壓力下碎裂，把帳篷、捕鯨小艇、人員等所有東西翻進海裡。帳篷裡的人都逃到外面，不是像森姆納呆呆地站著，就是忙著把捕鯨小艇連拉帶推地遠離浮冰的邊緣，拚老命的要把它們保住。森姆納目睹這一切，覺得自己在觀看他不該看的景象，是被逼參與了一場恐怖卻基本上是眞實的事件。

混亂的情況嘎然而止，跟發生的速度一樣快。冰山與浮冰分離，剛才兩者碰撞的劇烈震動產生的刺耳聲響，被強風的嚎嘯聲和船員們的詛咒謾罵聲所取代。森姆納這才感覺到冰雪在敲打他的左邊臉頰，並堆積在他的鬍鬚上。霎時間他覺得被裹在繭裡，面對惡劣的天氣他反而有點與外界隔絕，不受侵擾，彷彿外在的世界，那眞實的世界，是與他無關的、可以被忘記的，在紛飛的風雪裡，他獨自存在。此時有人拉他的手臂，示意他往後看。他看見第二個帳篷著了火。床墊、小地毯和儲物箱熊熊地燒著，幾乎被燒得精光的帳篷隨著強風亂竄。這些留守在浮冰上的船員看得目瞪口呆，晃動的火光照亮他們無助的臉。卡芬迪踢開餘焰未盡的木塊，並因大夥兒走了霉運而唉嘆一番後，便邊大聲吆喝大家快到小艇上躲避風雪。他們動作雖然快速卻缺乏條理，把僅剩的兩隻小艇清空後便讓自己像貨物般擠進去，然後用船帆把小艇緊緊包覆起來。小艇內像棺材一樣，還發出腐臭的味道，在漆黑一片中，空氣稀薄而刺鼻。森姆納躺在冰冷的木板上，他身旁的人憤恨地大聲談論著卡芬迪的無能、伯朗利的不幸猝逝令人吃驚，以及他們願意用任何方法和手段活著回家的欲望。森姆納身心俱疲卻睡不著，肌肉與內臟開始對無法獲得的鴉片酊產生渴望，他一再努力忘記他正擠在小艇上，想像自己在更好的地方、更快樂，但他沒辦法。

¶

早上，暴風雪趨緩。天氣沁涼濡濕，漫天灰雲，浮冰的邊緣籠罩在冰霧中，讓後方遠處的黑暗高山彷彿蒙上層層的石英。他們拉下被雪覆蓋的船帆，從小艇爬出來。第二個帳篷已燒成焦黑的碎片，曾經放置在裡頭的大部分東西凌亂地散落在浮冰上，一些橫桿仍悶燒著，半截浸在冰雪融成的水裡。廚師在燒水，並將就著做出早餐的時候，船員們翻動著仍有餘溫的灰燼，試著找到可用或值得留下的東西。卡芬迪在他們中間來回踱步，一邊吹口哨，一邊說著穢褻的笑話。他手中提著的琺瑯啤酒杯盛著熱騰騰的牛肉茶，時不時地像一個尋找化石的專家，彎身撿起一片溫熱的刀身，或是一隻靴子的鞋跟。對一個不久以前目睹他的船被毀、遭冰山撞擊卻倖免於難，然後夜裡又發生火災的人來說，森姆納覺得他展現出異常的好心情，毫無罣礙。

早餐後他們把清空的小艇重新做好裝備，把僅剩的一個帳篷架起，並用木桶把帳篷四周重重壓著。他們在帳篷裡玩著紙牌，抽著菸斗，等待黑師傅和瓊斯等人從

「黑斯汀」回來。過了一個小時，冰霧散去，卡芬迪手持望遠鏡走到外面，看看是否有人員回來的跡象。過了不久，他把鄂圖叫過去，再過不久，鄂圖又把森姆納叫過去。

卡芬迪把望遠鏡遞給森姆納，不發一語指向東面。森姆納拉開望遠鏡看去。他期待看到的是在遠處黑師傅、瓊斯和其他船員拖著四隻小艇穿越雪地而來，但實際上他什麼也看不到。他雙手垂下，瞇著眼睛往遠方的空無看去，然後又舉起望遠鏡到眼前，再看一次。

「他們去哪呢？」

卡芬迪搖頭，嘴裡咒罵起來，並生氣地搓揉著他的頸背，之前的平靜與愉快的心情已經消失，他臉色發白，噘起了雙唇，眼睛睜得老大，用鼻子沉重地呼吸。

「『黑斯汀』已經走了，」鄂圖說。

「走到哪？」

「很有可能昨晚冒險開進浮冰裡躲避冰山，」卡芬迪快速而突然地回應，「一定是這樣，他們很快便會回到這裡，坎寶知道我們在哪。我們只需要在這裡等著，要有點信心，和他媽的一點耐性。」

森姆納用望遠鏡再看一次，然後有再用肉眼看，除了天空和浮冰，什麼都沒看到，然後他轉身看鄂圖。

「一艘船在暴風雪中爲什麼會拔錨？」他問，「留在原地不是更安全嗎？」

「如果冰山不斷逼近，船長會做該做的事，以維護船的安全，」鄂圖說。

「沒錯，」卡芬迪說，「該做的事便要做。」

「我們可能要在這裡等多久？」

「要看情形，」卡芬迪說，「如果他們找到未被冰封的水域，便可能在今天，如果沒有……」

他聳聳肩。

「我身邊沒有藥箱，」森姆納說，「被拿到『黑斯汀』那裡了。」

「這裡有人生病嗎？」

「沒有，還沒有。」

「那我可以說那是我們他媽的最不擔心的東西。」

森姆納想起自己透過灰濛濛一片的橫天風雪看見那冰山：好幾層房子高的、完美無瑕的，平順而無法阻擋地向前推進，像一顆移動的行星一般，毫無動靜，也不受阻礙。

「『黑斯汀』可能已經沉了，」他恍然大悟，「你是這個意思嗎？」

「它沒沉，」卡芬迪告訴他。

「有其他的船可以救我們嗎？」

鄂圖搖頭。

「距離不夠近，捕鯨季早結束了，我們又太深入北極水域。大部分的捕鯨船現在已經離開了龐斯灣了。」

「它沒沉，」卡芬迪再說一遍，「它就在蘭開斯特海峽附近，就是那麼簡單。如果我們在這等著，它很快就會回來。」

「我們該駕小艇去找，」鄂圖說，「昨晚的風很強，它可能被吹到東面幾哩外，它可能被撞破、被冰塊夾住、沒了方向舵，有很多可能。」

卡芬迪皺著眉頭，然後不情願地點了點頭，彷彿很想要想出一個更好、更容易的解決方法，卻又完全想不出來。

「我們駕小艇到那裡就很快找到他們，」他果斷地說，啪的一聲把望遠鏡收合，迅速放回他的大衣口袋裡，「它不會離太遠的，我看。」

「如果我們找不到呢？」森姆納問，「那我們怎辦？」

卡芬迪頓了頓，看著鄂圖，鄂圖沒有說話。

卡芬迪拉拉自己的耳垂，以一種歌舞雜耍表演的愚蠢腔調說：

「那我就希望你有帶著泳褲喔，我的愛爾蘭老鄉，」他說，「從這裡不管去哪裡都他媽的很遠喔。」

當天剩下的時間他們駕著小艇，先沿著冰岸東面，然後轉往北面，到海峽的中央去。昨晚暴風雪把大片浮冰打碎，他們毫不費力地在大小不一的漂流冰間航行，必要時繞著某片漂流冰走，或者用他們的槳把漂流冰推開。鄂圖指揮一隻小艇，卡芬迪指揮另一隻。這時已晉升爲舵手的森姆納無時無刻不在想像他們會看見「黑斯汀」出現在海平線上——哪怕僅僅是偌大灰暗的穹蒼裡一個黑點——或想像他努力要抑制的那股錐心的恐懼，會像煙霧般消散。他感覺到在船員間有股帶著怨恨與憤怒的焦慮感。

他們要為一連串的不幸找出一個埋怨的對象；而卡芬迪晉升船長的職位除了是不勞而獲之外，更沾上了幾分不尋常和暴力，使得他成為最適當的不二人選。

他們花了老半天在海峽附近搜尋，卻看不見「黑斯汀」的蹤跡，也沒發現任何線索可以推測它可能遭遇不測，回到被燒得精光，滿目瘡痍的營地時，已是筋疲力盡，冷到骨髓裡，而且情緒低落。廚師用破木桶的木條和鋸下部分後桅生了火，用鹹牛肉加木柴一般的醃漬蕪菁弄了一鍋酸味十足的燉菜。晚餐後，卡芬迪打開白蘭地酒桶的旋塞，把定量的酒分給大家。悶悶不樂的船員把配給的分量喝完，沒有獲得許可，便開始從木桶裡再斟，最後一滴不留。帳篷裡瀰漫著酒氣，心情開始躁動。不久，一陣酒精影響下的爭吵和抱怨後，有人打起架來，而且刀刃相見，結果只是旁觀者的麥肯瑞前臂被深深劃了一刀，而鐵匠則被衝撞後，不省人事。卡芬迪企圖調停時被止索拴敲破了頭，得要森姆納和鄂圖介入，才讓他避免一頓毒打。為安全起見他們把卡芬迪帶到帳篷外，然後鄂圖又回到帳篷裡想讓大家冷靜下來，卻反而被辱罵，並被人持刀恐嚇。卡芬迪重新站了起來，嘴裡說著不堪入耳的髒話，他的臉染滿自己的血，像一張紅白格子的桌布。他手持兩支子彈上了膛的來福槍，把第三支給了鄂圖，便不顧危險地回到帳篷裡。他向冰凍的地上開了一槍作爲警示，同時宣布他很樂意用第二顆子彈打爆他們的懶覺，看誰敢碰碰運氣。

「伯朗利掛了，我還是船長，我很高興幹掉任何一個想出歪主意搞叛變的王八蛋。」

接著是一陣沉默。然後一個叫班能的謝德蘭人撿起一片木條便失控地往前衝。他耳朵穿了純銀的圓圈耳環，平常就頗爲意氣用事，愛強出頭。卡芬迪沒有舉起來福槍，只是讓槍管朝上，便射向班能的喉嚨。班能的頭蓋骨整個飛脫，彈向帳篷頂，留下一個紅色的靶心，略帶紫色的腦漿在其周圍形成一圈。船員們喉嚨發出了一陣沮喪的吼叫聲，忽然間又回歸一片沉寂。卡芬迪把擊發過的槍放在腳邊，再從鄂圖手上取來另一支。

「你們這些笨蛋給我小心，」他告訴所有人，「這種幼稚可笑的事已經要了一條人命。」

他舔著嘴唇，好奇地環顧四周，彷彿要找下一個開槍的對象。血液從他的眉毛滲出，滴到冰上。帳篷裡人影憧憧，充滿強烈的酒精味和尿騷味。

「我是一個他媽的愛找麻煩，而且無法預測的人，沒錯，」卡芬迪壓低聲線告訴在場的人，「我按心情做事，你們最好記得這一點，如果你要跟我作對的話。」

他點了兩次頭，信心滿滿地對剛才坦誠的自我描述做確認，哼了一聲，用手抹過沾了血液的鬍子。

「明天我們會跑一趟龐斯灣，」他說，「如果沿途找不到『黑斯汀』號，我們在那裡再找另一艘船來載我們。」

「到龐斯灣要走一百哩啊，肯定要，」有人說。

「那你這王八蛋最好不要喝太多，早點睡。」

卡芬迪低頭看那死去的謝德蘭人，搖搖頭。

「他媽的笨啊，」他對鄂圖說，「有人拿著上了膛的來福槍，你就不要拿木頭跟人鬥，這只是普通常識。」

鄂圖點點頭，走到屍體前，莊嚴地像祭祀一般，在屍體上方畫了一個十字。兩個人自發地握住謝德蘭人的腳跟，把他拉到外面雪地上。在這紛亂中沒被注意到的是跩克斯，像一尊肖像，身上仍上著鐐銬，翹著二郎腿，微笑著，坐在某一個角落裡遠看這一切。

18

第二天，森姆納高燒不退，無法領航或划船。一行人往東，穿越層層濃霧、冒著冰冷且夾帶著雪的陣雨。森姆納蜷伏在船尾，裹著毛毯不斷顫抖，感到噁心欲吐。卡芬迪不時喊出一道命令，鄂圖口裡則偶爾吹著德國小調，此外除了木槳和槳架摩擦而發出吱吱聲，以及木槳划破水面的潑濺聲，就沒有任何聲音了。每個人都似乎安靜地包覆在各自不祥的預感。天色昏暗，天空呈褐色，寒冷刺骨。中午前，森姆納已經有兩次必需要拉下褲子，坐到船舷上，劈劈啪啪地向海裡噴出差不多一品脫的水便。鄂圖給他喝白蘭地，他欣然喝下，卻直接吐了出來。其他人看著，但沒有給予評論，或者嘲諷。班能被殺後他們的決心遭到挫敗，都陷於相同卻又殊異的恐懼中，大家都小心翼翼的。

晚上，他們在浮冰的邊緣紮營，搭起血染的帳篷，企圖晾乾身體和把自己餵飽。接近午夜時，略帶藍色的暮色漸變爲繁星點點的華麗黑夜，一小時後又恢復原狀。森姆納不斷冒汗與顫抖，不穩定的睡眠被夢境干擾，醒醒睡睡。圍在他身旁的是包得緊緊的身體，發出抱怨聲與喘氣聲，活像在打盹的牛群；帳篷內森姆納的臉頰和鼻子周圍的空氣像鋼鐵般冰冷，且帶有一股悶悶的彷彿來自褲襠的臭味。正當他的肉體強烈渴望那不在的鴉片酊，他的思緒在飄移流轉。他想起從德里回來的孤獨旅程、在孟買的羞辱，再來是四月的倫敦。那是位於查令閣的彼得勞埃德飯店：精液和殘留的雪茄菸味、妓女及其恩客刺耳的尖叫聲、鐵架床、油燈、破舊的扶手椅上沾滿髮蠟或馬卡油污垢的椅套。在有限的經濟狀況下他只能吃豬排和豌豆，兩星期來的每天早上，他帶著畢業證書和舊的推薦信到醫院裡，坐在走廊裡等著。晚上去找他在貝爾法斯特和高威時的舊識——卡萊根，費希傑羅，奧里瑞，麥卡爾，他們並非摯友，但至少還記得他。他們喝著威士忌和麥芽啤酒，回憶過往，時機對了，便請託他們幫忙。他們都會建議他到美國、墨西哥，或可能是巴西，那裡的人比較開放和寬容，比較有可能寬恕別人的過錯，因爲他們自己就犯過一些。英格蘭不適合他，他們說，不再適合他了，太僵化太嚴酷，他必須放棄。雖然他們一再安慰他，會相信他的故事，但其他人不會。他們的語氣十分友善，甚至站在同一立場，但是森姆納聽得出來他們希望他離開。森姆納的徹底失敗對他們來說是一種安慰，也提醒他們自己的些許成就，而在他們內心的深處，是告誡自己如一旦稍有不察、一旦忘了自己是誰或是自己的職責，災難就會降臨。他們更糟糕的想像，是森姆納不光彩的往事鮮活地預言了自己不堪的行爲。

夜裡，他服用了鴉片後在城市裡閒逛，直到他累了要睡覺。一個晚上他拖著腳步、身體歪向一邊沿著弗理特街走，經過聖殿門和法院，他手杖頂端的金屬箍輕敲在人行道上，眼前出現了克爾彬，向著他走來，讓他大吃一驚。他紅色軍服上佩戴著戰役勳章，瀝青般的黑皮靴擦得晶亮，像一面鏡子。他正在跟一個留著小鬍子的較年輕軍官講話，二人的穿著類似。他們抽著雪茄，笑個不停。森姆納站在一個構造類似城堡的建築物門前的陰影裡，等他們走近。此時，他想起了克爾彬在軍事法庭的態度——漫不經心、滿不在乎、意氣自若，彷彿他有以假亂眞的天賦，甚至在撒謊的時候，他能隨心所欲地創造或毀滅眞相。想到那一幕，森姆納胸口的怒火愈燒愈旺，喉嚨與雙腿的肌肉繃緊，不禁渾身顫抖。兩個軍官漸漸靠近，森姆納感到只剩下一個空殼，或者已經是脫離了身體，彷彿自己身體太小太弱，不足以容納他憤怒的思緒。二人路過他身邊時，森姆納從大門的陰暗處走出來，輕敲克爾彬鑲著黃銅鈕扣的肩章。當克爾彬轉頭看看那是誰，森姆納已經一拳打向他的臉。克爾彬應聲倒地，年輕的軍官嚇得瞪大雙眼，雪茄也從嘴裡掉下來。

「他媽的怎麼回事？」他說，「怎樣啦！」

森姆納沒有回應，只看著那個挨了他一拳的人，同時在一陣震驚中發現那人並不是克爾彬。他們只是年齡和身高相約，但除此之外，並沒有眞正相似的地方——頭髮、鬍鬚、臉型和五官，甚至是制服也不一樣。森姆納的憤怒消散，清醒過來，恢復理性，也回到現實中深刻而強烈的恥辱。

「我以爲你是另一個人，」他告訴那男子，「一個叫克爾彬的。」

「你他媽的克爾彬是誰啊？」

「一個軍醫。」

「哪個軍團的？」

「騎兵團。」

那人搖搖頭。

「我要找個保安官把你關起來，」他說，「我發誓我會的。」

森姆納想要扶他起來，但是被推開。他摸摸自己的臉頰，然後仔細端詳森姆納。臉頰通紅，但沒有流血。

「你是誰啊？」他問，「我記得你的臉。」

「我誰都不是，」森姆納告訴他。

「你是誰？」他再問一遍，「別他媽的騙我。」

「我誰都不是，」他說，「真的。」

那人點頭。

「過來，」他說。

森姆納靠近。那人把手按在森姆納的肩膀上，森姆納聞到他口中飄來的波特酒味，及他頭上的髮油味。

「如果你真的誰都不是，」他說，「我想你也不會反對我這樣做。」

他把身體靠近約半呎，提起膝蓋撞向森姆納的下體。一陣痛楚迅速從森姆納腹部蔓延到胸部及臉部，他跪在濡濕的人行道上，無言地呻吟著。
那個他錯認做是克爾彬的人彎身在他耳邊輕聲地說：
「『黑斯汀』沒了，」他說，「沉了。被冰山撞得粉碎，船上每個他媽的都淹死了，死光了。」

¶

第二天中午，他們發現一隻翻覆的捕鯨小艇，後來，過了不久，又發現斷斷續續有半哩長的海上飄著空的鯨脂木桶及破碎的木條。他們圍繞著那些殘骸慢慢划，隨時撈起來檢查、討論，然後失望地丟回去。僅此一次，卡芬迪臉色蒼白、沉默不語，一個意料之外的災難把他平常的怒氣和喋喋不休的個性擊潰。他透過望遠鏡掃視附近浮冰，卻什麼都沒看見。他破口大罵、大聲咀咒後把頭轉開。病懨懨的森姆納雖感憂鬱卻心情平靜，知道他們獲救的希望已經粉碎。他們中間有些人開始哭泣，有些人開始愚蠢地禱告。鄂圖查閱地圖，並用六分儀測量。
「我們剛剛經過海角，」他從一端呼叫卡芬迪，「天黑前可以到達龐斯灣，到那裡後會找到另一艘船，上天保佑的話。」

「如果找不到，就要等冬天過了，」卡芬迪說，「以前也發生過。」

蹺克斯被鎖在小艇的最後一排座位上，卡芬迪在小艇後方控制舵槳，二人距離最近。

「以前沒發生過，」他說，「以前沒發生過是因爲那是不可能的。沒有一艘船做遮蔽，沒有比我們現在多十倍的糧食，那是不可能的。」

「我們會找到船，」卡芬迪再說一遍，「如果找不到，我們就要在這裡過冬，不管怎樣，我們都可以活到看見你在英國上絞刑台，這一點你可以肯定。」

「我被絞死也比他媽的餓死或凍死來的高興。」

「我們現在該把你丟到海裡淹死，你他媽的雜種，我們就他媽的少一張嘴要餵飽。」

「你要玩這把戲的話，你或許不願聽見我臨終的遺言啊，」蹺克斯回話，「雖然這裡有其他人會感興趣。」

卡芬迪雙眼瞪著蹺克斯一會，身體靠近，用手緊握他的馬甲背心，凶狠地低聲說：

「我沒有東西在你手上，亨利，」他說，「不要以爲你有。」

「我不是要向你施壓，麥可，」踟克斯語氣平靜，「只是提醒，你說的不會發生，如果要發生，你最好做好準備，就這樣。」

踟克斯提起木槳，卡芬迪一聲令下，大家開始划。西面是一列黑得像煤炭般的高山，矗立在鐵灰色的海上。兩隻小艇緩緩向前划。幾小時後，他們到達拜洛特島山勢陡峭的一端，並進入龐斯灣。雨雲聚集又消散，天色漸漸變暗。卡芬迪急切地透過望遠鏡眺望，先是什麼都看不到，但後來發現海平線上一艘船的黑色輪廓在蠕動。他揮舞雙手，向鄂圖大叫，示意船的方向。

「一艘船，」他大喊，「他媽的船。在那邊。看。」

大家都看見那艘船，但是距離太遠，似乎已經發動機輪往南走。從煙囪噴出的煙在天空斜斜地形成一道模糊的污痕，像鉛筆畫裡用指腹壓成的。他們緊追著，但是白費了氣力。半個小時後，那艘船在霧氣中消失。他們單獨在黑暗中，被滿滿的海水包圍著，遠處只有褐色的山丘被雪覆蓋著，頭上是悽楚斑駁的天空。

「他媽的怎麼監控的，連求救的小艇也看不到！」卡芬迪語帶憤恨。

「可能船滿載了，」有人回他，「可能載著所有東西回家了。」

「他媽的今年不可能啦，」卡芬迪說，「如果他們有事情要幹，他媽的眞有事要幹的話，他們就是在抓魚啦。」

沒有人回應他。大家望向那一片蒼白而單調的霧氣，要找尋某些跡象，但什麼都沒看到。

入黑以後，他們駛近附近一個岬角，在褐色的矮小懸崖前一個狹窄石灘上搭起帳篷。晚餐後，卡芬迪命令人們用斧頭把一隻小艇拆解，用拆下來的木頭升起篝火來發訊號。他認爲如果海灣上有另一艘船，他們會看見火光，並前來救他們。雖然大家似乎都懷疑他的邏輯，還是按他的命令行事。他們把船翻轉，開始把船身、龍骨及船尾一一卸下。裹著毛毯發抖，仍感到噁心的森姆納站在帳篷旁邊看著他們工作。鄂圖走到他身邊。

「這就是我夢見的，」他說，「火。破艇。完全一樣。」

「不要告訴我，」森姆納，「現在不要。」

「我不怕死，」鄂圖說，「我從未怕過，我們之中沒有人能想像死亡帶給我們的財富。」

森姆納猛烈地咳嗽了兩聲，然後向著冰冷的石灘乾嘔。人們會把木板堆起，並生起火。火焰在風勢的幫助下劈劈啪啪地往上衝向黑暗。

「你會是唯一的生還者，」鄂圖告訴他，「我們之中唯一的，記住。」

「我說過，我不相信預言。」

「相不相信不重要，上帝不管我們信不信他，他爲什麼爲這煩惱？」

「你眞的認爲這一切是他設計的？殺人害命？捕鯨船毀掉？人們溺水？」

「我知道一定有人設計，」鄂圖說，「如果不是上帝，那會是誰？」

篝火燒得旺，船員們爲之鼓舞，熊熊火光帶給他們希望，大家看著那怒火分叉並吐出火花，都肯定海上某處也有人正在看著，救援小艇會從捕鯨船降下來，給予他們援助。他們把最後一塊木片丟到仍發出嘶嘶聲的火裡，滿懷期待地等著救援人員的到來。他們抽著菸斗，瞇眼看著黑暗的遠方，嘴裡聊著他們有可能再次看到的女人、孩子和家園。時間分分秒秒過去，火焰漸漸減弱，日光在他們身邊漸漸明亮，他們期待一艘船的出現，但終究是沒有。再一次毫無結果地等了一個小時後，樂觀的氣氛漸漸凝固，取而代之的是某種酸腐與憤恨。沒有一艘船可以藏身、沒有足夠的木柴和食物，誰能熬得過像這樣一個地方的冬天？當卡芬迪一手拿著望遠鏡，一手拿著來福槍，從他懸崖上的位置走下來，臉上無光，表情冷漠地別開眼睛，大家都清楚知道計劃失敗了。

「船在哪裡啊？」有人向他大喊，「爲什麼沒來？」

卡芬迪沒有理會所有問題，走到帳篷裡，開始計算他們剩下的物資。儘管他把每人的配給減半，一星期兩磅麵包兩磅醃肉，也難以熬得過聖誕節。他把情況告訴鄂圖，然後召集其他船員，向他們解釋如果要活到春天到來，便要開始找尋食物。海豹是可以的，他說，或是狐狸、潛鳥、海雀，或各種鳥類。他在說話時，外面開始飄著雪，風使得帳篷抖動起來，彷彿冬天正要降臨。沒有人回答他，也沒有人自願去找食物。他們靜靜地跟他對望，而當他把話說完後，便蜷伏在自己的毛毯裡漸漸睡去，或坐著玩紙牌。那副紙牌又舊又軟又髒，好像從痲瘋病人的衣服剪下來湊成的一樣。

當天雪下個不停。濕雪的重量使帳篷凹陷，一塊一塊地落在翻轉的小艇上，看似平常寄生在船底的甲殼動物。森姆納的情況糟糕極了，不斷地顫抖，骨頭疼痛，雙眼發癢抽痛。他無法入睡，無法小便，儘管各有急需。他平躺著不動，腦中翻騰著來自《伊利亞德》的模糊片段——第二章列舉的黑船、第十二章被攻破的防堵牆、第六章阿波羅變成的老鷹、第十五章宙斯在雲端譴責天后……。當他到帳篷外大便的時候，天已經全黑，空氣冰冷，他身體往下蹲，扳開兩瓣已不堪糟蹋的屁股，排出大量的綠色滾燙液體。層層的雲使月光顯得模糊，風雪橫掃整個海灣，堆積在浮冰上後，漸漸融入浮冰間黑色的海水裡。冰冷的空氣讓他的陰囊皺縮，睪丸也疼痛得像被鉗子夾緊。他繫好褲頭後轉身，發現五十碼外的的石灘岸邊是一隻熊。

牠站著不動，自信滿滿，窄長的頭部似蛇，抬得高高的，身體壯碩，兩肩寬厚，中間突起一大塊肌肉。森姆納用手放在眼前擋開風雪，慢慢地一步一步往前走，然後停下來。那隻熊漫不經心地，嗅著地面，緩慢地繞了一圈後，回到原點。森姆納站著觀望。牠走近森姆納，但是他沒有走開。他現在可以看得見牠毛皮的紋理，以及與雪地成強烈對比的黑色爪子。牠打了一個哈欠，露出了尖齒，然後在沒有受到驚嚇，或者是任何目的，牠像馬戲團的動物一般用後肢站立，搖晃地懸著，面對來自夜空裡的月色，彷彿是一個石灰石製的方尖碑。

森姆納忽然聽見一陣吼叫聲響起，從褐色的峭壁傳到他身後，那是一種混合著痛苦的、原始力量於一體的吼叫，但的確是屬於人類的，對他來說似乎是超乎文字或語言的，是來自教堂唱經樓的、來自地府鬼魂的，像是被詛咒者合力發出的聲音。霎時間一陣恐懼來襲，森姆納轉頭看去，卻只看見看見雪花、黑夜，以及延綿向西的地面，崎嶇不平得難以想像，彷彿裹在一張樹皮底下，是地表這根暗黑樹幹的分枝。那隻熊矗立了好一陣子，前肢才重重地踏回地面上，堅定自信地轉身離開。

19

海面再次結冰。新的冰塊薄得像玻璃，在不同浮冰之間形成，連在一起。不久，整個海灣會形成堅硬的雪白一片，表面崎嶇不平，沒有移動的空間，直到春天融冰前都是冰封的狀態。人們睡覺、抽菸、玩紙牌。他們吃下每頓小量的食物配給，卻沒有努力改善現狀，或準備嚴冬的到來。到了溫度漸降，黑夜漸長，他們就開始焚燒「黑斯汀」號的殘骸，那是冰封前撿拾的漂流木片，到最後也把「志願者」號搶救回來的最後一包煤炭燒了。每天晚餐後，鄂圖困頓地朗讀聖經裡的段落，而卡芬迪則領唱粗俗逗趣的歌曲。

自從看見北極熊的那個晚上，森姆納的徵狀漸漸減輕。他還是會頭痛、晚上會盜汗，但作嘔的頻率已降低，大便也已經有形狀。身體所受到的威脅得到這個程度的改善後，森姆納便比較有能力觀察身邊同仁的狀況。解除了甲板上有益於體力的工作後，大家都變得無精打采，臉色蒼白。他覺得如果他們要有足夠的體力與意志熬過那具有毀滅性的寒冬、要抵擋寒冷與饑餓的影響，他必須要讓大家多少要活動一下，要他們透過運動與體力勞動獲得充沛的精力。不然他們現在的憂鬱情緒會固化爲絕望，更致命的倦怠感會把他們吞噬。

他把想法告訴了卡芬迪和鄂圖，他們都同意船員們都應該大致分爲兩組，每天早上只要天氣情況許可，一組人力手提來福槍，翻過峭壁去尋找食物，另一組人要花至少一個小時在帳篷外沿著海岸來回步行，來維持他們的體力。當被告知這個計畫時船員們都興趣缺缺，甚至當森姆納向他們解釋如果他們懶於活動筋骨，血液會變濃稠，繼而凝結，身體器官功能會下降，最後會衰竭，他們還是漠不關心。到最後還是卡芬迪大聲咆哮，並警告違抗者要減少食物分配，他們才悻悻然答應。

剛開始的時候，每天獵得可食用的食物不多——一些小鳥，偶爾一隻狐狸——但來回跋涉最令他們感到惱怒。一個月不到，這種斯巴達式的規律生活便被兩天的大風雪打斷，之後營區被五呎深的積雪包圍，氣溫也低得讓呼吸成爲痛苦的事。船員們拒絕在這種條件下出外覓食或步行，而當卡芬迪在眾人皆不願行動的情形下獨自一人外出，卻在一個小時後空手而回，累得筋疲力盡，多處被凍傷。當天晚上，他們開始拆卸第二隻小艇作爲燃料，而由於酷寒的天氣持續，木頭消耗的速度與日俱增，直到卡芬迪被逼要控管木頭的供給，開始定量使用。帳篷內，篝火的火勢本來已經微弱，現在幾乎只是一小堆餘燼，發出微光，帆布上結了一層冰，空氣冷得讓人感到凝稠。他們在羊毛毯子、法蘭絨布和防水油布底下聚攏在一起，像是面臨被屠殺的犧牲品，整個晚上停不了的顫抖和抽搐，讓自己突然在睡夢中驚醒。

¶

在他們看見雪橇之前，就已經聽到雪橇犬此起彼落的吠聲。開始時森姆納覺得自己夢見老家獵犬追野兔比賽，但是當身邊其他人也被吵醒並咕噥著，他便知道大家都聽到了。他把一條圍巾裹著頭部，走到帳篷外。他看見西面有兩個亞克人有節奏地踏著海冰過來，身上有斑紋的雪橇犬拉著雪橇，作扇型散開，走在他們前面，二人手上的皮鞭像昆蟲的觸鬚，在凝結的空氣中揮舞飄盪。卡芬迪衝出帳篷，鄂圖和其他人緊隨著。他們看著雪橇漸漸靠近，越發具體而真實。當雪橇到達他們面前，卡芬迪趨前，要求亞克人提供食物。

「肉，」他大聲說，「魚。」他用手在嘴巴前做出進食的手勢。「餓，」他說，並先指向他自己的腹部，然後指向其他人的腹部。

亞克人看著他，咧嘴而笑。二人身材矮小，皮膚黝黑，臉部是吉普賽人般扁平，骯髒的頭髮垂到肩膀。他們的包頭外套和靴子是未經鞣製的馴鹿皮，褲子則是北極熊毛皮製成。他們往後指向滿載的雪橇。雪橇狗則分散在附近，瘋狂地吠著。

「交易，」他們告訴他。

卡芬迪點頭。

「讓我看看，」他說。

他們把綁在雪橇上的繩子解開，露出一隻海豹的冰凍屍體，另外似乎還有一隻海象的下半身。卡芬迪把鄂圖叫過去，二人簡單地交談後，鄂圖回到帳篷，拿了兩把鯨脂刀和一支斧頭。亞克人仔細檢查後，把斧頭退回，留下了刀子。他們亮出一個象牙製的魚叉頭，和一些皀石製成的雕刻品，但卡芬迪都揮手表示拒絕。

「我們要的是食物，」他說。

最後他們同意用兩把刀和一段捕鯨索換取海豹。卡芬迪把海豹遞給鄂圖，鄂圖帶到帳篷內，用斧頭砍成一塊一塊後，放在殘火上。肉塊開始時滋滋作響，過了一陣子便開始在烤，並散發出蒸氣。當帳篷內人們焦急地等待食物，亞克人在外面把雪橇狗拴好並餵食。森姆納聽見他們在外面邊笑邊用他們快速而高低抑揚的語言聊天。

「如果他們能供給海豹，」他對卡芬迪說，「我們就可以活到春天，我們可以吃海豹肉，用海豹油當燃料。」

卡芬迪點頭。

「是，」他說，「需要跟這些他媽的原住民談判，需要談個好價錢。問題是，他們知道我們情況惡劣，聽聽他們，在那裡大笑，還彼此開玩笑。」

「你覺得他們會讓我們餓死嗎？」

卡芬迪哼了一聲。

「他們巴不得這樣，」他說，「像這樣的他媽的異教徒，不會像我們這樣的人，爲基督教美德煩惱。如果他們不滿意我們給的東西，走得比來的快。」

「給他們來福槍，」森姆納建議，「一把槍換十隻海豹，三把槍就有三十隻，我們就夠活下來。」

卡芬迪想了一下，然後點頭。

「我會告訴他們要十二隻，」他說，「一把槍換十二隻，不過我懷疑這些野雜種會不會給那麼多。」

他們吃完後，卡芬迪走到帳篷外，森姆納跟隨著。他們把一根來福槍展示給亞克人看，然後指向帳篷，並做出進食的手勢。亞克人檢查來福槍，然後沿著槍管往前看。卡芬迪把槍上了膛，讓比較老的亞克人發射。

「眞他媽的棒的一支槍啊，」卡芬迪說。

亞克人彼此聊了一下，然後再細心檢查槍枝。當他們看完後，卡芬迪彎身在雪地上戳了十二個小洞，然後指向來福槍，再指向地上的小洞，又再指向帳篷，並做出剛才進食的手勢。

亞克人好一陣子不說話。其中一人在口袋取出一根菸斗，放了菸絲後點燃起來。另一個亞克人淺淺地笑了一下，說了一些話，然後彎身把雪地上六個小洞抹去。

卡芬迪噘起嘴巴搖頭，又在雪地上戳上六個洞。

「我不會讓他媽的愛斯基摩人獅子大開口，」他向森姆納說。

亞克人顯出不高興的表情，其中一個皺著眉頭，對卡芬迪說了一些話，用靴子的頂端吧卡芬迪剛戳的小洞抹去，然後再抹掉一個。

「媽的，」森姆納輕聲說。

卡芬迪不屑地大笑。

「才五隻！」他說，「他媽的五隻海豹換一枝來福槍！我真的看來像個癟三嗎？」

「如果他們現在離開，我們就會餓死，」森姆納提醒他。

「我們沒有海豹也能活過來，」他說。

「不會，他馬的不會！」

亞克人冷淡地看著他們，手往冰上指著五個小洞，然後伸出手持來福槍的手，彷彿準備好要歸還。卡芬迪凝視著來福槍，沒有伸手取回，搖搖頭，並吐了一口口水。

「雪地上的黑鬼雜種騙子！」他說。

¶

亞克人在他們五十碼外建了一間冰屋，便回到雪橇上出發到冰上去打獵。他們回來時天已經黑了。黑夜裡繁星點點，極光在浩瀚無垠的地平線上開展，拐彎，再開展，像一大群絢麗多彩的飛鳥在舞動。踐克斯看著他們卸下獵物；他仍然上著鐐銬，但已是沒人看管，因爲實際上大家都被監禁在一個共同災難中。他聽著二人喉嚨發出低沉的咕噥聲，說著他們原始的語言，也透過冰冷的空氣，嗅聞著那二人全身油膩膩的衣服傳來的酸臭味。他打量了他們好一陣子——高度、體重、每個動作的速度和意涵——然後走向他們，身上的鐐銬同時噹啷響著。

「抓到兩隻很肥的啊，」他指著兩隻海豹屍體說，「我幫你們宰，你們要的話。」

雖然他們整天在外捕獵，二人看來跟出發前一樣精神飽滿和活力充沛。他們看了踐克斯一會，然後指著他的鐐銬笑起來。踐克斯陪著他們笑，搖動鏈條發出叮噹響聲，又再笑起來。

「裡面的蠢蛋不相信我，知道嗎，」他說，「他們覺得我很危險。」他鼓起臉皮做出一個怪物的臉，雙手在空中猛抓，來說明他的意思。亞克人笑得更大聲。踋克斯伸手握住一隻海豹的尾巴。

「讓我幫你殺一隻，」他再說一次，並沿著海豹的腹部作了一個使刀子的手勢，「我很熟練。」

他們搖頭，並揮手要他離開。老者拿著刀，彎身迅速剖開兩隻海豹的腹部，取出內臟。他把紫色、粉紅色和灰色等不同顏色，仍在冒著蒸氣的內臟堆在一邊，然後把海豹肉上的脂肪分離開來。踋克斯全程看著，他聞到內臟血水的鐵味，口水便在嘴裡狂湧。

「我幫你搬過去，你要的話，」他說。

二人還是不理他。年輕的亞克人把海豹肉和脂肪拿到帳篷給卡芬迪。老者快速地用刀子在那堆內臟裡挑選，找到海豹的肝臟，割下一大塊便生吃起來。

「我的天啊！」踋克斯感到驚訝，「我還沒見過，我見多識廣，但沒見過這樣！」

亞克人抬頭咧嘴而笑，牙齒和嘴唇沾滿了海豹血。他割下另一塊海豹的肝臟，遞給踄克斯。他考慮了一會便拿住。

「我吃過更糟的，」他說，「再糟的都吃過。」

他嚼了一口便吞下，然後咧嘴微笑。老者向他微笑，接著大笑起來。年輕的亞克人從帳篷回來後，聊了一會，便揮手示意踄克斯走近。老者再到內臟堆裡拉出一隻割下來的眼珠。他用刀尖把眼球戳破，吸走裡面的水晶體。二人看著踄克斯，又咧嘴而笑。

「不會難倒我的，」踄克斯說，「我吃過眼珠，到處都有，很容易找到。」

老者找到另外一隻眼珠，跟之前一樣用刀戳破，遞了給他。踄克斯吸乾了水晶體，再把剩餘的放到嘴裡，並吞下肚子。亞克人咯咯地大笑起來。踄克斯張大嘴巴，伸出舌頭，表示他眞的吞了下去。

「你給我什麼東西我都吞得下，」他說，「他媽的任何東西——腦袋、睪丸、蹄。我不挑食，看吧！」

老者指著他的鐐銬，發出咆哮聲，雙手在空氣裡猛抓。

「是啊！」踋克斯說，「是啊，差不多大小，就在這裡。」

¶

那天晚上亞克人把剩餘的腐敗海象肉餵飽雪橇犬，用鯨骨插入石灘裡，把雪橇犬栓在豎立的鯨骨上，然後他們便爬進冰屋裡，安頓下來後便睡去。第二天早上他們很早便出門，入黑後他們空手而回，整天的辛勞沒有回報。隔天風雪太大無法獵捕，他們整天留在冰屋裡。踋克斯一瘸一拐地冒著風雪，越過一隻隻蜷伏著的雪橇犬，來到冰屋。他給亞克人一些菸絲，並問他們一些問題，當他們不懂他的意思，便說更大聲或做手勢。他們指手畫腳的或用笑聲回應，或在空氣中描繪出一些圖案，或描在他們馴鹿皮睡袋上。偶爾他們切下海豹的冰冷肝臟，放嘴巴裡像甘草糖一樣嚼著。他們有時候沉默，有時候兩個亞克人互相交談，彷彿踋克斯根本不存在。他觀察二人，並聽著他們的話。過了一會，他了解他必須要進行的下一步。那不是一個決定，而是慢慢變得明朗的想法。他覺得未來漸漸在展露，在北極的空氣中嗅到那溫熱的香味，就像一隻狗聞到發情母狗的強烈腥臭。

當風雪趨緩，亞克人又外出捕獵。第一天殺了一隻海豹，第二天殺了另外兩隻。

他們把最後一批承諾的海豹肉送到帳篷後，卡芬迪展示第二把來福槍，並在雪地上戳了五個洞，但亞克人猛搖頭，同時指向他們的來路。

「他們想要回家，」森姆納說。他們站在帳篷外，天空明亮澄潔，但周圍的空氣仍然酷寒乾燥，森姆納臉上和眼睛都首當其衝。

「他們不可以回去，」卡芬迪說著，一隻手指向地上，另一隻向他們揮動著來福槍。

老者把他已經擁有的來福槍給他看，然後再指向西面。

「不要了，」他用自己的語言說。

卡芬迪搖頭，低聲咒罵。

「我們有足夠的肉和脂肪可以撐一個月，」森姆納說，「只要他們在糧食消耗完之前回來，我們就能活了。」

「如果老雜種要走，小的必需要留下來，」卡芬迪說，「兩人一起走的話，我們就無法肯定他們會回來。」

「不要要脅他們，」森姆納說，「你逼太緊他們必走無疑。」

「他們或許得了那一把來福槍，但他們還沒有子彈或火藥，」卡芬迪說，「我覺得如果我要的話，我可以按我的意思要脅他們。」

他指著年輕的亞克人，然後又指向雪屋。

「他，留下，」他說，「你」——他指向老者，然後再指向西面——「要的話可以滾蛋。」

亞克人猛搖頭，微笑著擺出可憐的表情，彷彿有了解卡芬迪的意思，卻又覺得有點可笑和有點爲難。

「不要了，」老者再用他的語言說。

他們心中毫無畏懼，甚至是覺得好笑，再多看了卡芬迪一下，然後轉身走向雪橇。雪橇犬身上的繫繩已經從鯨骨柱子鬆脫，當亞克人靠近，便開始尖聲長嚎。卡芬迪伸手到口袋裡想要拿彈夾。

「你覺得殺了他們會改變他們的想法？」森姆納說，「這就是你最好的方法？」

「我還沒殺任何人，我只是想要他們想清楚，就這樣。」

「等一等，」他說，「把槍放下。」

亞克人已經開始忙著收拾雪橇，把他們的鋪蓋捲起來，用海象皮製的繩子綁在雪橇的木斗上。森姆納從帳篷走到他們身邊，他們也不願費神抬頭看他。

「我有東西要給你，」他說，「看看。」

他伸出帶了手套的手，上面是那只他一直帶在身邊的戒指。自從踐克斯被捕當日，他便把戒指藏在背心的口袋裡。

老者停下工作抬頭看，並按著年輕亞克人的肩膀。

「黃金珠寶對他們有什麼用？」卡芬迪問，「不能吃不能燒也不能操，在這種地方沒什麼用處，對我來說。」

「可以賣給其他捕鯨船上的人啊，」森姆納說，「他們沒那麼笨。」

兩個亞克人湊近，老者從森姆納烏黑的棉手套上拿起了戒指，仔細檢查。森姆納看著他們。

「如果你留下，」他對年輕亞克人說，並指著戒指，「那個戒指就是你的。」

二人互相交談。年輕人拿著戒指，聞了一下，又舔了兩下。卡芬迪大笑起來。

「笨蛋以爲是杏仁餅！」他說。

老者用手掌拍拍皮衣裹著的胸部，然後指向西面。森姆納點頭。

「你可以走，」他說，「但這一位要留下。」

他們再看了戒指好一會，轉來轉去，並用他們的髒污指甲摳挖那閃亮的寶石。在北極平淡的光線下，加上周遭被冰雪包覆的地境，寶石顯得蒼白，色澤單調，反而似乎就爲脫俗，只存在於想像或夢境中，而不是出於人手設計或切割。

「如果他們上過捕鯨船做交易，就會看過錢幣或懷錶，有可能，」卡芬迪說，「但不可能看過這麼漂亮的東西。」

「值五枝來福槍，或更多，」森姆納告訴亞克人，同時舉起五根手指頭。

「十枝，或更多，」卡芬迪說。

老者看著他們，然後點頭。他把戒指交給年輕亞克人，年輕人微笑著把戒指塞進毛茸茸的褲子某處，二人轉身把東西卸下雪橇。走回去帳篷的途中，森姆納心裡有一股莫名的輕鬆感，那是一個忽然出現又無法解釋的內在空間，像一個凹洞，或者是體內某處壞死的組織，是那戒指原來所在，或不在，之處。

稍後，營地沒入了黑暗中，他們以烤得半焦的海豹肉，佐以和用船上帶下來的餅乾醮著海豹油做爲晚餐。晚餐後踋克斯向卡芬迪揮手，示意他到身邊。他坐在一個帳篷裡一個遠離篝火的黑暗而寒冷的角落，與其他人有一段距離。他全身裹在一張粗糙的毛毯裡，在一片海象牙上雕刻著不列顛女神像，以消耗時間。他用一根削尖的釘子作爲工具，因爲他被禁止使用任何刀械。

卡芬迪嘆一口氣，坐到鋪了毯子的地上。

「又怎麼了？」他問。

踋克斯繼續刻了一會，然後轉頭看他。

「記得我們之前談過的那個時機，」他說，「那個我們以爲永遠不會出現的時機，還記得嗎？」

卡芬迪不情願地點頭。

「我記得很清楚，」他說。

「那我想你多少猜到我要說的。」

「時機還沒到，」他說，「不會到，不在我們他媽的在不知什麼冷得像鬼一樣的鳥地方的時候到來。」

「可是已經到了，麥可。」

「胡說八道。」

「當那個愛斯基摩人明天離開的時候，他會帶我坐雪橇離開。我們談好了。我需要的是你給我一把鋸子，把鐐銬鋸掉，而且睜一隻眼閉一隻眼，假裝沒看到。」

卡芬迪哼了一聲。

「你現在寧願當亞克人，也不願意當個正直的英國人接受死刑？」

「如果他們同意，我會跟他們一起過冬，春天到了我再找一條船。」

「去哪裡的船？」

「美國東岸的新伯福啊，或西岸的塞瓦斯托波爾啊。你不會再看見我的了，我至少說到做到。」

「我們所有人都被困在這裡啊，爲什麼我要幫你一個人逃？」

「你只是讓我活著，好讓他們之後把我吊死而已。這樣做有什麼意義？讓我跟那些亞克人碰碰運氣吧，那些野蠻雜種或許一根長矛插在我身上，不過如果是這樣，這裡也沒有一個人會太爲我哀悼。」

「我是捕鯨人，不是他媽的獄卒，」卡芬迪說，「的確。」

跩克斯點頭。

「考慮一下，」他說，「你可以少養一個人，而他媽的大家都知道現在糧食不足。你回到英國後，沒有人會怪你，你和巴斯特繼續你們的勾當，我不會找麻煩。」

卡芬迪看著他。

「亨利，你是邪惡的化身，一個污穢又陰險的雜種，」他說，「一直都是。」

跩克斯聳聳肩。

「有可能，」他說，「但是如果我是你說的那樣，爲什麼當你有天賜良機可以把一隻這樣的魔鬼放走的時候，還會讓他靠你那麼近？」

卡芬迪當下站了起來轉身離開。跩克斯繼續刻著他的海象牙。帳篷外天色已暗，海豹油燈火光微弱，而且斷斷續續的，他幾乎看不見自己在刻什麼，不過他會用指尖感覺那凹痕，像一個瞎子一樣，想像作品完成時的圖案所呈現的光榮感與愛國熱情。

不久卡芬迪回來，蹲在他身旁，看似要觀賞他的作品。

「你不能在帳篷裡用，」他說，同時向他展示一把銼刀，然後塞進跩克斯身上毛毯的摺痕裡，「他們肯定會聽見。」

踧克斯點頭微笑。

「海豹肉會讓我鬧肚子，」他說，「我會進進出出地去大便，我覺得。」

卡芬迪點頭。他還是蹲著，一隻手按著地面以保持平衡。

「我一直想，」他說。

「是。」

「要是你走的時候我跟你一起？」

踧克斯鼻子哼了一聲，搖了搖頭。

「這裡比較安全。」

「我們無法活過這冬天，十個人啊！不可能。」

「有一、兩個人會死，不過我會說你不會是其中之一。」

「我寧願像你一樣跟那些亞克人碰碰運氣。」

踧克斯再次搖頭。

「那不在我們的協議，那是我一個人的。」

「我會訂一份我的協議，不同的，有什麼不可以？」

踋克斯轉動手中的海象牙，用拇指腹感覺上面的刻痕。

「你最好留下，」他再說一遍。

「不，我要跟你一起走，」他說，「銼刀就是我的車票。」

踋克斯想了一下，把手探進去毛毯裡，用指腹試了試銼刀上鋒利的兩刃，再觸摸銼身上密集的銼齒，感覺就像一根金屬的舌頭。

「麥可，你一直是個無恥又愛裝腔作勢的白痴，」他說。

卡芬迪得意的笑，同時搓揉著自己的髫鬚。

「你以爲你騙得了我，我覺得，」他說，「但你騙不了我的，我不會留在這裡跟他們一起死，我有更大的計畫。」

帳篷外太冷，踋克斯花不到二十分鐘在他的鐐銬上，手腳便開始痲木。他一個晚上進出了帳篷四次才能把鐐銬破壞。每一次進出帳篷他都像走在丘陵地上，小心越過一個個熟睡的身體，每次回來時他身上都結了霜，不停地顫抖，衣服也結了冰而成了硬塊。每當他碰觸到人們身體時，他們都會發出哼聲並咒罵，但除了卡芬迪之外，沒有人張開眼睛看。卡芬迪專心致志地看著他。

脫離鐐銬的束縛後，他忽然覺得變得巨大、變得年輕，彷彿在殺害伯朗利那一刻開始，他就處於睡眠狀態，現在終於醒來。他對未來並不畏懼，對其力量和意義完全沒有了解。每個新的時刻只是他踏進的一道門，是一個以自己身體戳破的洞。他輕聲告訴卡芬迪準備好，並等待他的口哨聲。他用繩子把衣服綁成一綑，夾在腋下，再把銼刀放進外套的口袋，走向雪屋。殘月高掛，黯淡的月色把一大片雪地變得像燕麥粥一樣白裡帶點土黃。他周圍冰冷的空氣乾而無味。雪橇犬沉沉睡著，他則忙著把雪橇準備好。之後他俯身用手掌和膝蓋爬進雪屋裡。雪屋內漆黑一片，但是他還是聞得到亞克人的位置——年輕的在左邊，老的在右邊——並聽到他們輕微的呼吸聲。他很訝異二人沒有被驚醒，他的出現也沒有讓他們有所警覺。他等了一下，判斷他們頭部的位置，和他們躺臥的方向。他注意到雪屋比帳篷較溫暖，空氣沉滯且油膩。他小心翼翼地、慢慢地伸手，用指尖觸摸其中一個睡袋，稍微往下移動，並聽到一聲哼聲。他的手探進口袋，拿出了銼刀。銼刀一呎長，兩吋寬，一端有尖頭。尖頭並沒有特別鋒利，但長度足以達到他的目的，而他也覺得一切順利。他握著銼刀的末端，身體往前靠。此時他看得見一個人的模糊輪廓——較濃較厚的黑與雪屋牆上的黑產生了對比。他吸了一口氣做好準備，然後伸手搖醒老者。老者咕噥著睜開眼睛，用手肘撐著身體，張嘴彷彿要說話。

踋克斯雙手握著銼刀，把尖頭從耳朵下方插進老者的頭部；一陣熱血噴灑，隨之而來是介乎喉底發出的咯咯聲和喘氣聲。踋克斯抽回銼刀，又迅速地再插進去，這次更爲深入。年輕亞克人被聲音驚醒，踋克斯轉身連揮兩拳令他安靜下來，繼而掐著他的喉嚨。年輕人天生瘦削，而且又裹在狹小的睡袋裡，無法取得優勢，在老者斷氣前他已經窒息。踋克斯把二人從睡袋拉出來，脫下老者的外套，把兩側割開後，便從頭部套到身上。他在黑暗中搜尋到鯨脂刀和來福槍後，便爬到外面去。

雪地上沒有動靜，沒有跡象顯示帳篷裡的人有聽到任何聲音。他走向雪橇，拿著鹿皮韁繩，然後把雪橇犬一隻一隻叫醒，裝上輓具。他再爬進雪屋，把死者的靴子、褲子和手套脫下，塞進一個睡袋裡。他在雪屋出來時，便看見卡芬迪站在雪橇旁。他舉起右手，走向卡芬迪。

「我還沒吹口哨，」踋克斯告斯他。

「我也沒在等他媽的口哨。」
踋克斯看著他並點頭。
「情況有點變化，我要給你看點東西。」
「看什麼？」
踋克斯把睡袋放在雪地上，打開指著裡面。
「你自己看，」他說，「告訴我你看到什麼。」
卡芬迪遲疑了一下，搖搖頭，便趨前彎身看睡袋裡的東西。踋克斯走到一旁，用手抓住他額頭上方的頭髮往後拉，讓下巴往上仰，同時用鯨脂刀一刀劃破他的喉嚨。
霎時間卡芬迪無法說話，跌跪在雪地上，雙手握住脖子上裂縫，彷彿要把它重新密合。他像一個殘廢的悔罪者，在雪地上拖行了一會，身體抽搐著，發出刺耳的聲音，血液從他那可怕的傷口噴湧，然後倒在地上，像一條上釣的魚在地上顫抖，最後便動也不動。踋克斯把他翻過身來，在那件屬於伯朗利的大衣裡搜尋一遍。
「這不是我想的，麥可，」他告訴他，「你自找的。」

20

天還沒亮他們發現大副的屍體趴在雪地上，已經僵硬結冰，被切開的喉部湧出的血液灑在雪地上，形成一個小孩圍兜的模樣。他們假設兇手是亞克人，直到他們知道二人也死去，才發現踟克斯已經失蹤。他們想要了解發生什麼事，卻目瞪口呆地站著，無法從這個事件整理出頭緒。他們低頭看著已被白霜覆蓋的卡芬迪，彷彿期待著他開口說話，對自己的死亡說出一個令人難以置信的理由。

接著下來的一個小時，在鄂圖的指揮下，他們在岬角的頂端挖了一個淺溝放置卡芬迪的屍體，在峭壁上撬了大小不一的石塊把他蓋住。由於亞克人是異教徒，他們不了解其葬禮儀式，便把他們的屍體放在原地，只是把雪屋的入口封住，並破壞屋頂，讓它崩塌，形成一個簡單而臨時的陵墓。工作完成後，鄂圖召集所有人進入帳篷，並建議他們一起祈禱，祈求上帝憐憫他們當下遭受的苦難和死者的靈魂。有幾個人下跪叩頭，其他的人橫躺著或盤腿坐著，打哈欠或像人猿一樣抓癢。鄂圖閉上雙眼，頭往上仰。

「啊，親愛的上帝，」他開始祈禱，「幫助我們了解祢的意圖和祢的慈悲。保護我們免於陷入絕望之罪。」

此時，帳篷中央的篝火裡的一把鯨脂刀在燒著，一縷黑煙蜿蜒上升。帆布上受熱的地方讓半吋厚的冰開始融化，冰水往下滴。

「讓我們不被邪惡征服，」鄂圖繼續祈禱，「讓我們確信祢的旨意，儘管我們正陷於紛亂與痛苦中。讓我們記得因祢的愛創造這世界，祢的愛也讓這世界永續。」

鐵匠維布史達大聲咳嗽，然後把頭伸出帳篷外吐了一口痰。跪在地上顫抖的麥肯瑞、廚師和一個謝德蘭人開始輕輕啜泣。森姆納因恐懼與饑餓而感到頭暈想吐，但仍企圖集中精神在踱克斯的鐐銬上。由於他不可能在手腳都上了鐐銬的情形下殺害三個人，他一定在行事之前就解除了束縛，他認爲，但是他怎麼做到的呢？是亞克人？是卡芬迪？爲什麼會有人願意幫助踱克斯這種人逃走？如果是他們提供協助，爲什麼三個人都有此下場？

「引領和指示死者的靈魂，」鄂圖說，「保護他們在另一個時間另一個空間的旅程。讓我們永遠記得我們是祢神祕力量的一部分、祢永遠不會遠離我們，儘管我們無法看見祢，或者誤認一些邪靈為祢，祢還是與我們同在。感謝上帝，阿們。」

只有零星而抱怨的口吻說出的「阿們」對鄂圖做出反應。鄂圖張開眼睛掃視四周，彷彿對於他身處的地方感到訝異。他建議合唱一首聖詩，可是他還沒開始，便被維布史達打斷。這位鐵匠看來極為憤怒，黑色的眼珠裡充滿強烈的怨恨。

「魔鬼就活在我們當中，」他大喊，「魔鬼，我剛剛看見它在雪地上留下腳印。是偶蹄的，是撒旦的標誌。我清楚看見。」

「我也看到，」麥肯瑞說，「像豬或羊的足跡，只是沒有豬或羊活在這個鬼地方。」

「沒有，」鄂圖說，「沒有任何足跡，除了是雪橇犬留下的。唯一的魔鬼是在我們心中。背棄善，就是邪惡。」

維布史達搖頭。

「踟克斯是長得人樣的撒旦，」他說，「他不跟你和我一樣，他不是人，他要的時候就會看來像人。」

「亨利・踟克斯不是魔鬼，」鄂圖耐心地告訴他，像是在糾正一個迷惘的小學生，

「他是痛苦的靈魂，我在夢中看過他，也跟他談過很多次。」

「有三個死人躺在外面！我反對你他媽的夢，」維布史達說。

「不管他是誰，他已經不在了，」鄂圖說。

「是啊，不過他去哪了？誰說他不會隨時回來？」

鄂圖搖頭。

「他不會回來這裡。他爲什麼要？」

「魔鬼愛做什麼都可以，」維布史達說，「他愛滿足自己，我認爲。」

踱克斯可能再度出現的想法讓大家鬧成一團。鄂圖企圖讓大家平靜下來，但不被理會。

「我們要離開這裡，」維布史達告訴大家，「我們可以去找亞克人住的地方，他們會帶我們到黑鉛島上的洋基鯨魚加工場，我們在那裡就安全了。」

「你不知道亞克人住哪裡，或者離這裡有多遠，」鄂圖說。

「就在往西的方向啊，我們沿著海岸線，很快就會找到。」

「你到達前就死了，你會凍死，肯定的。」

「我聽別人的意見聽夠了，」維布史達說，「自從離開赫爾之後我們就聽從命令了，這樣就把我們帶到這個鬼地方。」

鄂圖看向森姆納，森姆納想了一會。

「你會沒有帳篷，」他說，「沒有獸皮可以穿，沒有路或任何小徑，沒有任何可以辨認的地標，所以儘管亞克人住很近，你或許永遠也找不到。你可以在空曠的地方熬過一個晚上，但肯定熬不過第二個。」

「要留在這個鬼地方的人可以留下，」維布史達說，「我是不會多留一個小時。」

他站起來開始收拾私人物品，臉部繃緊而蒼白，他的動作背後顯出他的慌張不安及惱怒。其他人坐著看他，後來麥肯瑞、廚師和謝德蘭人也站了起來。麥肯瑞下陷的臉頰仍滿是淚痕，在船艙裡被囚禁時臉部和脖子長了膿瘡仍未癒合。廚師則全身顫抖，像一隻受驚嚇的動物。鄂圖要求他們先緩一緩，待在帳篷裡吃晚餐，等第二天早上天亮後再出發，如果有必要的話。但他們不予理會。當鄂圖不斷提出這個建議，他們舉起拳頭以對，維布史達還發誓會對任何阻擋他們的人不客氣。

¶

四人不久以後就出發，沒有舉行任何儀式或告別的禮節。森姆納給他們應得的冰凍海豹肉，鄂圖把來福槍和一些彈夾交到維布史達手中。他們簡單地握手，但雙方並未說話，或緩和此番離開所隱含的恐懼。大家看著他們離開，直到他們黑色的輪廓漸漸消散在一片空白裡。森姆納轉身面對鄂圖：

「如果踎克斯不是魔鬼，我不敢說我了解他是誰。如果有一個詞是爲這種人而創，我相信我沒有學過。」

「你也學不到，」鄂圖說，「至少不會在人類的書籍裡學到。像他這樣的人不會被掌握住，或者是被文字所圈定。」

「那要用什麼方式？」

「唯一的方式是信仰。」

森姆納搖頭大笑，但聽得出來不太認同。

「你夢到我們會死，現在將要成眞了，」他說，「天氣一天比一天冷，我們至多只有三星期的食物，加上救援無望，那四個剛走的混蛋等於已經死了。」

「奇蹟會出現。如果邪惡存在，爲何至善不會？」

「你說徵象！還有他媽的神蹟！」森姆納說，「這就是你能給我的嗎？」

「我沒有給你什麼，」鄂圖語氣平靜地回應，「那不在我的權力範圍內。」

森姆納再搖頭。三個留下來的人回到帳篷裡取暖。天氣太冷，無法在外面太久，但是要回去沉悶而絕望的夥伴那，是他無法想像的，所以他向東面走去，經過卡芬迪的新墳，再往結冰的海灣走去。海冰在強風下產生裂縫，被推擠變形後再結成冰，形成一個巨大的瓦礫堆，上面靜止的巨型冰塊上又裂成無數縫隙，無序地左右傾斜。巨大而美輪美奐的黑色山脈矗立在遠處，低壓壓的天空呈乳白水晶的顏色。他走到自己覺得呼吸困窘，臉部和雙腳麻木，然後轉過身來往回走，風向他迎面吹來，穿透他層層衣服而碰觸到他的身體，讓他的胸部、胯下和雙腿皆感到寒意。他想到往西面走的維布史達一夥人，便打從內心感到難受和苦惱。他停下來，悶哼了一聲，並彎身嘔出半消化的海豹肉屑在雪地上。他感到腹部好像被長矛刺中一樣產生一陣強烈的疼痛，並不由自主地噴出一些水便在褲子裡。霎時間他無法呼吸，只能閉上眼睛等待著不適的感覺消失。他額上的汗水結成了冰，鬍子也因沾了口水和肉屑而凝固。他抬頭看著漫天風雪，張大了嘴巴，卻沒哼一聲或說出一個字，不一會，他閉上了嘴巴，靜靜地繼續走。

¶

他們平均分配已剩下不多的食物，讓每個人按個人的喜好自行煮食。他們輪流爲油燈添加鯨脂及照顧不穩定的火勢。剩下的一把來福槍被放在帳篷的出入口，看誰願意到外面去狩獵，但雖然大家多次進出帳篷大小便或取冰塊煮開水，卻沒人撿起過槍。現在已經沒有人發號司令：鄂圖的權威已經消失，而沒有藥物的森姆納也失去了外科醫師的身分。他們坐著、等著、睡覺、玩紙牌。他們告訴自己維布史達和他的夥伴會來營救，亞克人肯定會來找他們的族人。但是沒有人來過、沒有任何改變。他們唯一的一本書是鄂圖的聖經，但森姆納拒絕閱讀其中的內容。他無法忍受裡面的確定性、修辭，以及那談何容易的希望。他反而默默地背誦《伊利亞德》，詩中的不同片段一個一個不約而同地、接近完整地來到他的夢中。到了早上，他又一句一句地吟誦著。其他人看著他喃喃自語，還以爲他在祈禱，而他也不想多做解釋，因爲他覺得那是他最接近誠實禱告。

維布史達一夥人離開後一個星期，強烈的暴風雪往海灣裡吹，帳篷被連根拔起，一道縫線處也被撕開。在那寒風刺骨的晚上他們聚攏在一起，緊握著那搖搖欲墜的一切僅剩的東西。到了早上天氣好轉，他們又開始無精打采地進行必要的修補。鄂圖用他的折刀把海豹骨削成粗糙的針給大家，然後再從一張被磨損的毛毯邊上拆下棉線。缺乏睡眠的森姆納身體僵直並感到暈眩，獨自離開營地尋找適合的石頭把帳篷固定住。寒風仍然強烈，有些地方積雪過膝。森姆納經過岬角末端時，往外延伸的嶙峋冰塊，以及從岬角上山丘的尖頂上隨著強風滾滾而來的雪花，讓他注意到卡芬迪的墳墓所在地一片紛亂。墳墓上的石塊散落各處，而屍體本身已被野獸吃掉一半，剩下的是一堆奇形怪狀的骨頭、筋腱和內臟混在一起，身上貼身的衣物被撕成碎片，分散在四周，腳趾頭仍完好的右腳從腳踝附近被咬斷，被遺落在一邊，頭部已經不見。森姆納靠近，並慢慢地蹲下，從口袋取出一把小刀，從冰凍的遺骸上撬下一片肋骨，用手搓揉並細看，用指尖觸摸骨頭上的斷口，然後望向白色的遠方。

他回到帳篷後，把鄂圖叫到一邊，向他解釋他剛剛所看到的。他們談了一會，森姆納指手畫腳，而鄂圖則交叉著雙手。隨後他們走到雪屋的所在地，並開始徒手從他們破壞過的雪屋挖下去，直到他們找到兩個亞克人的屍體。他們把亞克人拉到雪地上，把他們海豹皮製的內衣褲脫掉後，便提著他們的腳跟，把它們拉到與帳篷有一點距離的地方，決定好擺放的方向後，便把他們放下。一連串的動作讓他們氣喘吁吁，頭和臉都冒著蒸氣。他們站在那裡又談了一會，然後走回去他們殘破不堪的帳篷。森姆納把來福槍上膛後，便向其他人解釋外面雪地上某處有一隻饑餓的北極熊，亞克人的屍體是誘餌。

「像這樣的一隻野獸足夠讓我們五個人一個多月內有足夠的肉可吃，」他說，「牠的毛皮還可以當額外的衣服。」

幾個已經過度焦慮的船員茫然地看著他，並不感興趣。當他提到彼此合作，每人持槍兩個小時監視北極熊的蹤跡，其他人可以休息或修理帳篷，大家頭搖頭反對。

「亞克人不是很好的誘餌，不行的，」他們告訴森姆納，語氣十分肯定，暗示他們嘗試過類似的作法，但結果令人失望。

「幫個忙吧，」他說，「不做白不做。」

他們轉身，開始發牌，「一、一、一、二、二、二、三、三、三。」

「不切實際，沒效的，」他們再說一遍，彷彿盲目的悲觀會帶給他們慰藉，「不行的，不可能。」

他坐在帳篷的一邊，上了膛的來福槍就放在腳邊，透過帳篷上挖出的一個窺視孔往外監視。有一次在他監視期間，一隻禿鼻烏鴉飛到亞克人老者的額頭上，在他蓬亂而結冰的頭髮上啄了幾下，又展翅而去。森姆納有想過要開槍，但還是決定把子彈省下。他很有耐性，而且滿懷希望，肯定北極熊就在附近，會肚子餓，他會嗅著空氣，會記得他附近的獵物。天色漸暗，森姆納把來福槍遞給鄂圖，從他個人的食物包上取出海豹肉，割下兩吋見方的大小，插在刀尖上，在海豹油燈上烤著，一直在玩牌的其他三人仔細觀察他。吃過海豹肉後，他便躺下來鑽進毛毯底下。

他呼出的氣體穿過毛毯的微細纖維，冷卻後已結成了冰。不過他似乎才睡了片刻的時間，鄂圖便輕輕地把他推醒，告訴他仍未有北極熊出沒的跡象。森姆納把身子移到窺視孔，再往外看。凸月的夜空繁星密布，兩個屍體依舊朝天躺著，像遠古的陵墓上的雕像。森姆納身體靠著來福槍，但願北極熊衝著他來。他企圖想像牠真的出現，從黑暗中一步一步地冒出來；他想像北極熊滿懷好奇，卻又戒慎恐懼，腐屍的味道吸引牠往前走，詭異而不尋常的氛圍又讓牠卻步。

他坐著不久後就睡著了，夢見自己在老家山桑子湖釣鱒魚。那是一個夏天，他穿著襯衫，戴著平頂硬草帽，頭上和水面上是廣闊的藍天，圍在湖邊是榆樹和橡樹。他放空了自己，樂在其中。當他醒來時，他看見遠方有動靜。他懷疑是風在翻動雪花，或者是海灣上的冰塊在滑動，不過他看見了北極熊，牠明顯的白色毛皮與鐵灰色的黑夜成了對比。他看著白熊低著頭有節奏地步向屍體，不徐不疾。他一手慢慢地撥開帳篷的門簾，另一手檢查了雷管，然後把來福槍豎起，再提到肩膀的位置。北極熊身材高䠷魁梧，但腿部細長，胸部兩側顯得瘦削。他嗅聞著兩具屍體，然後舉起爪子到老者的胸前。大家都睡著了，鄂圖發出輕微的鼾聲。森姆納跪下來，左手手肘停在膝蓋上，槍托架在右肩柔軟的肌肉上。他沿著槍管上的準星看去，北極熊在黑暗中是一團白色。森姆納吸一口氣，再呼出來，然後發射。子彈沒打中頭部，但射中了肩膀。森姆納抓住放置彈夾的袋子便衝出帳篷。外面積雪很深，而且不平整，他絆倒了兩次，才調整好腳步。當他跑到屍體前，看見一大灘血及沾滿血跡的路線。北極熊已經跑了差不多四分之一哩遠，身體側向一面，重心放在右腿上，彷彿左腿受傷麻木。森姆納緊追北極熊，肯定他逃不了，而且不久之後會倒下死去，或轉身搏鬥。

東面天色已漸漸轉白，天上雲層濃密，縫隙間透出光芒，平整而單調的地平線上現出灰色，然後褐色，最後轉為藍色。森姆納走到岬角盡頭時，冷空氣使肺部和喉嚨隱隱作痛，他氣喘吁吁的，耳際響起血液滾動的嗡嗡聲。北極熊直接闖過被牠玷污過的卡芬迪墳墓，然後轉向北邊的冰原。森姆納失去北極熊的蹤跡，但不久又看見他出現在冰壓脊上堆疊的冰塊後方。他緊追著，攀登、跨越，用滑的、用爬的，來福槍跌了又撿。他走在北極熊逃走時身體挖出的軌道或噴灑的血跡，雙腿疼痛，心跳加速，但告訴自己那是時間的問題，每一分鐘的過去只會讓牠更虛弱。他在雪中走著，像涉水般舉步維艱，左右兩面滿是尖銳冰塊，彷彿是一個半埋在土裡的村落露出了陡峭屋頂，模糊的暗影投落背風面，溢出到另一側。

北極熊不顧傷勢，穩定而自信地動著，想走在一條很久以前就設定好的路線上。天空滿是弧狀雲，上方呈灰色或褐色，下方被陽光塗成金色。人和野獸往前走，在一個古遠而湮沒無聞的時空裡，彷彿由某白癡從破爛碎片中建構的崎嶇地境上，進行一次遠古時代的列隊行進。一個小時後，冰原變得平坦開闊，約有一哩寬，稜紋的表面看似獵狗的上顎一橫橫的形狀。在這片冰原的半路，北極熊的速度漸緩，彷彿忽然間注意到身處新的環境，後來停了下來轉頭到處張望。森姆納看得見牠身體的側面明顯沾滿血跡，口鼻冒出白色水蒸氣。他頓了一下，從口袋裡取出用蠟紙包裝的彈藥筒，咬掉末端後把黑色火藥倒進槍管，再放入彈丸，然後把多餘的蠟紙撕下，用推彈桿全部壓進槍管裡。在這過程中他的手不斷顫抖，滿頭大汗，同時感到肺部發出粗重的喘息聲，像一個鍛鐵爐一般在胸腔裡咆哮。他在口袋裡摸索著找到雷管，栓到槍管後端的螺紋接頭上。他緩步向前走，直到他們的距離在三百呎內，伏在一處冰脊後方。他的腹部和大腿感到冰冷，頭部卻冒著蒸氣。北極熊小心翼翼地注視四周，但沒有行動，沉重的呼吸使身體兩側收縮又膨脹，口水涓涓從下頜流下。森姆納把身體抬高，調整他的視線，瞄準目標，並記取第一次失敗的教訓，把槍管向左移一呎。他眨了眨眼睛，擠掉眼睛附近的汗水後便扣下扳機。雷管響起尖銳的爆炸聲，但沒有反衝。突如其來的聲音使北極熊鼻子噴了一口氣，轉身便開始逃跑，腿下的的雪花濺飛。森姆納忙亂地站起來，咒罵著那射不出的子彈，把雷管扔掉，再裝上另一根。他穩住身體，瞄準，再發射，但是北極熊已走遠，這一發再次失敗。他看著北極熊一陣子，扛起了槍，尾隨著北極熊。

21

冰原盡頭，隆起了另一個冰壓脊，畫出一條褐色而憔悴的天際線，陡峭的兩端向內彎曲形成一個護堤，彷彿是古代軍事要塞的軍火庫。北極熊向西走，直至牠找到一個破口，往上一躍，便爬了過去。早上的陽光被雲遮蓋，溫度無法顯著提升。汗水滴落森姆納眉毛和鬍子結成冰，像閃亮的金屬片。北極熊和森姆納已減慢到步行的速度。自從他跟隨著北極熊攀越冰壓脊，進入另一片波狀起伏的冰原後，他們一直保持穩定的距離。他追上二十碼，但很快又拉開了距離。腿部和胸部頻繁地產生劇烈疼痛，且有炙熱感。他想到要回頭，卻沒有，此番追逐已經產生某種節奏，使他難以插手干擾破壞。他口渴時便彎身取雪解渴，餓的時候，便讓飢餓感增加，達到高峰，然後消退。他呼吸著、走著，北極熊總是在他前方，毛皮上沾了大量的血液就如勳章，全身冒著蒸氣。

他預期北極熊隨時會撐不住、虛脫，並開始死去，但是一切都沒有發生。牠堅持到底。森姆納時而對牠產生強烈恨意，時而流露病態的愛。牠的臀部在寬鬆的毛皮底下擺動，巨大的雙腿走起路來就像鐵鎚敲在地上。他們經過一座被嵌在浮冰中的冰山，兩百呎高一哩長，筆直地矗立著，像一個火山栓。冰山四邊陡峭而平整，透出淺藍色，底部堆積著被風吹來的冰塊。森姆納的懷錶沒帶在身上，但他估計已經過了中午。他知道自己走太遠，即使把北極熊殺了，也無法把牠帶回營地。這個事實讓他煩惱了一下，但當他繼續往前走，很快便沒有放在心上，只是注意到自己在雪地上舉步維艱，以及他急促的呼吸產生空洞的呼呼聲。

一個小時過去，他們來到了一個延綿的黑色峭壁帶。峭壁上沒有土壤覆蓋，只有Z形紋路上灰白的積雪。北極熊身體貼著峭壁前進，直至牠到達一個狹窄陰暗的缺口，便突然快速轉身，消失在黑暗裡。森姆納緊隨著，到了同一個缺口後便像北極熊一樣轉進去。在他面前是一個窄長而冰封的峽灣地形，左右兩邊十分陡峭，沒有明顯的出口，腳下是大理石般平坦的雪地，灰黑的岩石上滿是裂縫，直達峭壁的頂端，迎來黯淡的天色。森姆納在入口處停下腳步，四處觀望，感覺到曾經來過這裡，一定程度上與這地方稔熟。在夢中預見過吧，他想，或是在鴉片酊的影響下胡思亂想的。他繼續前進。

在片麻岩和花崗岩形成的峭壁之間，野獸與人沿著淡灰黃色的冰谷底走著，一前一後若即若離地彷彿走在一條被天幕遮蔽的冰凍走廊上。森姆納感覺肩上愈來愈重的來福槍和腳上舊患揮之不去的疼痛，開始產生暈眩，並因饑餓而漸漸虛脫。同一時間，雪開始下了，開始的時候輕輕地，後來漸變得濃密和強勁。

當風勢漸強氣溫漸降，雪花隨著風斜向打在森姆納身上，在他前方的北極熊忽隱忽現地像在幻影箱裡閃爍著的笨拙影像，牠的輪廓開始模糊不清，漸漸變得無法辨識，最後消失無蹤。不久他也看不見天空和峭壁，眼前重複出現的只是一片又一片灰色的暴風雪，一切都在旋轉和移動，不再清晰、獨立或確實。身處這讓他不知所措的情境中，他失去了時間感和方向，精神恍惚，踉踉蹌蹌地來回走著，已到筋疲力盡的地步，才過幾分鐘或幾秒鐘的時間，但是他已覺得過了幾個小時。最後，他跌跌撞撞地碰巧來到一個碎石坡上，並在一塊斑駁巨石的背風面蹲著，心中的憂慮恐懼終於潰堤。在低溫中他不斷顫抖，汗水濕透了的衣服開始變硬，身體像裹在盔甲裡，手和腳已經失去知覺。雪落在他臉上和嘴唇上的皺摺處，卻沒有融化。他已走得太遠，他知道：他已經偏離了此趟目的，他已迷惘得不知所措，他完全潰敗了。

他抬頭看著濛濛的落雪紛飛，看見一個沒有生命的男孩站在他的面前，髒兮兮的赤著腳，下半身裹著腰布，上身只蓋著血染的披風，胸部冒著血泡的槍傷直穿背後。黃色銅板大小的光點可以清晰看見，就在他心臟所在的地方，像是堡壘的厚牆上一個窄小的漏洞。森姆納抬起了右手，彆扭地打了個招呼，但男孩沒有回應。或許他在生我的氣吧，森姆納心想。但不是的，男孩在哭泣，看在森姆納眼裡，他不由得也哭起來，充滿憐憫與羞恥。溫熱的淚水沿著臉頰流下，半路在他雜亂的鬍子上結冰變硬。他坐在碎石坡上哭泣時，覺得自己在液化，失去形體，潰散成一攤悲傷與悔恨。他的身體開始搖晃和顫抖；他的呼吸趨緩，心跳疲弱，缺乏動能。利如刀割的寒風中他感到死亡將至，無情地出現眼前，飄著糞便的氣息。男孩伸手迎向森姆納。森姆納從他胸部的彈孔，窺見另一個小型的世界：完美、無暇、嘆為觀止。他凝視了片刻，被那光芒所吸引，然後轉過頭。他努力振作起來，吸了幾口氣，並到處張望。小孩不見了：眼前空無一人，只有那狂風暴雪，和藏身在風雪中的北極熊，是他非殺掉不可的，如果他要活下來。他把膝蓋靠向胸部，雙手抱著小腿。過了一陣子，他勉力站了起來，用麻木並顫抖的指頭上膛後，離開巨石幾步，面對著冰凍的空氣大喊。

「出來呀，」他大叫，「出來呀，邪惡的混蛋，讓我把你一槍斃了。」

除了風中的雪花和平滑無聲的巨石和冰塊，沒有任何動靜。雖然視線模糊，他還是看著前方，再次大聲吼叫。暴風雪沒有減弱，強風像在哀嚎，他覺得可能身處遠方的月球表面——冰封、無光、無人。他第三次吼叫。北極熊像一隻神出鬼沒不甘願地被召喚的幽靈，出現在不到三十碼以外，雖然身體部分被紛飛的大雪遮蓋，但還是清楚可見。他看見北極熊肩上血跡斑斑的傷口，背部覆蓋了一層薄薄的白雪。北極熊茫然地與他對看，鼻孔冒著白色蒸氣，像將滅的篝火揚起的白煙。森姆納舉起步槍，搖搖晃晃地瞄準了牠寬闊的胸部。他頭腦清醒，他不需做什麼決定，也不需有什麼期許，這一刻、這一件事是唯一的存在。他吸一口氣，然後吐氣，他心臟注滿了血，又再清空。他扣了扳機、聽見火藥被激發的轟鳴聲、感到步槍的後座力。

北極熊跪倒冰上，繼而側倒。槍聲在峭壁上迴盪，從巨響漸漸變弱。森姆納放下步槍跑到北極熊的屍體前蹲下，把手掌放到牠仍然溫熱的身體兩側，並把臉和十根指頭深深埋在毛皮裡，張開了雙唇，大口地喘著氣。他從腰帶取下鯨脂刀，在石上把刀磨尖，並用指腹測試刀鋒，然後在北極熊的生殖器附近切開一個小口，再由下往上切開腹部柔軟的肌肉，到達胸部後他開始把胸骨鋸斷，到達喉嚨時也把氣管切開。胸腔的骨頭被鋸斷後，他用靴子的跟部抵住一側，雙手握住另一側，把整個胸腔扳開。此時他忽然感覺到北極熊內臟的溫熱，及那隨之竄出的濃濃腥臭味。他把鯨脂刀丟到雪地上，雙手探進那仍在冒著蒸氣的腹部，冰凍的手指彷彿會因那溫熱而迸裂。他咬緊牙關用力往下挖，當雙手的疼痛減緩後，才鮮血淋淋地拔出來，利用血液的餘溫搓揉他的臉頰和鬍子，然後再撿起鯨脂刀割除北極熊的內臟。他把心臟、肺部、肝臟、腸子和胃部全部取出，騰出的諾大腹腔有一半盛著黑色溫熱的液體——血液、尿液、膽汁。森姆納彎身用雙手撈起那液體往嘴裡送。北極熊溫熱的體液進入他體內就像仙丹妙藥般，從喉嚨進入他的空腹，然後滲透身體各處。不一會，他開始顫抖，不由自主地抽搐，翻著白眼，然後眼前一片黑暗。

一陣強烈反應過後，森姆納發現自己俯臥著，身體一半被雪蓋著。他的鬍子因凝結的血液而變硬，雙手呈深紅色，外套的袖子從手肘以下也因凝固的血液而硬化。他的嘴巴、牙齒、喉嚨都有北極熊和他自己的血塊。他的舌尖不見了。他勉力站起來，到處張望。風仍在吼叫，冰冷的空氣裡是一波接一波的落雪。他已看不到兩旁的峭壁，看不到那碎石坡，以及剛才那塊讓他躲避風雪的巨石。他低頭看著北極熊被挖出內臟的身體，那被扳開的胸腔，像一個在打哈欠的墳墓。

他頓了一頓，考慮了一下，然後像踏進浴缸一般，他彎身坐到那深紅色布滿橫紋肌的空穴裡，關上被鋸斷的胸骨，像上下排牙齒咬合一般。他感到身體被漸漸硬化的肌肉包覆著，皮膚接觸到微弱卻不可思議的動物餘溫，鼻子裡聞到屠宰場乾淨而濕潤的氣息。他把腿部塞到北極熊的下腹部，然後像穿大衣一般把牠的死肉往身上拉緊。他仍聽見風在吼叫，但已經毫無感覺。他被包圍著，像躺在棺木裡、像躺在繃緊而黑暗的血管裡。他躺在北極熊體內，受傷的舌頭開始在嘴巴裡發脹，泡沫狀的血液與口水從嘴唇滴到鬍子上。他想要祈禱、想要說話、想要讓大家知道他在哪裡。他想起荷馬——英雄的屍體、葬禮上的競技、扭曲破裂的盔甲。但當他想要低聲吟誦起首的幾句詩行，他聽見的不是被摧殘的嘴裡傳出泡沫破裂的聲音，而是一個野人口中片片斷斷的咕噥聲和喘息聲。

22

那個怪人從頭到腳滿是血，像一隻剝了皮的海豹，或者是剛從母親子宮裡生下來的死胎。他還算有呼吸，但是被血塊封住的雙眼閉著，身體呈半冰凍的狀態。他們把他拉到一邊放著，然後開始把北極熊的毛皮剝下並肢解，再把熊肉包裝好放到雪橇上。其中一個獵人拿了怪人的步槍，另一人拿了他的刀子。他們在爭辯是否就地把他殺了，還是把他帶回臨時營地。他們吵了一會，後來同意把他帶回去。不管他是誰，他們判斷，他是一個幸運的混蛋，而像這樣幸運的人值得有多一個機會。他們把他抬起放在雪橇上。他低聲呻吟著，他們戳他搖他，他都沒有醒過來。他們把雪塞進他的嘴巴，卻只是融化在他受創的舌頭上，粉紅色的液體涓涓流到下巴上。

回到冬季臨時營地後，他們的妻子給他水和溫熱的海豹血，也把他的臉和雙手擦拭乾淨，然後再脫下他已被血液凝固的衣服。小孩知道有這回事後，都走過來看熱鬧。他們仔細端詳、用手戳，然後咯咯地傻笑，到他睜開眼睛，便尖叫逃跑。很快地謠言四起。有人說他是海神賽德娜派來的祭司，幫助他們狩獵，有人說他是邪魔，是復仇怪物的化身，被他碰到就會死，光是他的出現就會帶來疾病。兩個獵人去請教他們的祭司，祭司說怪人不回到他族人那邊的話，疾病不會好，他們的新任務是要把他帶去庫特灣。獵人問祭司他是不是幸運的人，就像他們認爲的，問祭司他的運氣會不會傳給他們。祭司告訴他們他的確幸運，就像他們所想的，但是他的運氣是特別的，是外地人的。

他們用獸皮把他蒼白而顫抖的身體裹起來，放回雪橇上，向南方出發，越過一個結冰的湖，再經過他們夏季的狩獵區，要完成他們的任務。紅色的小木屋建在小山丘上，後方是高山，前方是冰封的海。小木屋對面是一個巨型冰屋，屋頂冒出一線裊裊上升的黑煙，一群用繩索栓住的雪橇犬蜷伏在冰屋前睡覺。一個牧師出來迎接他們。這名牧師是一個目光銳利，瘦而結實的英國人，頭髮與鬍子已經灰白，誠懇的神情藏不住他多疑的個性。獵人指著森姆納，說明他們在哪裡和如何找到他。牧師一臉狐疑，獵人用手指在雪地上畫出海岸線，並點出發現森姆納的地方。牧師搖頭。

「一個人不可能突然冒出來的，」他說。

他們解釋說，在這種情形下，他最有可能是獨眼海神賽德娜和她父親安古塔的祭司，一向住在海底的一個房子裡。聽到這裡，牧師開始惱怒。跟往常一樣又再說了一遍耶穌的事蹟，然後走到木屋裡拿出一本綠色的本子。獵人站在雪橇旁邊聆聽牧師用他們的語言彆扭地朗讀著。他們大概聽得懂內容，但是覺得牽強得不可思議，而且幼稚。牧師唸完後，獵人微笑點頭。

「那他或許是天使，」他們說。

牧師看看森姆納，搖搖頭。

「他不是天使，」他說，「我可以保證。」

他們把森姆納搬到木屋裡，讓他躺在火爐前的窄床上。牧師給他蓋上毛毯，蹲在他身旁，想要搖醒他。

「你是誰？」他說，「你是哪一條船來的。」

森姆納眼睛半開，但不想回答。牧師皺著眉，彎身靠近仔細檢視森姆納被凍傷而變得黝黑的臉部。

「說德語嗎？」他問，「丹麥語？俄語？蘇格蘭語？哪一種？」

森姆納凝視了牧師一會，不表興趣，也未置可否，又閉上眼睛。牧師蹲在他身旁一會，便點頭站起來。

「你先躺著休息，」他說，「不管你是誰，我們之後再聊。」

牧師爲獵人煮咖啡，問了更多的問題。他們離去後，他用湯匙給森姆納餵食白蘭地，並用豬油塗在他被凍傷的皮膚上。安頓好森姆納後，牧師坐在靠窗的桌前，在他綠色的本子上寫著，靠手肘處有三冊厚厚皮面精裝的書，偶爾翻開檢閱，然後點點頭。稍後，一個愛斯基摩女人提著一鍋燉肉湯進來。她穿著一件鹿皮製的防寒短上衣，後擺長達臀部，頭上是黑色羊毛製的帽子，她的前額和兩隻手背各有兩個上下平行V型的藍色刺青。牧師從門口上方的架子上拿下兩個白色厚邊碗，推開桌面上的紙張和書本挪出空間。他把肉湯平均舀到兩個碗裡，然後把鍋子交給那女子。女子指著森姆納，用她的語言說了一些話。牧師點頭，回應了一些話，女子笑起來。

森姆納動也不動地躺著，熱食的微香，穿越他因疲憊和冷漠而產生的無力感來到他面前。他不餓，但開始記得饑餓的滋味，那股獨特而讓人滿懷希望的嚮往。他準備好回到那一切嗎?他要嗎?他能嗎?他睜開眼睛到處張望:木頭、金屬、羊毛、油脂;綠色、黑色、灰色、褐色。他轉過頭。一個頭髮灰白的男人靠著桌子坐著,桌面上有兩碗食物。男人把正在閱讀的書闔上,低聲祈禱後站起來,捧著一碗食物走到森姆納躺著的地方。

「你要吃點東西嗎?」他問,「來,我幫你。」

牧師跪在地上,伸手到他腦後,把他的頭抬起來。他撈了一塊肉在湯匙裡,送到森姆納嘴邊。他眨了一下眼睛,一股濃烈而無以名狀的感覺掠過他全身。

「如果你可以把嘴巴張開一點,我會比較容易,」牧師說。森姆納沒有反應。他了解牧師提出的要求,但沒有企圖合作。

「來吧,」牧師說,隨著把金屬的湯匙抵住森姆納的下唇並往下壓,同時迅速把湯匙柄往上提,讓湯匙裡的肉滑進他受傷的舌頭。動作結束後牧師仍把湯匙留在森姆納嘴裡。

「嚼吧,」牧師告訴他。他爲了讓森姆納了解自己的意思,同時指著自己的下頷,並做出咀嚼的動作。他說,「你不嚼的話,就無法獲得營養呀!」

森姆納閉上嘴巴，覺得肉的味道在嘴裡滲透，嚼了兩口便吞了下去。舌頭產生一陣劇痛，又稍稍消退。

「很好，」牧師說，再舀了一口肉，重複了先前的步驟。森姆納再接連吃下三口之後，第四口便沒有繼續咀嚼，直接讓肉塊掉到地上。牧師點頭，便讓森姆納躺平。

「等一下我會給你一杯茶，」他說，「看看你會怎樣。」

再過了兩天，森姆納可以坐直身子，也可以自己進食。牧師幫他起來，坐到椅子上，再在肩膀上蓋上毛毯，然後自己坐到小桌子對面。

「發現你的人說你是海神賽德娜的祭司，」牧師說，「在愛斯基摩語中是巫師的意思。他們相信北極熊有巨大力量，某些人，或者被挑選的人可以跟他們結伴。其他動物當然也一樣——鹿、海象、海豹，或甚至是某些海鳥吧，我覺得——但在他們的神話中，北極熊是目前最強大的野獸。有北極熊作守護的人擁有最強的魔法，包括療癒和預知未來等等。」

他迅速瞥了面前的陌生人一眼，企圖觀察他是否對這種事有任何了解，但森姆納只低頭看著他的食物，神情冷漠。

「我有看過他們的祭司在作法，當然，那只不過是魔術師和江湖郎中，他們戴上恐怖的面具，穿著俗艷大膽的廉價服裝，在雪屋裡又唱又跳的，不知所謂。可惡的異教產物，最粗鄙的迷信。他們不曉得有更好的，但他們哪有辦法知道呢？我來這裡之前他們從來沒看過聖經，大部分都沒聽過人認眞傳福音。」

森姆納抬眼看了他一眼，嘴巴仍不停在咀嚼。牧師微笑點頭，表示鼓勵，但森姆納不做反應。

「是一項緩慢而痛苦的工作，」牧師繼續說，「我今年初春就一個人在這裡，要花好幾個月才贏得他們的信任——最初是給禮物，像刀子、珠子，縫衣針等等，後來是透過體貼的行爲，像他們有需要時提供支援、給他們額外的衣服或藥物。他們是和善的人，但是未開化，表現幼稚，幾乎無法進行抽象的思維，或展現更高的情操。男的去打獵，女的縫衣服帶小孩，這種生活規範了他們的興趣和知識。他們有某種形而上的概念，那是眞的，不過十分粗淺，而且是爲了私人利益的，據我所知，他們之中也沒有多少人相信。我的工作是要幫他們成長，你也可以說是靈魂的提升，讓他們有自覺。這是我正在翻譯聖經的原因。」他點頭示意那堆書和紙張。

「如果我能成功，能找到他們語言中正確的字，他們就會開始了解，我很肯定。他們終歸是上帝的子民，跟你跟我都一樣的。」

牧師用湯匙撈起一塊肉，放到嘴裡慢慢地嚼著。森姆納伸手拿起茶杯，啜了幾口，又放回桌上。多日來他第一次覺得文字在他身體內聚集、分開、累積，產生力量與形式。不久，他知道，那些字會上升到他的喉嚨，湧向他受傷潰爛的舌頭，然後，不管他喜不喜歡、不管他要不要，他會說出口。

牧師看著他。

「你不舒服嗎？」他問。

森姆納搖頭，舉起他的右手一會，然後張開口，卻又頓了一頓。

「什麼藥？」他說。

那是模糊不清的幾個字。牧師有點困惑，但隨即微笑，並熱切地彎身靠近。

「再說一遍，」他說，「我聽不太……」

「藥，」森姆納再說一遍，「你有什麼藥？」

「喔，藥，」牧師說，「有的，有的。」

他站起來，走到木屋後端的儲物室，回來時手中提著一個小藥箱，放在森姆納面前的桌上。

「都在這裡，」他說，「我大部分時間用鹽巴，當然還有用甘汞，給小朋友感冒用的。」

森姆納打開箱子把裡面的瓶瓶罐罐拿出來，逐一看內容及標籤。牧師一直在旁看著。

「你是醫生嗎？」他問，「那是你的職業嗎？」

森姆納沒有回應。他把藥箱裡的東西都拿出來，並把藥箱翻轉，確定藥箱已空無一物。他看著桌上排列的東西，搖搖頭。

「鴉片酊在哪？」他說。

牧師皺起眉頭，沒有回答。

「鴉片酊，」森姆納用更大的聲音再說一遍，「他媽的鴉片酊，到哪了！」

「沒有了，」牧師說，「本來有一瓶，但用完了。」

森姆納閉上雙眼一會。他再張開眼睛時，牧師正在把藥物放回箱子裡。

「我終歸知道你能說英文了，」他說，「有時候我怕你是波蘭人，或者是塞爾維亞人，或者是來自其他奇怪的基督教的分支。」

森姆納拿起碗和湯匙，繼續吃他的東西，彷彿沒發生過任何事。

「你從哪裡來，」牧師問他。

「我從哪來不那麼重要。」

「或許對你來說不重要，但是一個人獨自處於險境，可能失去生命的時候，卻獲得溫飽，人們或會期待他對出手相助的人稍微客氣一點。」

「我會付你錢。」

「我懷疑那是什麼時候！」

「明年春天，捕鯨船回來的時候。」

牧師點頭，回到他的椅子上，五指抓撓著鬍鬚，然後用拇指指甲輕摳下巴。他雙頰發紅，似是動了氣，但是面對森姆納的羞辱，他仍努力維持寬容的態度。

過了一陣子，他說，「你在冰天雪地裡被發現在北極熊的屍體裡，而且還活著，這可以說是奇蹟。

「我不會認爲是奇蹟。」

「那你會怎麼說？」

「或許你該去問那隻熊。」

牧師注視森姆納一會，然後大聲笑了出來。

「你是一個聰明的人，我看得出來，」他說，「躺在那裡三天，一句話不講，現在一開口就開我玩笑。」

「我會付你錢，」森姆納語氣平淡地再說一遍，「一當我找到另一條船的工作。」

「你被送到這裡是有理由的，」牧師說，「一個人不會就這樣蹦出來，我還不知道理由，但我知道上帝一定會知道。」

森姆納搖頭。

「不，」他說，「不關我的事。我不想牽涉在這無稽之談。」

¶

過了幾天，兩個獵人駕著雪橇出現，那是牧師從未遇見過的。他穿上外套和手套，走到外面。那位受洗時取名安娜的女人也從雪屋走了出來，跟兩個獵人打招呼，還給他們食物。他們交談了幾分鐘後，就直接對牧師說，同時把說話的速度減低，好讓牧師聽得懂。他們說在相當於一天腳程距離的地方，發現了一個破爛的帳篷，有四個白人凍死在裡面。他們展示了一些物件作爲證據，包括刀子、繩索、鎚子，和一本沾了油污的聖經。牧師問他們願不願意回到現場把屍體帶回來，使他們得以安葬，但獵人猛搖頭，表示他們必須要繼續他們的狩獵行程。他們用海象肉餵食雪橇犬，自己在雪屋裡進食及稍微休息，但沒有留下來過夜。他們離去前企圖把聖經賣給牧師，但牧師拒絕交易，他們便把聖經送給了那女人。他們走後，安娜進入小木屋，告訴牧師兩個獵人提到他們也在營地發現兩個死去的愛斯基摩人，二人都被脫得精光，一個人被刀刺死。她指向自己的脖子，表示傷口的所在。

「一刀在這裡，」她說，「另一刀在這裡。」

稍後當牧師和森姆納獨處時，經過了一番思考，便對森姆納轉述兩個獵人的故事，同時也觀察他的反應。

「據我的了解，他們發現屍體的地方，離你被發現的地方不算很遠，」他說，「所以我在猜你認識那些死去的人，我猜他們跟你是同一艘船的船員。」

森姆納坐在火爐前，正在用刀削著一塊漂流木。他搔了一下鼻子，點頭表示同意。

「你離開的時候他們已經死了嗎？」牧師問森姆納。

「只有愛斯基摩人死掉。」

「你沒有想過要回去那裡嗎？」

「我知道他們會死於暴風雪中。」

「你沒死呀。」

「它很努力要讓我他媽的死。」

「誰殺了愛斯基摩人？」

「一個叫亨利．踋克斯的人，是船上的魚叉手。」

「他爲什麼要這樣做？」

「他想要他們的雪橇，想要用雪橇逃走。」

牧師聽到這不尋常的故事便皺眉搖頭，拿起煙斗，用發抖的手塡充菸葉。森姆納看著他，身旁火爐裡的煤炭劈啪地響著。

「他一定是往北走，」牧師沉默了一會後說，「北部巴芬島的部落我行我素，不講法律的。如果他逃到他們那裡，我們就沒辦法知道他的下落，或發生什麼事。他可能已經死了，不過更有可能用雪橇交換棲身之地，等待春天到來。」

森姆納點頭，看著蠟燭的光在玻璃窗上閃爍著，窗外是雪屋蒼白的外型，更遠處便是漆黑的巍峨山脈。他想到亨利・踱克斯還在某個地方活著，心裡就發毛。

牧師站起來，走到大門附近的儲藏櫃取了一瓶白蘭地，倒了兩杯。

「你的名字是……」

森姆納猛然抬頭看他，隨著又專注在他的漂流木上，繼續削著。

「不是亨利・踱克斯，」他說。

「那是什麼呢？」

「森姆納，派崔克・森姆納，來自卡斯爾巴。」

「是個梅奧郡人，」牧師淡淡地說。

「是，」他說，「很久以前了。」

「你的過去呢？派崔克。」

「沒什麼好說的。」

「說吧，」他說，「每個人都有他的過去，一定的。」

森姆納搖頭。

「我沒有，」他說。

¶

每星期日，牧師都會在小木屋的起居室舉行聖餐儀式。他把桌子推到房間的一端，拿走桌面的書本和紙張，鋪上棉桌布，放上十字架、黃銅燭台和蠟燭、白鑞水瓶、聖餐杯、一個用來放置聖餅的破損瓷質碟子。安娜和她的弟弟每次都會參加，有時候另外有四、五個人來自附近的部落。森姆納會充當輔祭，負責點蠟燭、吹蠟燭、用破布把聖餐杯口抹乾淨。有需要的時候，他甚至朗讀經文。他認爲那是一件胡鬧的事，是一個把人當動物的馬戲團，牧師一人分演領班和馴獸師兩個角色，但是他覺得一星期一次還算可以接受，免得每次都要藉故推辭。至於愛斯基摩人心中想什麼，他是難以想像的。他們或站立、或下跪，都按要求完成，甚至盡力唱起聖詩。他懷疑這些人會暗地裡覺得好笑，是漫長而苦悶的寒冬裡一點帶有異國風情的娛樂。他想像他們回到雪屋後，會因牧師的正經八百而笑起來，並快樂地模仿著牧師的笨拙而空洞的姿勢。

某一個星期日的聖餐儀式後，參與者或站著抽煙斗，或啜飲著某種含糖的茶，安娜告訴牧師部落裡一個愛斯基摩女人帶來了生病的嬰兒，想要點藥。牧師聽完並點頭，然後到房子後端從藥箱裡挑了一瓶甘汞藥丸。他給了婦人兩顆白色藥丸，告訴她把藥丸切半，每天早上給小孩餵食半顆，同時用毯子緊緊裹住嬰兒。森姆納在火爐旁坐在他常坐的的位置，看著一切但沒有說話。當牧師離開後，他站起來走向愛斯基摩女人，示意要看看嬰兒。那女人向安娜說了一些話，待安娜回應後，便從短外套的風帽裡取出嬰兒交給森姆納。嬰兒的兩眼發黑凹陷，手腳冰冷。森姆納捏了嬰兒的臉頰，但嬰兒沒有哭，甚至沒有痛苦的表情。他把嬰兒交還給母親，自己到火爐後方一個鍍鋅的桶子裡拿了一小片木炭。他把木炭放在靴子的後跟碾碎後，用舌頭舔了舔自己的食指，便輕輕碰觸木炭的粉末。他打開嬰兒的嘴巴，把木炭粉末塗在嬰兒的舌頭上，然後用一茶匙的清水把粉末沖進去。嬰兒臉部泛紅，咳了兩聲，便吞了下去。森姆納從桶子裡拿了一片較大的木炭交給安娜。

「告訴她照我的方法去做，」他說，「一天四次，中間給嬰兒大量喝水。」

「白色藥丸呢？」她說。

森姆納搖頭。

「叫她把藥丸丟掉，」他說，「藥丸會讓他更糟。」

「告訴那女人我是海神賽德娜的祭司，」森姆納說，「告訴她我懂得比牧師多得多。」

安娜睜大了眼猛搖頭。

「我不能這樣告訴她，」她說。

「那告訴她她要自己做選擇，藥丸或者是木炭，隨她便。」

他轉過身，打開他的折刀，又開始削著他的漂流木。安娜企圖要說下去，但他揮手表示請她離開。

¶

一星期後，兩個拯救森姆納的愛斯基摩獵人回到傳教所。他們的名字是爾剛和莫洛。他們長髮及肩，外表邋遢，但是開朗，充滿孩子氣。他們殘舊的短外套不少地方已撕裂或破爛，鹿皮褲子的褲管圓鼓鼓的，沾了海豹油和菸草的汁液後色澤漸漸轉暗。他們到達後把雪橇犬栓好，向安娜和她的弟弟問好後，便把牧師拉到一邊，說明他們希望森姆納能在下次他們出發狩獵時一起去。

「他們不需要你出力，」牧師後來告訴森姆納，「只希望你在。他們懷疑你有魔法，覺得動物會被吸到你身邊。」

「我要去多久？」

牧師到外面去確認。

「他們說一星期，」他說，「他們答應送你一套新的獸皮衣服，部分的收獲歸你。」

「告訴他們我可以去，」森姆納說。

牧師點頭。

「他們是善良的人，但是粗魯，而且落後，一句英文都不會講，」他說，「跟他們在一起你要當一個文明德行的楷模。」

森姆納看著他，笑了起來。

「我不是他媽的那種貨色，」他說。

牧師聳聳肩，搖著頭。

「你比你所想更有教養，」他告訴森姆納，「你對自己的祕密守口如瓶，我知道，但是我已觀察你一陣子了。」

森姆納舌頭舔了一下嘴唇，向火爐吐了一口痰。

一團黏稠的土黃色膿痰在炭火上起著泡沫，不久後便消失。

「那麼你不再監視我，我會很感謝你，我是或不是怎麼樣的人是我的事，我覺得。」

「那是你和上帝之間的事，真的，」牧師回答，「但是我討厭看見一個正派的人錯估了自己。」

森姆納看著窗外兩個邋裡邋遢的愛斯基摩人和他們的身邊一群黑白斑紋的雪橇犬。

「你該把你的好建議留給最需要的人，」他說。

「我是在傳達耶穌基督的建議，不是我的。如果一個活人不需要祂的建議，我倒想看看是誰。」

一大早森姆納穿上一套新的衣服，蹲坐在獵人的雪橇上。他們把他帶回冬季的臨時狩獵營地，那裡雪屋和雪橇交雜，還有帳篷支柱、用作晾乾物件的支架、木頭和骨頭散落在被踩踏過及染有尿漬的雪地上。一群婦女和小孩，以及雪橇犬的喧鬧吠聲熱切地迎接他們。森姆納被帶到一個較大的雪屋，並安排了座位。雪屋的頂部和底部都鋪了一層鹿皮，中央放了一個由皂石製成的海豹油燈，是溫暖和光的來源。雪屋裡陰冷潮濕，並發出難聞的油耗味和魚油的腥味。其他人尾隨森姆納進入雪屋，有說有笑的。森姆納把菸絲放進煙斗的斗身裡，爾剛用鯨魚皮鞣成的燭芯把菸葉點著。黑眼珠的小孩靜靜地注視著，嘴裡啃著手指甲。森姆納沒有跟任何人說話，或試圖以眼神或姿勢進行溝通。如果大家相信他有魔法，他想，就隨便他們。他沒有義務糾正他們，或教導他們任何事。

他看著一個女人把金屬的盤子放在油燈上加熱海豹血。當海豹血開始冒出水蒸氣，女人便把盤子從油燈移開，傳給在場的人，每人喝過後傳給下一個人。森姆納知道這不是一種宗教儀式或某種規矩，那只是他們進食的方式。當盤子要傳到他的手上，他搖了搖頭，在他們竭力要求下，他接下盤子，嗅了一下，便傳到他右手邊的人。他們再給他一塊生的海豹肝，他還是拒絕了。他知道已經開始冒犯了他們，也瞥見一些悲傷或困惑的眼神，心想如果讓步會不會比較好，氣氛會比較緩和。當盤子第二輪回到他手上，他便接受，喝了一口。味道不算差，他有吃過更糟的食物，那味道讓他想起油膩膩又沒加鹽巴的牛尾湯。他再喝一口表示他是樂意如此，才把盤子往下傳。他感到大家都鬆了一口氣，並因他接受了被提供的美食，而且展現了團結而感到滿意。他不吝於接受他們這種想法，雖然那並非他的眞心意。他沒有與他們團結起來——他不是愛斯基摩人，正如他不是基督徒、愛爾蘭人，或者是醫生一樣。他什麼都不是剛好也是一種身分，是一種他不願放棄的特權或樂趣。用餐後他們玩遊戲和唱歌。森姆納看著他們，甚至在受到邀請時加入了他們。他把海象骨頭製成的球往上拋，企圖用一個木製杯子接住，也笨拙地模仿他們的歌唱。他們微笑、拍打他的肩膀，也指著他大笑。他告訴自己這樣做是爲了那一套新的獸皮衣服、爲了那談妥的海豹肉。他會把這兩樣東西交給牧師。他忙著付清他的債務。

他們睡的地方是一處用雪堆高的平台，平台上蓋上了樹枝和獸皮。他們全部睡在一起，不論男女，彼此之間也沒有任何屏障，也沒有維護私隱、尊卑老幼，或是空間區隔的作爲。他們像牛一樣，他想，住在牛棚裡。晚上他偶爾醒來，聽見兩個人在做愛，他們發出的聲音並未暗示某種歡愉或解放，而是帶著拒絕而刺耳的欲求。早上芃妮把他叫醒，給他盥洗的用水。她是爾剛兩個妻子的其中之一，骨骼寬大、結實粗壯，一張方臉顯得神情兇悍。爾剛和莫洛已經到外面準備雪橇，出發狩獵。森姆納和他們會合時，發現二人變得安靜，少了幾分孩子氣，便揣測他們心中一定是忐忑不安。或許他們過分吹噓這個白人的法力，擔心自己說得太多。

一切就緒後，森姆納再坐到雪橇上，便與爾剛和莫洛往海上浮冰去。他們沿著海岸線走了好幾哩，停在某個地方，那裡對森姆納來說似乎與其他幾百個他們剛才路過的地方沒什麼差異。他們把長矛從雪橇取下，把雪橇翻轉，免得雪橇犬把雪橇拉走。然後他們解開一隻雪橇犬，讓牠用嗅覺去尋找通氣孔。森姆納注視著二人，跟在他們後面，但是他們沒有理會他，不久之後，他開始懷疑自己做了什麼或說了什麼，讓他們開始懷疑他的超能力，已經不當他是同一夥人。當雪橇犬在一個地點上不斷轉圈並狂吠，莫洛一把抓住牠脖子上的鬃毛把牠拉開。爾剛示意森姆納留在原處，然後就像手持枴杖的朝聖者一般筆直地提著長矛，慢慢地走向通氣孔。當他接近氣孔時便跪下來，用刀子把通氣孔上的雪刮掉，往氣孔看進去，並側過頭來聽，然後又把雪堆回去，把剛才挖的洞口封起來。他從短外套裡拿出一片海豹皮，鋪在冰上，然後站在海豹皮上，雙手持著長矛橫擱在大腿上，屈膝彎身向著氣孔。

森姆納點著了菸斗。爾剛維持著他的姿勢很長一段時間；忽然間，彷彿內心被某種神祕宗教的無聲呼喚，身體動了起來。他在一連串迅速得像閃電般的動作提起了長矛，用布滿勾齒的鐵尖插入氣孔上被挖空又填滿的雪裡，刺進那剛要冒出頭來吸氣的海豹，繫有環形繩子的矛尖同時脫離長矛。爾剛用雙手緊握著繩子，腳跟深入雪地，借力把水裡不斷抽動的海豹拉上來。在彼此搏鬥時，帶泡沫的海水從氣孔裡一陣一陣的冒出來，從清澈變成粉紅，後來是深紅色。最後當海豹死去，一股膿血從氣孔噴湧而出，灑滿爾剛腳前的雪地。他跪在雪地上，一手握著繩子，一手用刀子把氣孔周邊的雪削走。莫洛跑上前幫忙把海豹的屍體從水裡拉出來。海豹離開水面後，他們把有勾齒的矛尖從海豹身體的另一端拔出來，同時用動物的尖齒製成的插銷堵住兩個傷口，避免珍貴的海豹血流走。這隻海豹體型巨大，幾乎是一般海豹的兩倍大。兩個獵人處理海豹的動作迅速而快樂。森姆納能感受到他們的欣喜，也知道他們要壓抑這種情緒，不讓這純潔的時刻被他們的快樂混淆。他們三人走在波紋狀的雪地回到雪橇的路程上，身後拉著的海豹屍體彷彿是一大袋金銀財寶，森姆納的內心深處，感受到那不勞而獲的勝利帶來一絲的溫暖，彷彿那就是他沒有提問的問題該有的答案。

後來，正當兩個獵人在肢解海豹，把海豹肉和海豹油分配給營地裡的家庭時，小孩們圍著森姆納，拉他的熊皮褲子，並撫摸或用身體磨蹭他的大腿與膝蓋。他企圖發出噓聲把他們趕走，但是要到婦女們從雪屋裡出來他們才散去。海豹的大小確認了他的地位。他們相信他的魔法，認爲他可以從海水深處把獵物召喚出來，並自動用身體湊上獵人的長矛。他不是一個十足的神祇，他覺得，但至少是一個稍有地位的：可以提供協助或求情。他想起了老家卡斯爾巴威廉・哈伯家裡客廳牆上掛著的聖格特魯德畫像——金黃色的光環、鵝毛筆、手掌心上長得像甜菜根的聖心。還有比這更荒謬、更無稽，他心想，或甚至更不道德的嗎？牧師會有話要說，這是當然的，但他一點都不在乎。牧師也是這世界以外的人。

晚上，在鹿皮覆蓋之下，芃妮身體湊近他，臀部與他的腹股溝緊貼著。他開始時以爲她只是挪動身體，應該是跟其他人一樣地熟睡著。但是她再一次緊貼他身上，他便知道是什麼回事。她身材矮小、四肢粗獷、臀部寬大，而且不再年輕。她方形的頭部只到他的胸口，頭髮發出海豹油脂的臭味。當他伸手撫摸她平坦的乳房，她並沒有說話，或轉過身來。她肯定他已醒來，便維持著姿勢等待他，就像她的丈夫在冰天雪地等待海豹一般，作好了準備，卻沒有期待，充滿渴望，卻同時又沒有欲求，有和無在靜謐中擁抱在一起。他聽見她的呼吸聲，感覺到她身體散發著微溫。她顫動了一下，但又平復下來。他想要說些什麼，卻又知道他沒什麼好說。他們是兩隻在交媾的動物，此刻沒有多大意義，也沒有任何弦外之音。當他進入她的身體時，腦子裡一片空白，感到內在的空虛往外傾注，他只是肌肉、骨頭、血液、汗水和精液，身體猛然抽搐與顫抖讓他粗魯地匆匆了事，他需要和想要的不過如此。

每一天，獵人出發都抓到一隻海豹回來，而每個晚上，在鹿皮之下，當大家在熟睡時，他便與芃妮性交。她總是背對著他，從不拒絕或鼓勵，也從不說話。當他完事後，她便滾到一邊。第二天當她送上溫水、生的海豹肝當早餐時，態度都十分冷淡，未曾流露出他們之間發生過任何事。他想像她是出於某種異教徒的禮數，是爾剛鼓勵或指示的。不管那是什麼，他只是接受供奉：不多，不少。一個星期後，該是他回去布道所的時候，他很肯定自己開始懷念雪地上的工作，以及雪屋裡那含混不清的話。自從離開了布道所後他就沒說過英語，想到牧師在木屋裡拿著書本和紙張在等他，以及他的意見、計畫與教義，他就滿懷惱火，感到沮喪。

離開的前一個晚上，完事了後，芃妮沒有翻身離開，反而面對著他。透過昏暗的燈光，他看見她僵硬的痲子臉、黑眼睛、小而朝天的鼻子和嘴角的皺紋。她對著他微笑，神情熱切卻不尋常。當她要開口說話，他開始時不曉得發生什麼事。她說的話聽來是一連串聲音，像是獵人們晚上安撫雪橇犬時發出的喉音，但後來他知道她是在用簡陋但可以辨識的英語對他說話，讓他沮喪到禁不住發抖。她微笑著企圖要向他說「再見」。

他看著她，皺著眉搖頭。她的行爲使他被曝露，感到被玷污。他感到羞愧，彷彿一道明亮炙熱的光照著他們，而他們無助地赤身露體面對全世界。他想要她安靜下來，像平常一樣轉身而去不理會他。

「不要，」他態度強烈地輕聲對她說，「不要再說了，不要。」

¶

第二天他回到布道所的時候已是黑夜，天氣十分寒冷，綠色和紫色的弧形北極光在夜空裡流動，像遠古怪獸的腸臟在那裡輕輕翻攪。到了木屋裡，他看見牧師躺在他的窄床上，病懨懨的說是肚子痛。在牧師的指示下，安娜已經在他的下腹部敷了一些溫熱的膏藥，並從藥箱取來了蓖麻油和瀉藥。他向森姆納解釋他得了嚴重的便祕，如果腸子不再蠕動，他可能需要灌腸劑。森姆納自己動手泡茶，並加熱了一罐肉湯。牧師看著他進食，問他有關狩獵的事。森姆納告訴他獵海豹和盛宴。

「那麼你鼓勵了他們迷信的風氣，我懂了，」牧師說。

「我是讓他們相信他們想要的，我有什麼身分去干涉？」

「繼續讓他們無知對他們沒有好處。他們過著禽獸一樣的生活。」

「我沒有更高的眞理可以教導他們。」

牧師搖頭，皺眉蹙額。

「如果是這樣的話，」他說，「那你到底是誰？」

森姆納聳聳肩。

「我又餓又累，」他告訴牧師，「我是一個將要吃東西和去睡覺的人。」

夜裡牧師發生嚴重腹瀉。森姆納被巨大的劈哩啪啦聲和呻吟聲吵醒，小木屋裡充滿濃重的水便味道。一直蜷縮著身體睡在地上的安娜起來幫忙，給牧師一塊清潔的布擦拭，並把便桶拿到外面清理。她回到木屋裡後，用毛毯給牧師蓋上，給他喝水。森姆納看著，但沒有行動，也不說話。他覺得牧師活到這把年紀算是硬朗健康，假設他的便祕只是極地飲食失衡，缺乏蔬菜水果所致。現在瀉藥生效，森姆納肯定他很快便會恢復正常。

早上，牧師宣稱他已好了很多。他在床上坐直了身體吃早餐，叫安娜把他的書和紙遞給他，好讓他繼續書寫。睡在冰屋的爾剛和莫洛在木屋外等森姆納出來，向他道別，三人互相擁抱像老朋友一般。他們按先前的協定給他一隻海豹，但也送他一根舊長矛作爲紀念。他們指著長矛，再指著森姆納，再指向冰原，森姆納了解他們的意思是要在他們離開後，獨自到外面去打獵。三人大笑起來，森姆納點頭向他們微笑，並拿著長矛，模仿穿過氣孔攻擊海豹的動作。緊隨著是歡呼和大笑；森姆納再模仿一次後，歡呼和大笑的聲音更大了。森姆納知道他們有點在嘲弄他，在離開前溫和地讓他有自知之明，也爲了要減輕離別的難過氣氛；他們在提醒森姆納雖然擁有魔力，卻仍然是個白人，而白人學習長矛的用法是滑稽的行爲。森姆納看著雪橇消失在花崗岩的岬角後方，再回到木屋裡。牧師在日記本上書寫，安娜在掃地。森姆納在他們面前展示長矛，牧師細看後遞給安娜，安娜說那是一根製作精良的長矛，但是太舊，已經不堪使用。

他們吃硬餅乾和肉湯當午餐。牧師把該吃的都吃下肚子，但是一吃完後，便立即把東西吐在地上。他坐在椅子上一陣子後，便彎著身子咳嗽和吐出分泌物，然後虛弱地回到床上，並要求喝白蘭地。森姆納到儲物室拿了些鎮痛發汗用的複方吐根散，用一茶匙的量溶在水裡給他喝下。牧師喝了之後便小睡一會。他醒來後臉色發白，抱怨下腹部比之前更疼痛。森姆納給他把脈，並察看他長滿了舌苔的舌頭。他用指尖按壓牧師的下腹部，覺得硬硬的，但又沒有疝氣的跡象。當森姆納按壓他髂骨上方的位置時，牧師痛得大叫，身體彎得像把折刀。森姆納放手，轉身往窗外看去。木屋外下著大雪，窗戶上結滿了霜。

「如果你不喝白蘭地，會對身體有點幫助，」他說。

「我但願能小便，」牧師說，「但是我一點也尿不出來。」

安娜坐在床邊，低聲用她不靈光的英文朗讀著聖保羅給柯哥林多人的信。從下午到黃昏，牧師感到越來越痛，開始呻吟喘氣。森姆納給他貼了一片膏藥，也在藥箱拿了一些止痛劑。他告訴安娜繼續給他白蘭地和複方吐根散，疼痛加劇的時候就給他止痛劑。晚上牧師每小時都醒過來，雙眼開始突出，痛得不斷嚎叫。森姆納睡在桌邊，頭枕在交叉的手臂上，每次都被牧師的叫聲驚醒，心臟怦怦作響，腹部感到糾結，同情之心油然而生。他跪在牧師床前，再給他白蘭地。牧師啜飲著白蘭地時，緊抱著森姆納的手臂，彷彿恐怕他會突然離開。他綠色的雙眼混濁，眼神狂亂，嘴唇已龜裂，嘴裡呼出的溫熱口氣帶著臭味。

早上，在牧師聽覺範圍外，安娜問森姆納牧師是不是會死去。

「他這裡有膿腫，」森姆納指著自己腹部右方、腹股溝之上的地方解釋，「腸子有破裂，肚子裡滿是有毒的東西。」

「你會救他吧，」她說。

「我沒辦法，不可能。」

「你告訴我你是海神賽德娜的祭司。」

「我們離醫院有一千多哩，也談不上有藥物。」

安娜一臉狐疑。森姆納心裡想安娜年紀有多大——十八？三十？他難以判定。所有愛斯基摩女性都有著同樣皮革般褐色的皮膚、同樣的黑色小眼睛，和那一臉狐疑的神情。別的男人就會把她帶到床上去，但是牧師教會她讀聖經，還教會她回嘴。

「如果你救不了他，爲什麼你會在這裡？」她問，「你是來幹嘛的？」

「那是一場意外，沒什麼意思。」

「除了你大家都死了，爲什麼你會活著？」

「無所謂爲什麼，」他說。

她狠狠地瞪著森姆納，然後搖搖頭，回到牧師的床邊，跪了下來開始祈禱。

過了幾個小時後，牧師開始猛烈地顫抖，皮膚轉涼，而且黏糊糊的，脈搏微弱而且不規則，舌頭中間發黑。安娜再給他白蘭地，卻直接吐了出來。森姆納注視了一會，便穿上他的簇新皮衣，走到木屋外；當時天氣極度酷寒，天色昏暗，但是他樂於逃離那散發腐臭味的病灶，和牧師無止盡的痛苦哀叫。他經過雪屋繼續往東瞭望廣闊無垠的海冰和弧形的地平線。雖然是中午時分，頭頂上的星星仍清晰可見。四處沒有任何生命跡象，一切皆靜止、晦暗、無情，彷彿世界末日已經來臨，他想，彷彿他是這冰凍世界裡唯一活著的人。他站著好幾分鐘，聽著自己微喘的氣息、感受到炙熱的心臟在胸口裡輕輕地跳著，最後，他似乎回過神來，便緩緩轉身回到木屋裡。

安娜正在更換牧師腹部的膏藥。她狠狠地看了他一眼，但森姆納沒有理會。他到藥箱裡拿出一大瓶乙醚，一捲軟紗布，一把柳葉刀。他花了好幾分鐘用磨刀石把柳葉刀重新開鋒，然後把桌面的書清空，再用一塊沾水的破布擦乾淨。他走到床前，低頭看牧師。這位老者的皮膚蠟黃而潮濕，雙眼透露出身體的痛苦。森姆納把手放在他的前額，然後檢視他的口腔一陣子。

「你的盲腸有膿腫，」他告訴牧師，「有可能已經潰爛，這不重要。如果藥箱裡有鴉片，會很有幫助，但由於我們沒有，現在最好的方法是在你的腹部這裡切一刀，讓膿血流出來。」

「你怎麼懂得這些？」

「因爲我是外科醫生。」

牧師已經痛得無法做出任何評論或表示驚訝，只能點點頭。他閉上眼睛，但一下子又張開。

「那你有這樣做過？」

森姆納搖頭。

「我自己沒有做過，也沒看過人這樣做，我讀過有關這手術的紀錄，是幾年前一個叫漢考克的人在倫敦查令閣醫院做的。那次病人有活下來。」

「我們離倫敦好遠，」牧師說。

森姆納點頭。

「在這種條件下我會盡力，但我們需要很好的運氣。」

「盡力吧，」牧師說，「剩下的我想上帝會處理。」

森姆納叫安娜到雪屋把弟弟找來。弟弟到達後，他把一點乙醚倒在紗布上，然後放在牧師的口鼻上。他們待牧師昏迷後，便退掉他的衣服，把他赤裸的癱軟的身體從睡床搬到桌子上。森姆納多點了一根蠟燭，放在窗台上，讓他工作時得到足夠的光線。安娜開始祈禱，並劃出十字的動作，但森姆納打斷她虔誠的儀式，命她站在桌子的一端，若是牧師有甦醒的跡象，便再施加乙醚。安娜弟弟身材高大，天生傻頭傻腦外，態度和藹，被安排提著金屬的桶子站在森姆納的身旁，保持警覺。

他再次觸摸牧師的下腹部，感受不同部分的軟硬度。他在想是不是他判斷錯誤，而牧師患的只是疝氣，或者是長了腫瘤，但他很快地說服了自己那是不可能的。他用指腹測試了柳葉刀是否夠鋒利，然後用刀鋒從髖骨外側向肚臍方向切開。他要穿過纖維血管組織、肌肉和脂肪，才能觸及他的腹腔。當他的刀子往下切，血液開始冒出來。他用布把血液抹去，繼續往裡面切下去。當他刺破了腹腔壁後，足足有一品脫充滿惡臭的灰紅色且混濁濃稠的膿血無法控制地從創口噴湧而出，灑在桌面上，也沾滿了森姆納的雙手和雙臂，滿屋子霎時間充滿了糞便和腐肉的惡臭。受驚嚇的安娜大聲尖叫，而她弟弟也在驚慌中把桶子掉落地上。森姆納倒抽一口氣，並往後退了幾步。血液混合著纖維蛋白看似凝脂奶油，像精液般在性高潮的最後一次抽搐後一陣一陣地從窄小的創口排出來。他瞇起眼睛仿佛要抵抗惡臭、咒罵了兩聲、往地上吐了一口口水，然後用嘴巴呼吸，同時把手上和手臂上的穢物清理掉，並告訴安娜的弟弟要把桌子擦乾淨，然後把骯髒的棉布丟進火爐裡。他們三人合力把牧師翻身側臥，濃血排出的速度加快。牧師在移動時低聲呻吟了一聲，安娜顫抖著雙手用沾了乙醚的紗布蓋著他的臉部，直到他平靜下來。森姆納用指尖按壓創口附近的皮膚和肌肉，盡他所能地把體內的膿血擠出來。他不敢相信牧師的身體可以容納那麼多的膿血。他身材中等，脫光衣服的他顯得瘦小，皮包骨得像一個小童，但膿血汩汩地流著，像石縫中流出的泉水。森姆納往下壓，安娜的弟弟立即抹去，這動作重複了一段時間，直到膿血變少，到最後完全停止。

他們把牧師搬回床上，給他蓋上床單和毛毯，並清理傷口，蓋上紗布。森姆納用肥皂把雙手洗乾淨後，把窗戶打開。空氣帶著雪花從窗外衝進來，沒有氣味，但是極度寒冷。外面完全沒入黑暗中，只有風聲在屋簷呼呼作響。他懷疑牧師能否活過明天。如此嚴重的膿腫，腸子肯定有穿孔，他想，當糞便開始溢出，一切都完了。他把幾種舒緩或減輕疼痛的藥物集攏起來，教安娜使用的時機及方法。他點燃了菸斗，走到外面去。

當天晚上，森姆納躺在自己的床上，夢見他再一次浮在沒有結冰的北極海域，一個人在他老朋友湯米・葛拉格的破木船上漂流著，船體滿是補丁，橫座板也因過度使用已經平滑光亮。他沒看到有木槳，附近也沒有其他的船隻，但是他不感到害怕。

他從左舷看出去，是一座冰山，冰山上一處僅可容身的地方站著一個身穿綠色斜紋呢絨西裝，褐色氈帽的人，是那位發現他、收留他的外科醫生威廉・哈伯。他在對他微笑揮手。當森姆納大聲喊他的名字，叫他下來，他便大笑起來，彷彿用尊貴的冰山交換他可憐的木船是荒謬的想法。森姆納注意到威廉・哈伯的臉部看來頗爲正常，右臂活動自如，沒有任何癱瘓或受傷的跡象，也沒有跡象顯示他那次狩獵發生意外讓他開始酗酒。他似乎完全復原了，整個人完好如初。森姆納最想問他的是怎麼做到的，有什麼訣竅，但是他的小木船已漂遠，他知道，他的聲音微弱到無法穿越彼此的距離。

第二天早上，最令森姆納驚訝的，是牧師仍有呼吸，情況不比之前差。「你這老王八蛋眞硬朗，一個完全信賴上帝的人，似乎有堅強的決心，才能熬得過這次的考驗和打擊，」他一邊心裡想著，一邊把紗布移開，檢查傷口。他用棉布擦拭切口附近的皮膚，聞了聞滲出來的液體，然後把舊的紗布丟到桶子裡等待清洗，再準備新的紗布。完成後牧師稍微張開眼睛，往上看著森姆納。

「你在裡面找到什麼？」他用沙啞微弱的聲音問，森姆納要彎著身子來聽。

「沒什麼好東西，」他回答。

「那最好把它拿掉，我覺得。」

森姆納點頭。

「你趕快休息吧，」他告訴牧師，「需要幫忙的話就出聲或舉個手，我就坐在桌子旁邊。」

「你會看著我，是嗎？」

森姆納聳聳肩。

「春天來之前這裡還有很多寶貴的事要做，」他說。

「我想你或許可以穿上新外套和新長矛去獵海豹。」

「我不是海豹獵人，我沒有那股耐性。」

牧師微笑、點頭，再閉上眼睛。他似乎慢慢睡著了，但是一分鐘過後，他睜開眼睛往上看，好像想起了什麼。

「你之前爲什麼對我撒謊？」

「我沒有，一次都沒有。」

「你倒是一個怪人，是不是？對認識你的人是一個謎。」

「我是個外科醫生，」他平靜地告訴牧師，「現在當外科醫生，這就是所有事實。」

牧師想了一下，又再開口說話。

「我知道你受過苦，派崔克，但在苦難中你並不孤單，」他說。

森姆納搖頭。

「我給自己帶來苦難，我覺得。我犯了很多錯。」

「要我舉出一個沒有犯過錯的人嗎？我會說是聖人，或者是大說謊家。而在我漫長的一生中未見過很多聖人。」

牧師看著森姆納好一陣子，然後微笑。他的兩邊嘴角有灰綠色黏液結成了塊，眼窩裡混濁的眼白看似浮腫。他伸出手，森姆納握著，感到冰冷而無力，指關節上的皮膚起皺，指尖泛著破舊皮革的黯淡光澤。

「你該休息了，」森姆納再次告訴他。

「我會，」牧師同意，「我會的。」

23

巴斯特派來的人在碼頭等著。他的名字是史提文斯，說是辦公室職員，儘管他看來不太像。他差不多六呎高，有著寬廣的胸部和腹部、一雙烏黑的小眼睛、絡腮鬍，以及稀少的牙齒。森姆納把數量不多的必需品放在一個布袋裡，向「眞愛」號的克勞佛船長和其他船員道別，然後與史提文斯往南走，前往巴斯特位於寶樂里街上的辦公室。他們先拐入樂葛街，經過市長官邸和加萊昂飯店、喬治街和教堂街。在海上好幾個禮拜後，陸上給人簡單自信的感覺讓森姆納覺得是一種反常現象，像魔術裡的障眼法。他設法告訴自己眼前一切——鵝卵石、四輪貨運馬車、貨倉、商店、銀行——是眞的，但看來就像是聖誕節上演的童話劇，是一種假象。海水在哪了？他想，眼前一片眼花撩亂；冰在哪了？

他們到達寶樂里街，史提文斯往雙開門用力拍打，巴斯特打開了其中一扇。他身穿海軍藍的蕾絲滾邊長外衣、綠色呢絨馬甲背心，以及細條紋長褲；他的牙齒呈琥珀色，且參差不齊，沒有修剪的灰白直髮從耳際下垂，向內捲曲像童花頭，還發出香味。他們彼此握手，巴斯特微笑著注視森姆納。

「你從勒威克寄來的信眞令我難以置信，」他搖著頭說，「但是你就是他媽的有血有肉地活著回來啦，派崔克・森姆納先生。我們以爲會失去你，跟其他可憐的王八蛋淹死或凍死了，不過你眞的回來了，」巴斯特大笑，並用手拍打森姆納肩膀。「要不要來點吃的？」他說，「我給你弄一盤生蠔，或者是豬肉香腸，或至少來個小牛舌好嗎？」

森姆納搖頭。他感到在巴斯特的熱情與友善背後是某種戒心，或甚至是恐懼。他的出現頗爲不尋常，會爲巴斯特帶來憂慮，他想。他該是死掉的，卻是沒有。

「我只是來拿我的薪水，」他說，「然後我就走。」

「你的薪水？要走？不，你他媽的不要，」巴斯特說著，臉上掠過一抹假裝的憤怒，「你不坐下來跟我喝一杯的話，不可以離開，我不准。」

他把他帶到二樓的辦公室。壁爐裡的爐架燒著微火，兩張一模一樣的扶手椅就放在壁爐兩旁。

「坐下，」巴斯特告訴森姆納。

森姆納遲疑了一會，便按巴斯特的指示坐下來。巴斯特倒了兩杯白蘭地，給森姆納一杯。森姆納拿著酒杯，二人又一陣沉默不語。後來巴斯特再開口。

「兩艘船被冰壓沉，而你奇蹟地被路過的亞克人救了，」他說，「好一個故事呀，大家都等著要聽。」

「或許吧，但我暫時不會說。」

巴斯特抬高了眉頭，迅速地啜了一口白蘭地。

「爲什麼？」他問。

「我不想因我是『志願者』號唯一倖存者而出名，我本來就不應該在船上，我本來就不應該看見我所看到的。」

「鎮裡有很多孤兒寡婦最想要的是有人能直接告訴他們發生了什麼事。你是爲他們做了一件好事，我覺得。」

森姆納搖頭。

「事實對他們沒有任何幫助。不是現在。」

巴斯特舔了一下嘴唇，把耳際的灰白捲髮撩到耳後。輕輕笑了一下，仿佛森姆納的想法令他感到高興。

「你或許對，」他說，「保持緘默可能是更好的事，我覺得。人早死了，細節就無關重要了。事情鬧起來有什麼好處？讓那些可憐的混蛋安息吧。那是一個可怕的意外，但這種事我們得要忍受。」

森姆納在椅子上挪動一下身體，用已經失去知覺的舌尖磨蹭他的牙齒和嘴唇。

「一部分是意外，一部分不是，」他說，「你有讀我的信，你知道那些兇殺事件。」

巴斯特嘆了一口氣，眼睛向側面掃視房間，喝了一口白蘭地，然後低頭短暫注視著他真皮平底鞋尖的亮點。

「很可怕，」他低聲說，「真的可怕，我無法相信我讀到的，卡芬迪？伯朗利？他媽的打雜小弟？」

「你聘他的時候，你不知道嗎？」

「知道踐克斯？媽的，沒有。你以爲我是什麼人？這個人是如假包換的異教徒，那是確實，但是他不比一般的格陵蘭魚叉手差，反而比一些我認識的好很多。」

森姆納看著巴斯特並點頭。他想起約瑟・哈納，便心頭一揪。

「人們應該搜尋他，」他說，「或許我該這麼做，那他或許還活著。」

巴斯特搖頭，眉頭緊蹙。

「亨利‧踋克斯不是死了就是在加拿大，如果你問我，我會說都沒差。你是外科醫生，不是警探，你緊追兇手幹什麼呢？」

巴斯特等著森姆納回應，但他沒有說話。

「你把踋克斯忘了吧，派崔克，」巴斯特說，「忘得乾乾淨淨，就像你忘掉其他人，這是你目前最聰明的作法，他很快會罪有應得，只看是哪種方式。」

「如果我再看見他，我知道我會怎麼做，」森姆納說。

「是的，但你不會再看見他了，」巴斯特說，「他再也不會回來了，我們該他媽的感恩。」

森姆納點頭，伸手到口袋裡拿他陶製的煙斗和菸葉。巴斯特看見他的動作，便走到他的辦公桌拿來一盒雪茄。他們各拿一根，點起來抽著。

「我需要工作，」森姆納告訴他，「我有一封推薦信。」

「讓我看看。」

他把牧師的信從口袋拿出來，遞給巴斯特。

「是你跟他一起度過冬天的傳教士？」

森姆納點頭。

「說你救了他的命。」

「我做我能做的，大部分靠運氣。」

巴斯特把信摺起來，交還給他。

「我在倫敦認識一個人，」他說，「叫格戈里，詹姆斯・格戈里，有聽過嗎？」

森姆納搖頭。

「他人很好，他會幫你找一些有收入的工作，」巴斯特說，「我今天就寫信給他。我會幫你在『朝聖者』找個房間住下來，到我們等到格戈里的回信，再送你上火車。這裡沒什麼工作適合像你這樣的人。捕鯨業已經死得差不多了。你太年輕，太聰明，赫爾不適合你。倫敦屬於你這類人。」

「我要向你拿薪水，」森姆納說。

「是、是，你當然會拿到。我現在就去準備，你在朝聖者住下來後，我會叫史提文斯給你送頂級的白蘭地，也給你帶個圓滾滾的妓女，讓你順利地再度融入文明社會。」

森姆納離開後，巴斯特坐在桌前默想。他兩側粉紅中間泛黃的舌頭在嘴巴裡撩動，彷彿他每一個想法都有獨特的味道，可讓他一一細嚐。想了半個小時後，他站起來迅速掃視房間各處，彷彿要確定所有東西都在原來位置，然後打開門到外面去。他沒有像平常一樣在陰暗的樓梯口往下走到一樓，而是順著一段沒有鋪地毯的樓梯往上走到閣樓去。在樓梯頂端，他敲了一下門便進去。房間十分窄小，頂端傾斜，形成一個尖角，尖頂上山牆的末端是一個圓窗，昏暗的陽光投射在尖頂的另一邊，沒有磨光的地板已開始龜裂，牆上灰泥也漸剝落，地上是一些白蘭地的空瓶和一個幾乎滿載土黃和零星殘餘糞便的尿壺，房裡只有一張木製椅子和一張行軍床。巴斯特彎身摀著鼻子走到床前，把躺在上面的男人搖醒。那人嘴裡咕噥著倒抽一口氣，放了一個很長的屁後翻過身來，慢慢地睜開了一隻眼睛。

「說吧，」他說。

「不行，亨利，」巴斯特回他說，「他知道的太多了，那些他不知道的很容易就被拼湊出來。我能做的只有不讓他跑去見他媽的法官。」

踐克斯雙腿往床沿一甩，踩到光禿禿的地板上，同時坐直了身子，打了個哈欠，搔撓著身體。

「沉船的事他不知道，」他說，「不可能。」

「他或許不知道，但會懷疑，他覺得不對勁，大家他媽的往南走的時候爲什麼要把船轉向北？」

「他有這樣說？」

「有。」

踐克斯在床底下摸到一個幾乎空的白蘭地酒瓶，把剩下的喝完。

「他說我什麼？」

「他發誓要把你找出來，他說會聘一個人來進行，如果有需要的話。」

「什麼人？」

「在加拿大，調查你的狀況，一直跟蹤你。」

踐克斯舔了一下舌頭，搖搖頭。

「他找不到我的，」他說。

「他不會停。他在他媽的墳前發誓。我說你很有可能已經死了，但他不相信我。一個像亨利・踦克斯的人不該只是要讓他死，他說，必需要被殺掉。」

「殺掉？他只是一個外科醫生啊！」

「不過他在軍隊裡待過，你要記得。德里圍城。他有點本事，我覺得。」

踦克斯盯著空酒瓶，哼了一聲。他的皮膚呈深褐色，雙眼凹陷到眼窩裡。巴斯特用手帕把椅子擦拭一下，小心翼翼地坐下。

「他在哪？」踦克斯問。

「我安排他住在朝聖者，我會送個妓女過去，讓他忙一下，不過我們今晚就要下手，亨利，不能拖，如果他明天一早跑到法官那裡，很難說會帶給我們什麼麻煩。」

「我喝了一整天酒，」他說，「找那他媽的懶蟲史提文斯去幫你解決。」

「我不能交代史提文斯幹這種事，亨利，我們的一切都壓在森姆納他身上，你看不出來嗎？如果他把祕密洩漏出去，我們不會賺到任何錢，他們會把你絞死，也把我關到監獄裡。」

「那你他媽的雇他來幹什麼？」

「史提文斯能力不錯，但是他缺乏你有的經驗，或者是在壓力下保持冷靜。你喝了些酒沒錯，但這沒差，你拿捏好，應該不需要打起來。」

「但是不能在朝聖者幹，」他說，「那裡人太多。」

「那麼我們騙他出來，這很容易，我派史提文斯傳個話，你在外面等他們，什麼地方隨你選。」

「沿著河，萃埠街上，鐵工廠隔壁的舊木廠。」

巴斯特點頭微笑。

「外面沒幾個人像你，亨利，」他說，「很多人只剩一張嘴，很少有人在必要時會扣下扳機。」

踘克斯眨了兩下眼睛，張大了口，伸長了的肥大舌頭顯得更肥厚，像一隻剛出生還沒開眼的怪物。

「那我的那一份要大一點，」他說。

巴斯特哼了一聲，在他細條紋的褲子上靠近大腿的地方，撿起一球纏結在一起的蜘蛛網。

「我們說好是五百畿尼，」他說，「比我答應卡芬迪的還要多，你知道的。」

「但這個差事是外加的，不是嗎？」踋克斯說，「遠超過我分內的。」

巴斯特想了一下，點了點頭，然後站了起來。

「那五百五吧，」他說。

「六百聽起來比較好，雅各。」

巴斯特要開口說話，但還是吞下來。他看看踋克斯，然後拿出懷錶看時間。

「就六百吧，」他說，「他媽的六百就好，到此爲止。」

踋克斯滿意地點頭，抬起腿躺回去那張油膩而發臭的行軍床。

「到此爲止，」他重複巴斯特的話，「不過如果你派那個笨蛋史提文斯再拿一瓶白蘭地上來，而且叫他來時把尿壺清一清，我就會他媽的感激不盡了，我肯定。」

巴斯特走到二樓樓梯口，他停了一下，然後往下呼喚史提文斯，他正坐在門廳閱讀東約克郡當地的報紙。他們進入巴斯特的辦公室，巴斯特示意他把門關上。

「你身上有我給你的左輪手槍吧，」巴斯特說，「也有子彈吧？」

史提文斯點頭。巴斯特要求看他的槍，他便從口袋裡掏了出來，放在兩人之間的桌上。巴斯特檢查一番，再交還給他。

「今晚有個任務給你，」他說，「小心聽好。」

史提文斯再次點頭。巴斯特對於史提文斯的服從，和像狗一樣熱切地討好主人而感到愉悅。如果大家都像他這樣有多好，他心裡想。

「今晚午夜，你到朝聖者找派崔克・森姆納，說我在家裡有緊急的事要見他。告訴他我手上掌握「志願者」號的重要消息，不能等到早上。他不認識這個鎮，也不知我家在哪，所以不管你去哪裡他都會跟著。把他帶到河堤那裡，沿著萃埤街，經過鐵工廠，到舊木廠裡。如果他問你爲什麼這樣走，就告訴他那是捷徑——不管他相不相信，把他弄進去就是。踆克斯會在裡面等。他會開槍幹掉森姆納，他幹掉森姆納後，你就把他幹掉，你懂嗎？」

「我不需要踆克斯到場啊，」他說，「我自己就可以幹掉森姆納。」

「那不是我的目的。我需要踆克斯幹掉森姆納，而你幹掉踆克斯。你幹掉他之後，把手槍放在森姆納的手中，再把他們二人的口袋清空，之後你就他媽的趕快離開。」

「船塢裡的警員會聽到有事情發生，一定的，」史提文斯說。

「沒錯，而且他一定邊吹著哨子邊跑過來。當他到達木廠時，會發現兩個死人各自拿著殺死對方的手槍。沒有目擊證人、沒有任何跡證。那些警員會抓頭想一下，然後就把屍體送到太平間去，等人來認領。然後會怎樣呢？」

他盯著史提文斯看，史提文斯聳了聳肩。

「不怎麼樣，」巴斯特說，「沒事的。這就是這計劃精美的地方。兩個無名氏互相幹掉對方，兩個兇手，兩個受害者。案子就破了，而我最後可以擺脫踋克斯、擺脫他的要脅和敲詐、擺脫他渾身的惡臭。」

「所以我是等他殺了森姆納，然後殺他，」史提文斯說。

「射胸口，不要射背部，射背部引起懷疑。要把槍放右手，不是左手，你現在懂了嗎？」

史提文斯點頭。

「好，拿這瓶白蘭地到閣樓給他，清掉他的尿壺，如果他跟你說話，不要回答。」

「這個發臭的混蛋死期到了，巴斯特先生。」

「他媽的沒錯。」

24

踐克斯蹲伏在木廠天井一個陰暗角落。天井的一端是一排開放式的棚子，用作儲存木材之用，遠端是一間破爛的木屋，屋頂已開始下陷。兩者之間的空地上滿是破瓶子、分散各處的貨箱和木板。踐克斯口袋裡有一瓶白蘭地，不時拿出來，舔一舔嘴唇後便喝下去。過去有類似的情況，當他心中有著懸念，加上口袋裡有錢，他會連喝一個星期，也不停下來透一口氣，一天兩、三瓶，或更多。那不是需求或樂趣的問題、也不是想不想要的問題，一股懸念帶著他走，盲目地，不必費力。今晚他要殺人，但是殺人不是他心中首要任務。那股懸念比憤怒更強烈。憤怒是短暫而突然，但懸念是漫長的。憤怒總會結束、血染的終場，但懸念是深不可測，沒有止境。

他把酒瓶小心翼翼地放在腳邊的地上，檢查他的左輪手槍。當他打開彈槽時，子彈滑出掉到地上。他一邊咒罵，一邊屈身找尋子彈，卻失去了平衡，踉蹌了幾步才穩住。當他站直了身子，便覺得整個木廠在他面前搖晃，月亮在天上左右搖擺。他眨了眨眼睛，呸了一聲，嘴巴裡滿是嘔吐物，但是他強吞下肚子，從地上撿起子彈，又再喝著白蘭地。他丟了一顆子彈，但沒關係。他還剩四顆，只要一顆就可以殺掉這個愛爾蘭佬。他會躲在閘門邊的圍牆附近，他們一進來，他就轟他的頭。就是這樣。沒有任何警示，也不說話。如果笨蛋巴斯特和他的白痴奴隸有本事的話，就會自己來，但是，事實擺在眼前，亨利・踘克斯必須要替他們服務。唉！別人要討論、要計畫，還要發誓、要保證，但是極少白痴能勝任。

月亮被雲遮蓋，木廠天井內投射在地上的影子變得模糊，糊在一起。他坐在一個木桶上，注視著眼前濃淡不一的黑暗，但還是可以辨認出木廠閘門及兩側的矮牆。當他聽到人聲，便站起來往前慢慢踏出一步，然後再一步。聲音越來越響亮，而且清晰，他將擊鎚後扳到底，穩住身體準備發射。閘門嘎吱一聲，向木廠內打開。他看著二人並肩進入木廠天井，那是兩個黑暗的影子，沒有輪廓、沒有特徵。一個頭、兩個頭。他聽見一隻老鼠吱吱叫，碎步快跑，同時感到內心那股懸念在鼓動著。他吸了一口氣、瞄準、發射。眼前的黑暗瞬間裂開，把他吞噬，然後又把他吐出來。左邊的男人癱倒在煤渣地上，發出沉悶的著地聲。踀克斯垂下握著左輪手槍的手，喝了一口白蘭地，然後走向前檢視地上的人是否死透，看看是否需要補上一刀。他在屍體旁蹲下，點著一根火柴。當黃色火光在他指間燃起，他非常錯愕，嘴裡發出咒罵聲。

躺在地上死去的是巴斯特的奴隸史提文斯。射錯了該死的傢伙，就這樣。他站起來環視四周。森姆納沒有從閘門逃走——他很確定，而木廠周邊的圍牆相當高，而圍牆頂端有插上尖銳的玻璃片。他一定還在這木廠的天井某處。

「你在嗎？外科醫生先生，」他大喊，「爲什麼不現身，如果你計畫要抓我，現在是最好機會啦！沒有更好的啦。看這裡，我把槍放下囉。」他把手槍放在地上，舉起了雙手，「我們單挑，沒有武器，我還喝了幾口白蘭地呢，這有比較公平喔。」

他頓了一頓，再掃視四周一遍，但還是沒有回應，也沒有任何動靜。

「來呀！」他大喊，「我知道你在這裡，不要害羞。巴斯特說你計畫要抓我，要雇人到加拿大追蹤我，我現在就在你面前啦，是活的，他媽的有血有肉。爲什麼不把握機會？」

他再等了一下，便撿起地上的手槍，走向天井遠端的木屋。在看得見木屋內動靜的距離時，他便停下來。門半開著的木屋正面有一扇窗戶，另一扇比較小的在木屋的側面，都沒有遮陽板，窗玻璃也都是破的。他知道一定有人聽到了槍響，如果他不儘快殺掉這外科醫生，就會來不及，他的好運氣也會結束。但是這狡猾的白痴跑到哪呢？他藏在哪呢？

¶

在木屋裡，森姆納用雙手握住一把生鏽的鋸子，提到肩膀的高度，平靜地等著。當踋克斯跨過門檻，森姆納持著鋸子往前摔出一個弧形，鋸齒剛好擊中鎖骨上方。溫熱的血液先是從動脈噴濺，然後是汨汨地流著。踋克斯直直站著不動，彷彿在等待某些事——更好的事——會發生，但在片刻間身體便往門外倒臥，頭部側向一邊，參差不齊的傷口看來像他第二個嘴巴。森姆納仿佛身處夢中，沒有細想，也沒有疑慮，便再舉起鋸子更用力砍下去。踋克斯的脖子幾乎斷裂，臉部斜躺在天井的黑土上，手槍跌在木屋裡。好一陣子森姆納凝視著眼前一切，對自己的行爲感到震驚，然後他撿起了手槍，迅速穿過蓋滿炭渣的天井往閘門走去。

在黑暗寂靜的窄街上，他忽然覺得自己變得巨大，且膨脹起來，仿佛他仍在顫抖的身軀已是平時的兩倍大。他走回鎮上，保持著穩健的步履，沒有奔跑，也沒有往後看。他經過了兩間酒館，才進入了第三間。酒館內有人在彈鋼琴，一個圓臉女人在唱歌。所有的桌子和長凳都坐滿了人，他只能坐在吧檯前的凳上。他點了一杯四便士的麥芽啤酒，等待他的手指停止顫抖，然後把酒喝下，再點一杯。他想要點煙斗，但是他無法抓穩火柴，他再試一次，還是一樣。他打消念頭，把煙斗放回口袋裡踐克斯的手槍旁邊。酒保都看在眼裡，但沒有說話。

「我需要火車時刻表，」森姆納告訴他，「這裡有嗎？」

酒保搖頭。

「你要坐哪一班？」

「最早離開的。」

酒保看看他的懷錶。

「郵政車現在應該已經開走了，」他說，「要等天亮吧。」

森姆納點頭。女人開始唱〈飄泊的荷蘭人〉，正在角落玩多米諾骨牌的幾個男人加入合唱。酒保對他們的喧鬧起鬨微笑搖頭。

「你知道一個叫雅各・巴斯特的人嗎？」森姆納問他。

「大家都知道巴斯特，有錢的巴斯特，住在夏洛蒂街，二十七號，曾經是捕鯨的，現在搞煤油和石蠟生意了，他們說。」

「從什麼時候開始的？」

「自從他兩艘船去年在巴芬灣沉沒，拿到保險金後吧，捕鯨業沒落啦，他及時脫身。很難占到他的便宜喔，我先告訴你，你可以去找他，不過你不可能得到什麼的。」

「他領多少保險金？」

酒保聳聳肩。

「一大筆，他們說的，一些給了死者的老婆和小孩，但他給自己留了很多，這是一定的。」

「現在在搞石蠟和煤油生意？」

「石蠟便宜啊，燒起來比鯨脂乾淨太多了。我自己都在用。」

森姆納低頭看著灰白而且沾了血花的雙手，與吧檯的深褐色成了強烈的對比。他想要離開，遠離這一切，但他感到一股野獸般的力量在他的臉，他的胸口聚積，像一隻怪物在他體內，用利爪要掙脫出來。

「夏洛蒂街離這裡有多遠？」

「夏洛蒂街？沒多遠，往前走到衛理公會教堂左轉，然後一直走。你認識巴斯特，是吧？」

森姆納搖頭，在口袋中找到一先令，用指頭壓著推到吧檯另一邊，示意不必找零。他離開時女人在唱〈斯卡堡灣的白沙〉，男士們繼續玩他們的遊戲。

巴斯特的房子前方是一列豎著尖矛的欄杆，要走五級樓梯才到達正門。每個窗戶都有護窗板，但橫眉上方會露出亮光。他拉了鐘繩。女僕應門時，他告訴她名字，並表示有緊急的事要見巴斯特先生。她上下打量了森姆納，想了一想，然後把門稍微拉開，並囑咐他待在門廳等著。門廳裡滿是松焦油皀和木蠟，有一個鯨骨製的衣帽架、一個洛可可式的鏡子、一對來自中國的花瓶。森姆納脫下帽子，檢查踿克斯的手槍是否還在口袋裡。從另一房間傳來了時鐘每一刻鐘敲響一次的聲音，他同時也聽到靴底敲響鋪了地磚的地板。

「巴斯特先生會在書房見你，」女僕說。

「他有預料我到來嗎？」

「我不能說他有還是沒有。」

「我的名字不會讓他擔心或害怕嗎？」

女僕皺著眉頭聳聳肩。

「我把你要我說的告訴他，他說立刻把你帶到他的書房，這是我所知道的。」

森姆納點頭表達感謝。之後女僕引領他經過一段通往二樓的寬闊紅木樓梯，往屋後一間房間走去。她本要代爲敲門，但森姆納搖搖頭並示意她離去。他等女僕到二樓去後，先檢查口袋裡的手槍，確認有一顆子彈在槍膛裡，才轉動銅製的球形把手，把門推開。巴斯特坐在火爐旁一張椅子上，身穿黑絲絨的吸菸外套，及繡花的居家鞋。他保持警覺，但神情平靜。當他正要站起來，森姆納便露出手槍，命令他坐著別動。

「你現在不需要槍了，派崔克，」巴斯特大罵，「沒這需要了。」

森姆納把門關上，走到房間中間。房間兩邊是書架，地上鋪了一張鹿皮地毯，火爐上方有一幅海景畫和兩根交叉疊放的魚叉。

「這由我來決定，不是你，」他說。

「或許吧。我只是給你一個友善的建議，如此而已，不論今天晚上發生了什麼事，我們都可以不用武力來解決，這點我很肯定。」

「你本來的計畫是什麼？木廠發生的事是什麼意思？」

「哪個木廠？」

「你的史提文斯死了，你不要裝傻了。」

巴斯特嘴巴張開，感到錯愕。他瞥了一眼火爐，咳了兩聲，然後喝了一口波爾多葡萄酒。他的嘴唇薄而濕潤，臉部除了鼻梁上淺藍色的舊瘀傷和臉頰上明顯的微血管外，並無血色。

「在你魯莽下結論之前，派崔克，」他說，「讓我向你說明一下。史提文斯是個好人，做事賣力、忠心、聽話，但是有些人就是難以控制，事實就是這樣。他們太邪惡，但也太愚蠢。他們不會接受命令，也不會被領導。就像亨利・踋克斯這種人啊，對他身邊的人是危險的來源；他不懂任何造福人群的事，他不服從權威，除了他自己及他心中邪惡的慾念。像我這樣的人，一個誠實的人，一個善良的生意人，發現了他雇用了一個如此危險而且難以管束的白痴，他唯一的問題是：如何在這個人毀了我和我成就的一切以前，用最好的方法擺脫他。」

「那爲什麼要把我扯進去？」

「那是我的錯，派崔克，我承認，但我並無選擇。當一個月前踋克斯回到這裡時，我打算讓他成爲我計劃的一部分，我知道他是危險的傢伙，但我相信我無論如何都可以利用他。那是我的錯，那是當然的。開始時我有些疑惑，但在我收到你從勒威克寄來的信時，我便確實知道我已經和一隻怪物綁在一起。我知道我必須要在他的魔爪把我緊緊掐住之前脫身。但是我如何做到呢？他是一個無知的蠢蛋，但他不是白痴。他很謹慎，而且詭計多端，殺人全是爲了其中的樂趣。像這樣的禽獸你無法跟他說理，也無法溝通，這點你是比我還懂的。因此有需要的話，暴力是必然要用上。我知道要給他設一個陷阱，引他出來，讓他措手不及，所以我才想到可能把你當作誘餌。這是我的計畫，有點倉促，不夠周延，我現在明白了。我不該利用你，而現史提文斯死了，就像你所說的……」

他停下來，抬起眉毛等著。

「他被射中頭部，從後面。」

「踑克斯幹的？」

森姆納點頭。

「這個邪惡的傢伙現在怎麼了？」

「我殺了他。」

巴斯特緩緩點頭，噘著嘴巴。他緊閉了雙眼，然後再張開。

「展現出勇氣，」他說，「我的意思是，你身爲一個外科醫生。」

「不是我們其中一個，就是別人。」

「你要不要跟我喝一杯？」巴斯特問，「或至少坐下來吧。」

「我這樣就好。」

「你來這是對的，派崔克，我可以幫你。」

「我來這不是爲了你他媽的幫忙。」

「那你來幹嘛？不是來殺我吧？我希望。這對你有什麼好處？」

「我不認爲被帶到那裡是當誘餌，你是要我死。」

巴斯特搖頭。

「爲什麼我要這樣做？」

「你命令卡芬迪把『志願者』毀掉，而我或者是踋克斯是唯一可能知道或猜得出來。踋克斯開槍射我，然後史提文斯殺踋克斯，乾淨俐落。只是人算不如天算，子彈射歪了。」

巴斯特側著頭，抓了一下鼻子。

「你很精明，」他說，「但不是這樣，完全不是。請注意，派崔克，聽清楚我說的。現在的事實是，有兩個人死在木廠的天井裡，一個是被你殺的。我認爲你的處境蠻需要我的幫忙。」

「如果我把事實說出來，法律對我來說是沒什麼好怕的。」

巴斯特哼了一聲。

「別逗了，派崔克，」他說，「你不會那麼無知和幼稚，以爲有人會相信這種牽強的說法。我知道你並非無知幼稚，你是見過世面的人，就像我一樣。你可以跟法官說你那套理論，你當然可以，但我認識那法官好些年了，我不太肯定他是否會相信你。」

「我是唯一活著的，唯一知道實情的人。」

「是的，但你又是誰啊？不知哪個省分來的愛爾蘭人。他們會展開調查的，派崔克，會追問你的過去、你在印度的事。喔是的，你會讓情況對我不利，那是一定的，但是我可以對你做同樣的事，我要的話，可能還會更糟糕。你要浪費你的時間和精力在這種事上嗎？爲了什麼？踿克斯已經死了、船也沉了。沒一個混蛋能活過來，這是肯定的。」

「我現在就可以一槍把你打死。」

「你肯定可以，不過到時你手上有兩條人命，這對你有什麼好處？你要用用腦，派崔克。這是你的機會，把一切拋諸腦後，從新開始。這種難得的機會，人的一生能有幾次？不管那是怎樣發生的，你殺了踿克斯就是幫了我一個大忙，而我會很高興付出應有的酬勞。我會給你五十畿尼，你把槍放下，離開這間房子，不再回頭。」

森姆納動也不動。

「早上才有火車，」他說。

「從我的馬廄選一匹馬，我會幫你裝上馬鞍。」

巴斯特微笑，然後站起來緩緩走到書房另一端鐵質的保險櫃前。他把保險櫃打開，取出一個土色帆布錢袋，遞給森姆納。

「是你的五十畿尼金幣，」他說，「去倫敦吧，忘了他媽的『志願者』號、忘了亨利・踋克斯。都不是真的了。未來才重要，不是過去。也不用擔心木廠的事了，我會編個故事，把大家引導到別的方向去。」

森姆納看看錢袋，用手稱著重量，但沒有回應。他一向覺得自己是個認分的人，但現在一切已經改變——世界已經脫序、已經失控。他知道自己必須迅速行動，在世界變回去，再次變得冷酷、再次讓他窒息之前要做點事。做什麼事呢？

「我們就達成協議了？」巴斯特說。

森姆納把錢袋放在桌上，眼睛望向仍未關上保險櫃。

「把剩下的都給我，」他說，「我們就互不相欠了。」

巴斯特皺著眉頭。

「剩下的什麼？」

「在保險櫃的錢，他媽的每一毛錢都要。」

巴斯特輕鬆地微笑，仿佛森姆納講的是玩笑話。

「五十幾尼已經很多了，派崔克，但是我樂意多給你二十，如果你眞的有這個需要。」

「我要全部，不管裡面有多少，全部。」

巴斯特停止了微笑，凝視著森姆納。

「所以你來這裡是要打劫了?是不是?」

「我在用我的腦袋，就如同你建議的。你說得對，事實不會對我有什麼幫助，但那一大筆錢就不一樣了。」

巴斯特的臉沉了下來，鼻孔擴張，但是沒有動身前往保險櫃。

「我不相信你會在我的房子裡把我殺掉，」他平靜地說，「我不相信你有膽量做這種事。」

森姆納用手槍指向巴斯特頭部，將擊錘後扳到底。有些人面對死亡會變得軟弱，他告訴自己，有些人開始的時候強硬，然後軟化，但是這不會是我。現在不會。

「我剛剛才用一根破鋸子殺了亨利・踐克斯，」他說，「你眞的以爲把子彈送到你的頭裡會很費工夫嗎？」

巴斯特下巴肌肉收緊，銳利的眼神射向他身旁。

「一把鋸子，是嗎？」他說。

「用那個皮包，」森姆納用槍指向一個皮包，「把它裝滿。」

巴斯特遲疑了一下子，還是照他的話去做。森姆納確認保險櫃被清空後，便命令他轉身面對牆壁，用折刀割下窗戶頂端的絲質布幔，把巴斯特的雙手反綁在背後，然後用一塊餐巾塞進他的嘴巴，再綁上一條領巾做固定。

「現在帶我去馬廄，」森姆納說，「你走在前面。」

他們沿著後走廊，經過廚房，到達後門。森姆納拔去門閂，進入一個由大量人工修飾的庭院，有著石砌的小徑和花台，還有魚池和鑄鐵製成的噴水池。他用槍管推著巴斯特往前走，經過盆栽棚和一座雕花涼亭及圍著涼亭的座椅，便來到馬廄。森姆納打開馬廄側門探頭往裡面看。馬廄裡有三個分隔間和一個馬具室，裡面放著尖錐、錘子和一張工作檯。門邊附近有一個架子，架子上有一盞油燈。森姆納把巴斯特推到牆角，點亮油燈，從工具室取來一條長繩，用繩子的一端打了一個繩套，套在巴斯特的脖子上。他把繩套拉緊直到巴斯特雙眼凸出，快要窒息，然後再把另一端拋過一條橫樑。然後往下拉緊，只讓巴斯特的繡花拖鞋鞋尖剛好碰到骯髒的地面。巴斯特發出哼哼聲。

「你冷靜下來，不要吵鬧，他們明天找到你時你還會活著，」森姆納說，「如果你心情煩躁，或者拼命掙扎，就可能不會有好結果。」

馬廄裡有三匹馬——兩隻黑的，看來比較年輕有活力，另一隻灰色，比較老。他把灰色的從隔欄牽出來，套上馬鞍。當灰馬發出哼聲，四肢開始躁動，森姆納搓揉牠的頸部，嘴裡哼著小調，才讓牠安靜下來，把嚼口放進牠的嘴裡。他把油燈的光線調暗，把門打開，先站在門邊小心觀察外面的動靜。外面除了風吹過樹木的沙沙聲和一隻貓的呼嚕呼嚕聲外，就沒有更顯著的聲音。馬廄空著：像站崗的哨兵般的油燈發出亮光照向那陰暗的夜空。森姆納把皮包甩到馬背上，皮靴踏進馬鐙。

¶

黎明時分他已經向北走了二十哩，經過德里菲爾德卻沒有停下來。到了戈頓，他在一個小池塘邊停下來讓馬喝水，然後在半暗的天色中穿過山毛櫸和梧桐樹林和乾涸的谷底繼續往西北走。當天際露出微光，身邊兩旁展開了被犁過的田地，犁溝上露出點點的白堊；野麻花、矢車菊、刺藤形成層層排列卻又糾結的灌木樹籬。接近中午時他到達約克郡北部的白堊岩斷崖，並往斷崖下方彷彿百納被一般的廣大平原走去。當森姆納進入皮克林鎮的時候，又是黑夜時分，藍黑色的夜空繁星點點。他因飢餓和缺乏睡眠而感到暈眩和噁心。他幫馬匹找到一家馬房，並在馬房旁邊的一間旅館住了下來。當被問及姓名及住宿原因時，他說他是彼得・拔切勒，從約克前往惠特比去探望病危的舅舅。

當晚睡覺時他右手緊握著踐克斯的手槍，皮包推進鐵架床的床底。第二天一早，他吃了燕麥粥和羊腰子當早餐，另外用麵包頭和尾沾了肉汁裡的牛油，包在牛皮紙裡，到午後才食用。走了六、七哩路後朝北的路漸漸爬升，經過一叢叢的松樹和凹凸不平的放羊草地，灌木樹籬先是斷斷續續，繼而完全消失，草原也漸漸被荊豆和粗碩的蕨類植物所取代；地貌變得嚴峻而單調。不久他便進入了高沼地，大片大片露出黑邊的低層雲懸在無樹的平原上，紫色、褐色或綠色像波浪般起伏。森姆納感到一股強烈的寒意襲來。如果巴斯特有派人找他，他肯定他們不會到這裡來，至少不會直接到這裡來——他們會往西，或往南到林肯郡去——但不會到這裡，現在不會。他還有一、兩天的時間，他預計，消息才會從赫爾傳到皮克林，時間足夠他到達海岸，找一艘可以載他到荷蘭或日耳曼的船。當他到達歐洲，便會用巴斯特那裡得來的錢讓自己消失，變成另一個人。他會取新的名字，從事新的行業。過去一切會被遺忘，他告訴自己，一切糾纏不清的事會被抹去。

雲漸漸結合變暗，雨開始持續下著。一個駕著四輪車往南走向市集賣母羊的販子與森姆納相遇，下馬與他攀談。森姆納問他到惠特比要走多遠，那人搔著下巴灰白的鬍子，皺著眉頭，仿佛聽不懂他的問題，然後告訴他幸運的話會在入黑前到達。森姆納繼續走了好幾哩路，在前往惠特比的路上轉向西北方，往戈斯蘭和貝克霍爾的方向走。雨已經停了，天色呈夏季的淡藍色。路旁山坡上紫色的石南花被焚燒過後，顯得斑駁錯落，稍遠處低窪的濕地上是一些樹叢或灌木叢。森姆納停下來吃他沾了牛油的麵包，並舀了一些泥灰色的溪水解渴。他經過戈斯蘭往格萊斯代爾走，沿途有一陣子高沼地地勢緩降，被草原取代，草原邊上長滿了蕨類植物、刺草、接骨木，不久又回復到原來彷彿寸草不生的不毛之地。當天晚上，他睡在一個半倒的穀倉，渾身發抖，到了早上又騎上馬背往北走。

當他進入基斯堡鎮之前，在一個馬廄停下來，把馬匹和馬鞍以半價賣掉，然後提起他的皮包走進鎮裡。他在火車站旁的一個報攤買了一份《紐卡素報》，就在月台上讀起來。有關赫爾的兇殺及強盜案的報導佔了第二頁的半版。報導中派崔克・森姆納被描述爲當過軍人的愛爾蘭人，是此案的罪魁禍首，並有描述了被偷的馬匹，最後提到任何人能提供可靠消息都會獲得巴斯特的巨大賞金。他把報紙摺起放在長凳上，搭上下一班火車前往米德斯堡。車廂內滿是煤煙味和髮油味，有兩個女人在閒聊，一個男人在角落睡覺。他向兩個女人舉手碰觸帽沿並微笑，但沒有主動攀談。他把皮包放在大腿上，感覺那實實在在的重量。

那天晚上，他到處找尋外國人的聲音。他沿著碼頭貨場走，從一間酒館到下一間酒館聽他們說話，有俄國、日耳曼、丹麥、葡萄牙等口音。他需要一個聰明的，他想，但又不太聰明，貪心，又不太貪。他在商店街上的波爾蒂酒館裡找到一個瑞典人，是一艘雙桅橫帆船的船長，第二天早上就要滿載煤炭和鐵出發到漢堡。他有著一張方臉、一雙紅眼，一頭金髮幾乎全白。當森姆納告訴他他需要一個床位，多少錢都願意付，瑞典人一臉狐疑打量著他，然後微笑著問他殺了幾個人。

「一個而已，」森姆納說。

「才一個？他該死嗎？」

「肯定該死。」

瑞典人搖著頭大笑起來。

「我的是艘商船，沒有載客的位置，很抱歉。」

「那就給我一個工作，有需要我可以拉纜繩。」

他再次搖頭，啜了一口威士忌。

「不可能，」他說。

森姆納點了煙斗並微笑。他肯定那堅決的態度只是在演戲，想要拉高價錢。他心中掠過一絲疑惑這個瑞典人有沒有看過《紐卡素報》，但又肯定那是不太可能的。

「你到底是誰啊？」瑞典人問他，「你哪裡來？」

「這不重要。」

「你有護照吧？其他證件呢？他們在漢堡要看喔。」

森姆納從口袋取出一個金幣，沿著桌面推到瑞典人面前。

「這是我所有的了，」他說。

瑞典人揚起他灰白的眉毛並點頭。他們身邊忽然揚起醉酒客的喧嘩聲，隨即又退去，酒館門被推開，二人頭上瀰漫著菸葉味的空氣稍稍被吹動。

「被你殺的人很有錢吧？」

「我沒殺人，」森姆納說，「我只是在開玩笑。」

瑞典人低頭看著金幣，但沒有伸手去拿。森姆納往後靠向椅背等著。他知道他的未來觸手可及了：他感到它在牽引著他，且向外延伸，空白卻在閃爍。他已經站在那邊緣上了，準備好要跨出去。

「我想你會找到人載你，」瑞典人最後說，「如果你給更高的酬勞。」

森姆納從口袋再拿出一個金幣，放在第一個金幣旁邊。兩個金幣躺在濡濕的黑色桌面上，在瓦斯燈閃爍的亮光下彷彿在眨著黃色的眼睛。他微笑著，眼睛望向瑞典人。

「我相信我已經找到了，」他說。

25

一個月後，一個晴朗的早上，他去了柏林動物園。他現在臉部刮洗得乾淨，身穿一套新的西裝，擁有一個新的名字。他在碎石徑上散步，嘴裡叼著菸斗，時不時停下來看看動物打哈欠、便溺，或者抓耳撓腮。天空無雲，低角度的秋日陽光燦爛，氣溫怡人。他看到獅子、駱駝、和猴子，他看到一個穿水手裝的小男孩給一隻落單的斑馬餵食麵包。時間已經接近中午，他開始感到有點無趣的時候，注意到一隻北極熊。他棲身的籠子不比一艘船的甲板長。一端是用鉛鑄成的坑，坑裡注滿了水，籠子後方有一道用磚砌成的拱道，穿過牆壁，引向一個墊了乾草的穴。北極熊站在籠子的後方，漠不關心地向前看。牠的皮毛疏疏落落的，而且泛黃，牠的口鼻部分顏色斑駁得像破舊的衣服。森姆納定神看著北極熊的時候，一家人來到欄杆前他的身旁。其中一個小孩用德文問那是獅子還是老虎，其他孩子嘲笑他。他們短暫地爭論，都被媽媽責罵而安靜下來。那一家人離開後，北極熊等了一下，然後無精打采地往前走，頭部像尋水人手中的尋龍尺般左右擺動，兩隻巨型腳掌在混凝土的地上輕輕拖行。牠走到籠子的前端，鼻子推進黑色的柵欄，直到牠狼一般的尖頭只離森姆納的臉部三呎遠。牠嗅著周遭的空氣，定睛看著森姆納，錐形的雙眼彷彿是一道窄門，通往更黑暗之處。森姆納想要轉過頭去，但是沒辦法，北極熊的凝視抓住了他。牠咕嚕咕嚕地發出哼聲，口氣直接噴到森姆納的臉上和嘴唇上。霎時間他感到一陣恐懼，但是當恐懼漸漸變弱並退去之後，是一股強烈的寂寞與需求毫無預警地襲來。

如夢似幻的旅程：《北海鯨夢》譯後記

馬耀民

《北海鯨夢》的故事發生在捕鯨船上，那艘船的確是要到北極圈捕鯨，但是小說中只抓了四條鯨魚，三條是活捉，一條是已經是死去多時，浮在海上開始腐敗的。這也不是一部推理小說。雖然船上有命案發生，但是讀者早就知道兇手就是在第一章用磚頭砸死謝德蘭人、擊昏了小黑人並加以雞姦的「那個人」——踌克斯。小說發展到一半，船上打雜小弟又被「那個人」雞姦並殺害，兩、三個章節後兇手被船醫抓到了，隨後捕鯨船又按計劃遭到破壞而沉沒。剩下三分之一的章節就是主角與包括踌克斯在內的生還者面對大自然的挑戰、遇上愛斯基摩人帶來逃離極地的希望、踌克斯殺害愛斯基摩人並搶走雪橇逃逸、主角因要解決糧食問題追殺北極熊而奇蹟般的獲救，成爲捕鯨船唯一的生還者。但是故事還沒結束。最後四章繼續描述獲救後主角與傳教士、愛斯基摩人的接觸互動，平安度過了冬天，再回到英國把「那個人」解決掉，然後在好幾天的逃亡後，前往德國漢堡，用新的身分生活。

以上是爲了不過度「爆雷」的故事情節摘要。一本有關捕鯨的小說，主旨不在於緊張刺激的捕鯨場面，船上發生了命案，卻不經營懸疑推理。船上命案似乎無可避免地發生，兇手的惡行被揭露，只佔了小說的六成分量，反而是不該在船上的外科醫生，幾乎從頭到尾擔綱演出。森姆納是一個謎樣的人物，他的生平資料大多是在他半夢半醒的意識中對讀者交代，而讀者也必須要細心拼湊才逐漸變得完整，而在拼湊的過程，以及隨著小說情節的開展，讀者會開始感到森姆納的角色塑造頗爲引人入勝。讓讀者回想起神祕的敘事者在小說裡充滿宗教意涵的第一句話：「看哪，那個人！」（Behold the man）。

表面上這句話似乎是提醒讀者要注意踋克斯「那個人」在出航前一天所犯下的兩個案子（也是小說第一章的劇情）。他當然是不認爲可以被任何宗教力量所約束，而敘述者也透過踋克斯的雙眼，說出他身處的約克郡是充滿了不可知論（agnostic Yorkshire）。而在小說中他做出其他令人髮指的事情（包括姦殺打雜小弟、揮動手杖把船長擊傷致死，以及最後割斷代理船長卡芬迪的喉嚨以擺脫他的糾纏），都是基於本能反應，以及基於當下情境的考量，目的是要讓自己能存活下去。但綜觀小說的發展，儘管主角森姆納似乎是被設計爲一個正義的化身，與動物般受本能所支配的踇克斯成爲強烈的對比，並由森姆納所擁有的科學與理性，合理地讓他身處在一般教育水準不足與階級低下的船隊中，有能力「破案」的設計。但在破案後，以及捕鯨船遭破壞而讓他失去了當船上醫師的角色後，他漸漸地蛻變成一個普通人，在面對大自然的挑戰時，必須要以本能來獲得生存的機會。然而在讀者拼湊出森姆納的生平後，會發現他何嘗不是一個爲了要「活下去」的有血有肉的普通人？

這個小說吸引人的地方，正是在於表面是善與惡的鬥爭這種陳腔濫調的主題下，讓我們與作者一起思考一個更貼近眞實的角色——森姆納，小說開頭的超自然力量的聲音「看哪，那個人！」，恐怕也是提醒我們，要關注這個主角。森姆納是一個難以掌握的人，故事中他被丟進一個完全陌生的環境，沒有人認識他、對他的過去可以提供可靠的側面描寫，有關他的背景，都是在他半夢半醒之間的回憶呈現出來，例如開始的時候他是從印度退伍回來，正要繼承親戚的遺產，但由於可能維持一年的爭產官司讓他選擇當捕鯨船的船醫，而在船東與船長的私下對話中，便指出他在撒謊，而在他落海獲救後的昏迷狀態中，敘述者倒述他在印度遭到誣陷的過程而讓讀者一步一步進入他的意識中，一點一點提供了沒有朋友的森姆納小時候便父母雙亡，被父母的主治醫師扶養長大，爲了有好的未來（養父後來有酗酒的習慣）而努力完成醫學院的教育，繼而入伍當上軍醫，目的是要更迅速地成名致富。被革職後的森姆納可說是跌入人生谷底，在印度違反紀律讓他回國當執業醫師成爲不可能，只好接受聘用當上捕鯨船的船醫，並謊稱他因繼承了遺產，在爭產訴訟期間接下了船醫的聘書。

在事實與謊話之間讀者可以理解印度的經驗如何徹底毀了他的一切，鴉片成爲他的生活必需品（以舒緩腿部槍傷的疼痛），也是他得以解脫的毒品，其憤恨的情緒可在第十八章森姆納高燒不退時模糊地憶起他在路上誤認某個穿著軍服的人是讓他身敗名裂的軍中長官時，在黑暗中加以偷襲，作爲報復。這場景也讓我們想起跩克斯在第一章裡躲在黑暗中襲擊謝德蘭人致死的一幕。跩克斯的獸性本能，本質上與森姆納用理性壓抑住的憤恨是相似的，都會支配他們的行爲，只是森姆納有可能因此而伸張正義找出兇手，也可以用鋸子砍斷跩克斯的喉嚨，又或者看見船東巴斯特家裡保險箱裡面滿滿的船難賠償金，便臨時起意地全數據爲己有。

森姆納與踆克斯都沒有宗教信仰，作為道德準繩。在船難前後，森姆納有好幾次與鄂圖談論到宗教的問題。鄂圖的信仰是屬於基督教的分支，雷同的地方不少，只是多了幾分神祕主義，並預言森姆納會被北極熊吃下肚子，也是船隊中唯一的生還者。森姆納嗤之以鼻，認為是無稽之談。後來預言一一應驗，他殺了北極熊，開剖他的腹部暫時藏身，直到愛斯基摩人把他救活，並送到某基督教的布道所，讓牧師予以照顧。儘管他已應驗了鄂圖的預言，卻仍然對宗教懷著某種敵意。不過小說最後一幕森姆納在柏林動物園與被飼養的北極熊「再度」相遇，並產生了某種神祕的心理變化，是否他最後有體會到某種「宗教」力量在發酵，他的宇宙是不是仍然「不可知」？還是「Behold the man」這個聲音，一直是在看顧著那個人，而那個人從未能超越，反而在完成某種預設的命運？

¶

《北海鯨夢》小說原文在二〇一六出版，並獲得大獎，記憶中在這之後不久啟明負責人林先生就準備好合約，約在我研究室見面，說要在二〇一八年初出版，當時我嚇一跳，因為那時還在翻譯我前一本小說《奧古斯都》。不過心想，應該沒有比約翰・威廉斯的作品難翻的了。好不容易把《奧古斯都》「處理」完後，便進入「北海鯨（驚）夢」，卻沒想到要花兩年多的時間才能醒來，中間可謂「惡夢連連」。作者原文的文字風格，對母語人士來說應該不算複雜，可說是流於淺白，也比較少有複雜的長句（有的話，對有經驗的譯者應該也不算難題），然而由於故事描述捕鯨船在北極航行捕鯨的主題，在寫實層面必然會描述雄偉壯觀的北極極地風貌和氣候狀況、捕鯨的過程（儘管如上文所說只有四條），使用的工具、肢解鯨魚時的步驟、動作與劇情發生有關的地點，以及人物的刻劃（包括用語和表情）等，有些地方更需要較專業的知識，例如第二十二章主角必須在沒有任何醫療設備的情況下替牧師腹部開刀排清膿血，就牽涉到身體構造、手術刀穿過腹部層層結構、膿血的味道，最後膿血接近排清時比喻成性高潮後精液排泄的意象，又需要文學性的處理。凡此種種，都造成翻譯上的關卡，幾乎每隔幾行就會出現不同的障礙。

最困難的一段莫過於第十六章開始一幕船員要為「志願者」號在冰岸邊鑿出一個冰塢，把船保護好，以免被強風吹動的冰塊撞毀或壓壞。短短一段描述他們在冰上切割冰塊做出一個可讓捕鯨船駛進的文字，便卡關了一個多月，無法翻下去，最後要硬著頭皮寫電子郵件問原作者伊恩・麥奎爾，他回信附上冰塢的基本造型（我一直想的是捕鯨船要以「路邊停車」，而不是「倒車入庫」的方式停泊在冰塢裡！），並附上草圖，說明切割的步驟，這才使死的文字產生意義，讓我一步一步把過程說清楚，呈現在讀者的眼前。這段文字是這樣子的：

Black paces off the dock's required length and breadth, then drives boarding pikes into the ice to mark the angles and midpoints of each side. [...] The ice is six feet thick and the dock's sides are two hundred feet in length. Once the two sides are cut, they cut across the end, and then cut again from one corner to the midpoint of the right-hand side. From there, they cut another diagonal line in the opposite direction from the midpoint to the ice's edge. After two hours' labour, a final horizontal cut across the middle of the dock leaves the floe divided into four separate triangles, each one several tons in weight.

黑師傅透過步測，量出冰塢的長度和寬度，同時把長矛插進冰裡，以標誌冰塢兩個側邊的中心點及頂點。船員們分成兩組先進行冰塢兩側的切割。……浮冰層有六呎厚，冰塢的長度約兩百呎。當冰塢兩邊都鋸開後，他們再進行切割寬邊。都完成後，他們再從長寬兩邊形成的直角斜切向另一邊已標誌好的中心點，到中心點後再從中心點往它對角的方向切去，直到冰岸岸邊爲止。辛苦工作了兩個小時後，他們最後從一邊的中心點切向對邊的中心點，讓冰層形成四個分割好的三角形，每一塊有好幾噸重。

這其實也是我這幾年翻譯文學作品時所體會到的，原文文字往往無法直接形塑外在世界的事物，中間是需要譯者把原文先轉換成視覺的畫面，然後再斟酌原文文字，翻成中文，以下也是一個很好的例子：

Above the warehouse roofs, he can see the swaying tops of main- and mizzen-masts, [...]

這句話英文的文字如果照字面的理解，是貨倉的頂部長出搖曳的船桅尖頂，是一個二維的平面空間，但一般讀者對這句話的了解應該沒有問題，應該「看得見」貨倉的後方便是碼頭，碼頭上停泊了一艘商船（或捕鯨船），並隨著海水的節奏而搖動，但敘述者因觀點的關係，「只」看見船桅的「頂端」。但是要如何翻譯，才能呈現出心中所看到的景象呢？我翻了翻自己的草稿，便發現自己在這句上做了不少修正，以下是修正稿的二例，以及最後定稿。最後定稿中加回去「的尖頂」三個字，是不得不加的重要訊息，儘管帶來令人厭惡的「的的不休」，卻也是必要的「妥協」：

他看見貨倉的後方露了主桅和三桅，隨著海水起伏而搖擺，……

他看見貨倉頂端的天際線上露了一艘船的主桅和後桅，隨著海水起伏而搖擺，……

他看見貨倉頂端的天際線上露了一艘船的主桅和後桅的尖頂，隨著海水起伏而搖擺，……

在此，我們便可以知道 roof 不是像字典的解釋「屋頂」，反而是兩個空間的介面，翻譯時可能要把字面意義「虛化」，才能解決問題。作者這種用法或許是寫作習慣，熟悉了作者的文筆後，便更容易解決問題，但翻譯總是會向譯者提出挑戰的，以下一例除了說明 roof 的再度出現，同時也牽涉到大範圍的搬動訊息，以呈現場景中明暗對比的因果關係：

The oil lamp depending from the darkwood ceiling remains unlit, but the shadows in the corners of the cabin are deepening and spreading as the light outside begins to fail and the sun slides out of sight behind an iron and redbrick commotion of chimneys and roofs.

船長室窗外太陽已沒入鋼鐵煙囪與紅磚屋頂形成紊亂的天際線後方，室內油燈垂吊在深色木製天花板上，還沒點亮，但各角落的陰影已蔓延開來。

說到作者的語言風格，有必要提出其他幾個面向。首先，由於小說中的船員都來自社會的中下階層，語言會流於粗俗，常有髒話出現在對白中，翻譯過程中往往有「詞窮」的窘況，恐怕是因爲白話文裡是比較缺乏髒話的多樣性，所以「他媽的」是一再出現的，多得眞是有點不好意思。生殖器官的名稱部分，如果採用白話文的話，總是覺得不夠「火候」，讀來會讓人想起中國傳統小說的調調，因此往往要借用閩南語的說法，這裡就不列舉了，讓讀者自己體會吧。不過要先說明的是，譯文中借用閩南語的生殖器官用語，並不是暗示「閩南語」比較適合，也夠粗俗，只是此類生殖器官的用語往往已經吸納進我們日常的國語裡。另外一個面向，也是由於船員的背景關係，他們說話時的語言結構不會特別完整，而常有「主題化」（topicalization）的結構出現，把話語的重點前移。翻譯的時候，我會保留這種結構，以呈現說話者的神情。以下舉幾個例子：

「我會進進出出地去大便，**我覺得**。」

「你以爲你騙得了我，**我覺得**。」

「水手艙很暗，**你知道的**，伯朗利先生，不過晚上會聽到聲音。就是那種聲音，**我的意思是**。」

最後一種作者大量使用的語言風格是「自由間接敘述句」（free indirect speech）。簡單地說，就是沒有引號的直接敘述句（direct speech）。這種技巧通常是小說中敘述者在敘述的過程中，會直接引用某些角色的意識，無縫地置入自己的敘述中。在這個小說中作者或許是希望把不同的意識／聲音呈現出來，便大量使用了這種技巧。剛開始翻譯這小說的時候，並未注意這種敘事策略的使用，往往覺得敘述者常常說髒話，與小說第一句「Behold the man」的調調，以及其他頗爲抒情的文字十分不搭，還認爲是作者無法控制自己的文字，經過瞭解後，反而能體會作者的用心，不過還好，船上的人員教育水準不高，髒話掛在嘴邊是他們的日常，讀者應該不難發現，以下是幾個例子：

他們滔滔不絕，反覆議論。**他媽的有什麼用**？跩克斯嘴裡嚼著水煮牛肉，大口喝著馬克杯裡的紅茶。牛肉鹹中帶酸，紅茶卻有甜味。他的前臂有一個半吋深的被咬傷的創口，感到脹痛，而且發癢。**用刀割斷他的喉嚨比較快，也比較容易，他知道，但是手邊沒有刀**。

伯朗利開始懷疑巴斯特所說畢竟是對的——或許他們已經殺了太多了。**他難以相信曾經塞滿廣大海洋的鯨魚會消失得那麼快，那些巨大的禽獸會是他媽的那麼脆弱，但是即使牠們在，也肯定是在學習把自己好好地隱藏起來。**

他一一指出來。伯朗利看了，搓了搓鼻子，陰沉著臉。外科醫師的良知讓他感到惱火。**他幹嘛要畫下男孩屍體呢？**

伯朗利身體側轉，用手拉了一下肥厚的耳珠，嘆了一口氣。雖然醫師毫無疑問地令人厭煩，他的堅持卻讓人欣賞。**總之，他是一個固執的王八蛋。**

這部小說花了快三年才完成，感謝啟明林聖修先生的容忍，讓我可以幾乎無限期的拖稿，也感謝文字編輯邱子秦小姐的專業編輯能力，把很多有問題的字句一一挑出，跟我討論後才定稿，也感謝她蒐集了不少資料，包括「志願者」號和捕鯨小艇的示意圖，以及「志願者」號所走的航線，這對讀者是一個體貼的服務。

《北海鯨夢》是我翻譯的第四本小說，已累積到約五十五萬字了，非常感謝林聖修先生這位熱血出版人願意投資在虧本的生意上，讓我有機會磨練和修正自己的翻譯技術，讓我在文學翻譯課中有講不完的有趣議題和技巧，希望有興趣於文學翻譯的學生可以少花時間摸索，早日成爲文學翻譯的新力軍。

插畫及裝幀設計：馮議徹

伊恩・麥奎爾

小說家、評論家，也是曼徹斯特大學創新寫作中心的創辦人及共同主任，從事創意寫作教學近二十年。出生並成長於英國赫爾(Hull)，畢業於英國曼徹斯特大學（University of Manchester）及美國維吉尼亞大學（University of Virginia）。作品散見於文學雜誌《芝加哥評論》、《巴黎評論》等報章媒體。曾出版學院諷刺小說《令人難以置信的身體》（*Incredible Bodies*），《北海鯨夢》是他的第二本小說。

北海鯨夢

二〇二〇年十月二十七日初版第一刷

作　　者　伊恩・麥奎爾
譯　　者　馬耀民
主　　編　邱子秦
發 行 人　林聖修
出　　版　啟明出版事業股份有限公司
郵遞區號　一〇六八一
台北市大安區敦化南路二段五十七號十二樓之一
電話　〇二二七〇八八三五一
總 經 銷　紅螞蟻圖書有限公司
法律顧問　北辰著作權事務所

定價標示於書衣封底。

ISBN 978-986-98774-4-2

國家圖書館出版品預行編目（CIP）資料

北海鯨夢／伊恩・麥奎爾（Ian McGuire）作；馬耀民譯。
——初版——臺北市：啟明，2020.10。
392 面；12.8 × 18.8 公分。

譯自：The North Water
ISBN 978-986-98774-4-2（平裝）

873.57　　　109011650

The North Water
By Ian McGuire

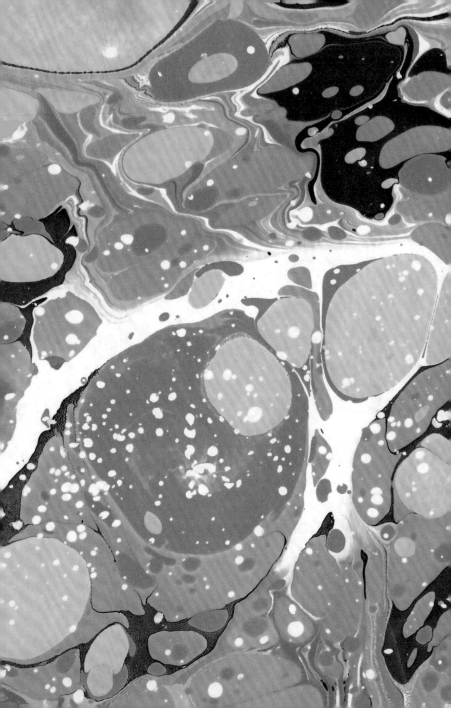

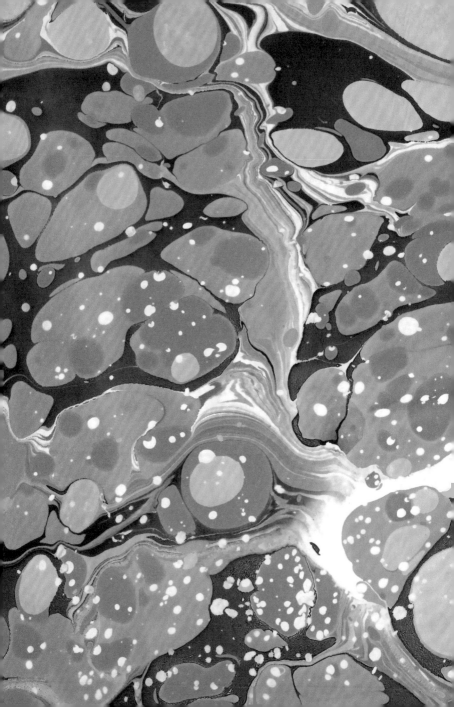